Hoffnungslos

Holger Niederhausen

*Hoffnungslos*

Das Menschenwesen hat eine tiefe Sehnsucht nach dem Schönen, Wahren und Guten. Diese kann von vielem anderen verschüttet worden sein, aber sie ist da. Und seine andere Sehnsucht ist, auch die eigene Seele zu einer Trägerin dessen zu entwickeln, wonach sich das Menschenwesen so sehnt.

Diese zweifache Sehnsucht wollen meine Bücher berühren, wieder bewusst machen, und dazu beitragen, dass sie stark und lebendig werden kann. Was die Seele empfindet und wirklich erstrebt, das ist ihr Wesen. Der Mensch kann ihr Wesen in etwas unendlich Schönes verwandeln, wenn er beginnt, seiner tiefsten Sehnsucht wahrhaftig zu folgen...

1. Auflage November 2015

© Holger Niederhausen · Alle Rechte vorbehalten
Umschlagabbildung: Trauer, Pixabay.com, CC 0, leicht verändert
Herstellung und Verlag:
BoD – Books on Demand, Norderstedt
ISBN 978-3-7392-0739-1

Den namenlos geliebten
Mädchen dieser Welt
gewidmet

„Lass uns am Wochenende mal wieder ins Kino gehen, Sebastian! Ich hab da wieder mal einen Film, den ich gerne sehen würde."
Sebastian Schäfer konzentrierte sich weiter auf seine Zahlen. Er war gerade mit einer eintönigen Eingabe von Daten beschäftigt, die gleichwohl höchste Genauigkeit erforderte.
„Aha", signalisierte er gleichwohl Interesse.
„Was, aha?", hakte sein Kollege nach.
Frank Hoppe arbeitete mit ihm nun seit zwei Jahren im selben Büro – ein Zimmer in einem großen Gebäude, das der Sitz eines recht großen Konzerns war, sie beide als kaufmännische Angestellte, Teil eines größeren Teams und einer kaum überschaubaren Mitarbeiterschaft.
„Aha eben. Warte doch, bis ich mit dieser Kolonne hier durch bin – Moment noch."
„Sebastian und seine Kolonnen...", sagte Hoppe, und er hörte sein Grinsen, ohne aufzublicken. „Na gut, dann warte ich mal. Stört's dich, wenn ich solange die Beine hochlege?"
Jetzt grinste auch er. Er wusste, dass Frank dies nie tun würde – aber sein Humor kannte solche Grenzen des guten Benehmens nicht.
„Ja, aber nimm sie wieder runter, wenn jemand reinkommt."
„Du meinst, zum Beispiel die süße Praktikantin?"
„Zum Beispiel..."
Er spielte bei fast allen Bemerkungen seines Kollegen gern mit. Auch die Bemerkung über die Praktikantin hatte ihren Reiz. Allerdings fand er es in der Regel nicht sehr angenehm, wie dieser sich solchen jungen Frauen zu nähern versuchte. Überhaupt verstand er nicht, woher Hoppe seine Sicherheit diesbezüglich nahm. Aber selbst wenn er diese Sicherheit besäße, würde er es nie so machen...
„Ach weißt du", spielte Hoppe das Spiel weiter. „Wenn sie kommt, könnte ich sie ruhig oben lassen, dann vergisst sie wenigstens nicht, wer das Sagen hat."

Bei solchen Bemerkungen wusste er regelmäßig nicht mehr, was *er* sagen sollte. Er hatte eine tiefe Abneigung gegen jede Art von solchen Diskriminierungen. ‚Süße Praktikantin' – das konnte er innerlich sagen oder denken, ohne sich wirklich über sie zu stellen. Hoppe konnte das nicht, für ihn waren solche jungen Frauen im Grunde so etwas wie ‚Freiwild'.

„Ja, ja", seufzte Hoppe nun. „Ich weiß... Wenn Sebastian schweigt, ist klar, was die Stunde geschlagen hat. Komm schon, Sebastian, du musst *auch* mal ein bisschen mutiger werden. Woher sollen die Frauen sonst wissen, dass du überhaupt noch zu haben bist?"
Er würde die Art seines Kollegen nie verstehen. Da arbeitete man nun zusammen – aber all die Monate konnte man es einem solchen Kollegen nicht klarmachen, wie man selbst dachte oder nicht dachte. Und letzlich versuchte man es auch gar nicht, weil man ohnehin fühlte, dass er es nicht verstehen würde.
„Die Frauen wollen dich natürlich auch alle haben, nicht wahr, Frank?", fragte er ironisch.
„Na klar!", erwiderte dieser. „Die Praktikantin steht doch auf mich!"
Hoppe zwinkerte ihm zu.
„Wer's glaubt!"
„Egal, und wenn schon! Ein bisschen Spaß muss sein. Insgeheim macht es ihr doch auch Spaß – würde sie natürlich nie zugeben."
„Das glaubst du doch selbst nicht!"
„Und ob ich das glaube. Ich sag's dir – selbst wenn sie die Frage verneinen würde und es selbst nicht weiß ... es macht ihr Spaß! Begreif doch endlich, Sebastian, Frauen *wollen* angebaggert werden! Du brauchst echt einen Lehrgang!"
„Nein danke", erwiderte er voller Abneigung. „Ich würde wirklich gerne einmal in das Innere einer solchen Frau schauen, um zu erleben, was sie wirklich denkt..."

„Das Innere einer Frau solltest du lieber anders erkunden."
„Frank!", sagte er scharf. „Jetzt reicht's aber wirklich!"
„Sebastian, Sebastian", erwiderte Hoppe tadelnd, „du bist in mancher Hinsicht echt zu prüde."
Er wollte es sich mit seinem Kollegen nie verscherzen, und in solchen Momenten zog er es immer wieder vor, das Gespräch durch Schweigen zu beenden. Was sollte er sonst tun? Es war eh nichts zu machen.

„Was ist nun mit Kino? Hast du am Samstag Zeit?"
Das vorangegangene Gespräch hatte seine Lust nicht gerade gesteigert.
„Was für einen Film denn?"
„Alles steht Kopf."
Es klang nach einer bedeutungslosen Komödie. Darauf hatte er wirklich keine Lust.
„Nein, ich glaube, das ist nichts für mich."
„Hey, du weißt doch noch gar nicht, worum es geht. Guck dir mal den Trailer an."
„Ja, kann ich zuhause dann mal machen."
„Nein, jetzt – ich zeig ihn dir."
Hoppe suchte ihn auf seinem Handy, kam um die Schreibtische herum und hielt ihm das Handy vor sein Gesicht.
Es war ein Animationsfilm. Der Trailer zeigte eine Szene, in der ein Mädchen von vielleicht zwölf Jahren am Tisch mit seinen Eltern in Streit geriet – wobei in den Gehirnen des Mädchens und des Vaters verschiedene Figuren Kommandos gaben, die dann immer mehr eskalierten. Zu sehen, wie dies stattfand und wie die Figuren ihre Befehle erteilten, um die nächste Reaktion vorzubereiten, war wirklich lustig und entlarvend. Man konnte gar nicht anders, als aneinanderzugeraten... Am Ende lehnte sich das Team im Kopf des Vaters in seinen Sesseln an der Kommandokonsole zufrieden zurück und resümierte genüsslich: ‚Machtwort *ge-sprochen*...'

Obwohl er noch immer eine Abneigung gegen das vorherige Gespräch hatte, hatte er bei dem Trailer unwillkürlich lächeln müssen. Der Film war gut...
„Und?", fragte Hoppe.
„Ja, der ist echt gut."
„Sag ich doch", erwiderte sein Kollege mit dem üblichen Stolz.
„Also gut."
„Prima – läuft um zwanzig Uhr im Cinemax."
„Treffen wir uns kurz davor?"
„Wir könnten doch auch mal wieder ein Bierchen davor trinken."
Dies wollte er im Grunde immer wieder nicht so gern. Denn Hoppe wurde dann regelmäßig zum Alleinunterhalter. Prinzipiell hörte er auch ganz gerne zu, zumal er selbst ohnehin nichts beitragen konnte – und doch fühlte er nach solchen ‚Bier-Treffen' immer eine Art Leere. Andererseits wollte er es sich auch hier nicht mit seinem Kollegen verscherzen...
„Na gut."
Im Grunde war er ja auch irgendwo dankbar, dass Hoppe so viel für ihn übrighatte.

\*

Als sie mittags in der Kantine saßen, sahen sie, wie die Praktikantin hineinkam und sich ebenfalls etwas zu essen holte. Die Kantine war voll, und die junge Frau sah sie nicht oder beachtete sie nicht, kam aber auf der Suche nach einem freien Platz auch in ihrer Nähe vorbei.
Hoppe nutzte die Gelegenheit und sagte:
„Na, Fräulein Fischer – hier ist noch ein Platz frei."
Sie bemerkte sie, sah kurz auf den freien Platz neben Hoppe, blickte dann schnell noch einmal in die Richtung, in die sie gegangen war, und sagte:
„Ich wollte eigentlich dort drüben sitzen..."

„Aber nun können Sie doch auch hier sitzen."
Als die junge Frau einen Moment zögerte, nutzte Hoppe auch diese Unsicherheit und sagte:
„Nun setzen Sie sich schon. Denken Sie etwa immer, wir beißen?"
Noch immer stand sie unschlüssig da.
Er fühlte auf einmal den Impuls, ihr zu helfen.
„Frank, lass sie. Sie wollte woanders sitzen."
Erstaunt sah sein Kollege ihn an. Zugleich bemerkte er, wie die Praktikantin ihm einen dankbaren Blick zuwarf, aber noch stehenblieb, weil die Sache nicht entschieden war...
„Was!?"
„Sie wollte woanders sitzen."
„Was macht ihr hier eigentlich für einen Aufstand, wo jemand sitzt oder nicht sitzt?", erwiderte Hoppe mit betont vorwurfsvollem Unverständnis. „Ich biete hier freundlich einen Platz an – und der wird dann *abgelehnt*?"

Befangen blieb die Praktikantin noch immer stehen. Auch er wusste einen Moment lang nicht, was er sagen sollte. Hoppes Worte entfalteten eine eigenartige Macht...
Einen Sekundenbruchteil sagte niemand etwas. Dann warf Hoppe selbst die ganze Situation um und sagte abfällig:
„Ach, macht doch, was ihr wollt! Meinetwegen kann sie sitzen, wo sie will. Wird ja sehen, was sie davon hat."
Nun war die junge Frau erst recht völlig verunsichert. Hoppe hatte sich ganz wieder dem Tisch zugewandt, und sie stand hinter ihm und blickte nun ihn fragend und hilfesuchend an. In dem Moment, in dem sein Kollege dies noch nicht bemerkte, gab er ihr mit den Augen und einer winzigen Kopfbewegung den Wink, an den Platz zu gehen, den sie sich zuvor schon ausgesucht hatte, und als sie erleichtert weiterging, sagte er zu Hoppe, der ihn nun ansah:
„Frank, lass sie doch! Drohst du ihr etwa noch?"
Verärgert sagte Hoppe:

„Wer sich nicht kollegial verhält, hat auch keine Kollegialität zu erwarten."
Er wusste noch immer nicht, was sein Kollege damit meinte.
„Verhältst *du* dich etwa kollegial *ihr* gegenüber?"
Hoppe sah ihn nun mit festem Blick an.
„Sebastian – sie ist eine *Praktikantin*!"
Das war wieder so ein Satz, zu dem er eigentlich nichts mehr sagen konnte. Dennoch fragte er jetzt:
„Ja, und – was heißt das?"
„Das heißt", erläuterte sein Kollege, „dass sie eigentlich zu machen hat, was man ihr sagt."
Verblüfft musste er die Antwort einen Moment sacken lassen. Natürlich war es so. Aber doch nicht generell...
„Aber doch nicht in der Kantine!", erwiderte er.
„Natürlich! Überall."
„Das ist nicht wahr. Sie ist doch nicht die Haussklavin."
Hoppe grinste.
„Wär aber schön, oder...?"
Er fühlte keinerlei Antrieb, diese Frage zu diskutieren.
Er blickte einmal nach links und sah, dass sie zwei Tische weiter Platz genommen hatte – gegenüber von einer Frau...
Hoppe kommentierte:
„Na, stellst du fest, ob dein Schützling gut untergekommen ist?"
Fast peinlich berührt erwiderte er:
„Nein, was soll die Frage?"
„Es war *nur* eine Frage...", stellte Hoppe mit deutlichem Unterton fest.
Ohne dass er es sich versah, hatte er in Hoppes Augen also bereits irgendeine Art von Beziehung mit dieser jungen Frau...
Er war froh, dass Hoppe nun zu essen begann und sich das Thema unbemerkt verlief.

\*

Als er am Nachmittag mit dem Bus nach Hause fuhr, musste er an die Begegnung von heute Mittag zurückdenken. Er empfand für die junge Praktikantin nichts als Sympathie – und doch berührte ihn ein solcher Blick wie heute Mittag immer irgendwie. Sobald jemand einen so anblickte, noch dazu eine so junge Frau, war auf einmal viel mehr im Spiel... Nein, eigentlich nicht im Spiel, aber man fühlte sich einfach berührt. Und ja, natürlich stellte man sich dann vor, warum man nicht für eine dieser jungen Frauen einmal etwas mehr bedeuten konnte...

Nachdem er zuhause angekommen war, holte er sich sein tägliches Feierabendbier aus dem Kühlschrank und ließ sich auf das Sofa fallen. Er nahm die Fernbedienung vom Tisch und schaltete den Fernseher ein. Er wanderte so lange durch die Kanäle, bis er bei einer Talkshow hängenblieb, die ihm noch am unterhaltsamsten erschien. Die verschiedenen Positionen zu verfolgen, war einfach unterhaltsam und interessant.
Er hörte diesmal jedoch nur halb zu, weil seine Gedanken immer wieder abschweiften.
Die Praktikantin... Ihr Blick heute Mittag. Eigentlich war es schade, dass sie dann einfach weitergegangen war. Sie hätte ihm nach seinem Wink wenigstens noch einen einzigen dankbaren Blick schenken können... Aber, nun ja, natürlich bedeutete auch er ihr absolut rein gar nichts...
Wenn, dann würden solche jungen oder auch älteren Frauen tatsächlich an Hoppe etwas finden – draufgängerisch, recht gut aussehend, wenn auch nicht so gut, wie er es sich immer einbildete ... aber in ihn würde sich die eine oder andere Frau schon verlieben können. Die Praktikantin natürlich niemals, so wie er sie behandelte. Was hatte er gesagt? ‚Die Frauen wollen das'? Lächerlich! Das war seine reinste Einbildung. *Er* wollte immer wieder nur etwas von ihnen. Sie wollten dies keineswegs. Aber ... wenn es nun doch in einem winzigen Maß stimmte?

Es stimmte ganz gewiss insoweit, als *er*, der die Frauen ganz und gar in Ruhe ließ, bei ihnen nie irgendeinen Anklang finden würde. Obwohl Hoppe vier Jahre älter war als er, schon neununddreißig, fand dieser sogar auf seine für seinen Geschmack abstoßende Art mehr Anklang, als er je finden könnte. Was er fand, war gleich Null. Mit Hoppe flirteten immer wieder verschiedenste Frauen – und er mit ihnen.
Er verstand die Frauen nicht – und doch verstand er sie, es war eben so. Sich selbst verstand er am allerwenigsten. Obwohl er wusste, dass man mutiger sein musste, wenn man überhaupt eine Chance haben wollte, war er es nicht. Er konnte nichts anderes tun, als sämtliche Frauen völlig in Ruhe zu lassen. In Ruhe zu lassen und einsam zu bleiben. Er war jetzt fünfunddreißig und hatte die Hoffnung auf eine Frau eigentlich schon ganz aufgegeben.
Die Hoffnung vielleicht nicht, aber die *realistische* Hoffnung. Realistisch gesehen fand er sich längst damit ab, als ewiger Junggeselle einst in die ewigen Jagdgründe einzugehen.

Ja, die Praktikantin *war* süß. Im Grunde empfand er für sie schon mehr als Sympathie. Oder tat er dies erst seit heute Mittag? Seit heute Mittag wahrscheinlich definitiv. Aber es war wahrscheinlich auch schon vorher so gewesen.
Er seufzte und trank einen Schluck aus der Flasche. Wahrscheinlich war es so, dass er für sehr *viele* Frauen mehr empfand als nur Sympathie. Und dies wiederum, weil er sich so sehr danach sehnte, dass auch *eine* Frau, für die er mehr empfand als dies, auch für ihn mehr empfinden würde... Aber die Sehnsucht war die eine Seite, die realistische Sicht auf die Dinge war die andere. Er war ja nicht nur unfähig, auf Frauen zuzugehen oder mit ihnen auch nur zu flirten, er würde damit die Frauen auch sowieso nur *vertreiben*. Was sein Aussehen anging, so ordnete er sich selbst ins allerunterste Mittelfeld ein – ganz im Gegensatz zu Hoppes Selbsteinschätzung. Und obwohl Hoppe mit dieser auch meilenweit danebenlag, sah er

dennoch um Meilen besser aus als er selbst. Das Thema Frauen hatte sich also erledigt, so oder so. Es war besser, den Dingen ins Auge zu sehen, als sich immer wieder Illusionen zu machen und Träumereien hinzugeben. Immer, wenn er sich bei solchen erwischte, brach er sie möglichst radikal ab... Den Dingen ins Auge sehen, hieß: Die Frauen sahen einem nicht ins Auge – höchstens einmal.

**A**ls die Praktikantin am nächsten Tag wieder für Hoppe einige Dinge erledigen musste, behandelte er sie tatsächlich streng und abweisend – und ließ sie dies auch bewusst spüren. Er hatte also seinen Ärger nicht überwunden oder hielt diese Art der Behandlung aus anderen Gründen für nötig, wahrscheinlich beides.
Als sie mit einem Stapel zu kopierender Unterlagen den Raum verlassen hatte, sagte er:
„Frank, *muss* das jetzt sein?"
„Die Kopien?"
„Nein, wie du sie heute behandelst."
„Ja, das muss sein. Ich hab's dir doch gestern erklärt."
„Kannst du nicht heute trotzdem eine andere Meinung darüber haben? Man kann doch den ersten Ärger am nächsten Tag wieder vergessen..."
„Vergessen? Sebastian, vergessen? Der hier vergisst nichts..."
Er zeigte auf seinen Kopf.
„Überhaupt, denk mal an die Führungsprinzipien. Wer vergisst, erntet Undank und Schlendrian. Nein, bei einer Praktikantin wird nichts vergessen."
Erschüttert erwiderte er:
„Ich dachte, wir hätten gestern geklärt, dass sie nicht die Hausssklavin ist..."
„Ob sie es ist oder nicht, sauer bin ich trotzdem."
‚Wohl eher gekränkt', dachte er sich.
„Du musst es sie nicht spüren lassen, dass sie sich nicht bei uns hingesetzt hat. Sie kann sitzen, wo sie will."
„Ja", bestätigte Hoppe. „Und ich kann umspringen mit ihr, wie ich will."
„Nein, Frank, ich find's nicht in Ordnung."
„*Du* musst es ja auch nicht so machen. Du kannst sie ja dann später irgendwie trösten."
Hoppe unterstrich den anzüglichen Unterton durch ein ebensolches Augenzwinkern.

Es war kein Herankommen. Resigniert gab er es auf und widmete sich wieder seiner Arbeit.

*

Als er auf Toilette musste, sah er die Praktikantin noch am Kopierer stehen. Er war froh, dass sie nicht nur Hoppe zugeteilt war. Er selbst schämte sich vor ihr – für seinen Kollegen und für seine eigenen Unterlassungen. Ihm war natürlich klar, dass er mehr tun müsste, um sie vor solchen Behandlungen zu bewahren – aber das vermochte er nicht. Er hatte nicht den Mut, es auf eine Konfrontation ankommen zu lassen. Er fühlte sich vor ihr als Mitläufer, und das war er im Grunde ja auch.
Er war froh, dass sie ihn nicht beachtete, als er an der Nische, in der der Kopierer stand, vorbei musste.

Doch an jemandem vorbeizugehen und jemanden so einsam stehen zu sehen, war fast noch schlimmer als die schlimmen Situationen selbst. Diesen war man einfach ausgesetzt, sie geschahen einfach. Wenn man dann aber so einer jungen Frau später wieder begegnete, fragte man sich unwillkürlich, was in ihr vorgehen mochte; wie sehr sie darunter leiden mochte. Man sah sie, man sah, dass sie sich nichts anmerken ließ, oder man sah, dass sie traurig wirkte. In jedem Fall hatte man das Gefühl, dass in ihr unendlich viel vorging – und dann tat einem ein solcher Mensch erst recht leid. Sie stand da einsam am Kopierer, tat ihre Arbeit – aber was ging in ihr vor...
Als er auf dem Rückweg wieder am Kopierer vorbeikam, blieb er stehen. Mit einiger Befangenheit sagte er:
„Frau Fischer?"
Fast erschrocken drehte sie sich zu ihm.
„Ja?"

„Ich ... ich wollte nur sagen ... es tut mir leid, wie mein Kollege Sie manchmal behandelt."
Sie schien beschämt – und erwiderte nur seinen Blick.
„Ja...", murmelte er zögernd, „das wollte ich Ihnen zumindest sagen..."
„Danke", sagte sie nun und lächelte zaghaft ein wenig.
Er lächelte auch.
Um noch etwas zu sagen, sagte er:
„Wie gesagt ... es tut mir leid. Nehmen Sie es sich nicht so zu Herzen!"
„Ja, gut..."
„Also dann..."
„Ja..."

Als er ihr wieder den Rücken zukehrte, schämte er sich trotz allem in Grund und Boden. Er war einfach nicht fähig zu normalen Begegnungen – erst recht nicht bei Frauen, die er mochte. Regelmäßig mussten diese ihn bei solchen Begegnungen für einen völligen Idioten halten. Er wusste einfach nicht, was er daran ändern konnte. Aber zumindest fühlte er sich jetzt mit seinem Gewissen ein wenig mehr im Reinen.

Fünf Minuten später brachte die junge Frau die Kopien.
Hoppe musterte sie und fragte:
„Brauchen Sie immer so lange?"
„Ich – nein, wieso?", fragte sie verunsichert.
„Weil man normalerweise mit so einem Stapel in der halben Zeit fertig sein kann."
„Tut mir leid", erwiderte sie. „Ich musste aufpassen, dass es nicht durcheinanderkommt..."
„Sie hatten die Reihenfolge doch!"
„Ja, aber es waren trotzdem verschiedene Sachen."
„Das weiß ich selbst!", antwortete Hoppe gereizt. „Trotzdem war die Reihenfolge da. Man hätte es hinterher doch in einem Zug sortieren können!"

„Das habe ich ja dann auch –"
Hoppe unterbrach sie:
„Ich will mit Ihnen darüber jetzt gar nicht diskutieren."
Die junge Frau verstummte.
Selbst er konnte die Atmosphäre in solchen Situationen nicht aushalten. Es war schon deutlich, warum man sagte, dass Luft ‚zum Schneiden' sein konnte. Und doch wagte er es nicht, seinem Kollegen in den Rücken zu fallen – und schämte sich auch dafür wieder tief. Er hoffte nur, dass auch diese Situation bald vorüber sein würde.
„Nächstes Mal wissen Sie hoffentlich, wie es geht!", kommentierte Hoppe jetzt.
„Ja...", erwiderte die junge Frau kleinlaut.
„Okay", sagte Hoppe zufrieden. „Von meiner Seite war es das für heute. Jetzt gehen Sie zu Herrn Berger und arbeiten *ihm* weiter zu."
„Ja..."
Sie warf ihm noch einen flüchtigen Blick zu, und obwohl es nur das winzige Zeichen ihres veränderten Verhältnisses zu sein schien, wollte er unter diesem Blick am liebsten im Erdboden versinken. Er wäre am liebsten überhaupt nicht im Raum gewesen...

Als sie die Tür hinter sich geschlossen hatte, fragte er seinen Kollegen:
„Frank, *was soll das?*"
„Misch dich da am besten mal nicht ein", erwiderte Hoppe trocken.
„Ich will mich aber einmischen", sagte er. „Das ist echt daneben, wie du mit ihr umgehst!"
„Du kannst gerne anders mit ihr umgehen", sagte Hoppe. „Ich hab es dir ja nahegelegt."
Er grinste zu ihm hinüber.
„Aber wie *ich* mit ihr umgehe", fügte er nun hinzu, „das überlass mal mir. Ich leite hier die Praktikanten an, du woll-

test es damals nicht, also hast du jetzt auch keine Mitsprache. Weißt du, sie sollen ja auch was lernen. So läuft es nun mal. Kuschelpädagogik können wir hier nicht gebrauchen. Und", er grinste noch einmal, „meinen Spaß will ich ja auch haben..."
Er konnte es einfach nicht verstehen, wie man so sein konnte. So wollte er nie werden. Ja, er wollte auch ‚Erfolg' bei Frauen haben – aber wenn dies die Methode war, dann würde er gerne darauf verzichten. Seine Sehnsucht war, dass eine Frau, die er mochte, auch ihn einmal mögen würde – so, wie er war. Ohne Gemeinheiten, ohne Unterschied und wahrscheinlich sogar ohne Flirten...

\*

Als er an diesem Abend nach Hause kam, fühlte er sich ziemlich frustriert – wieder einmal.
Als er mit seinem Bier vor dem Fernseher saß, schweiften seine Gedanken einmal mehr umher und fragten sich, ob er jemals die Zuneigung einer Frau gewinnen könnte. Immer wieder schweiften seine Gedanken zu der Praktikantin. Und auch seine Gefühle schweiften längst zu ihr... Sie war nicht außergewöhnlich attraktiv, aber doch hatte sie etwas Anziehendes. Sie hatte ein schönes Gesicht, und auch ihre Unsicherheit hatte etwas sehr Anziehendes...
Er stellte sich vor, wie sie ihn ansprechen würde. Vielleicht wenn sie einmal zufällig zur selben Zeit das Gebäude verlassen würden. Wie sie sich bedanken würde – obwohl er gar nichts getan hatte, aber gerade deswegen: weil er selbst nichts von dem gemacht hatte, was sein Kollege machte. Und weil er es nicht gut fand, was dieser tat.
Immer mehr verlor er sich in einem schönen Tagtraum... Als die junge Frau und er sich in den Armen lagen, wachte er wieder auf. Er seufzte. Nie würde dies möglich sein. Es war einfach nur Schall und Rauch – für ihn. Andere bekamen so

etwas, er nicht. Er hasste sich selbst für seine ganze Ohnmacht, aber diese fühlte sich dennoch wie eine Naturkonstante an...

„Hey, du kannst mir ruhig mal dankbar sein", sagte Hoppe, als sie ihr Bier bekommen hatten.
Sie saßen in dem Café, das sie schon öfter besucht hatten, wenn sie ins Kino gingen oder im Kino gewesen waren.
„Ich habe unser Fräulein Fischer den ganzen Freitag in Ruhe gelassen."
Hoppe grinste zufrieden zu ihm hinüber.
„Ja", erwiderte er, „danke."
Es war genau so gemeint.
Hoppe musste lachen.
„Du meinst es echt ehrlich, was?"
„Ja, natürlich, das weißt du doch."
„Ja – ich weiß es wohl. Gewöhnen kann ich mich daran nicht. Sag mal, Sebastian, du musst doch *auch* ein bisschen Härte zeigen. Führungsstil. Professionellen Abstand. Hierarchiedenken. Nenne es, wie du willst. Wann kommt das bei dir?"
„Gar nicht. Wozu soll das gut sein? Wir leben in einer Zeit, wo die Hierarchien flacher werden sollen."
„Flacher heißt nicht, dass sie nicht da sind. Natürlich werden sie flacher. Wenn sie das nicht werden würden, würde ich sagen", Hoppe verstellte seine Stimme, als wäre er eine ältere weibliche Vorgesetzte, „Also liebes Fräulein Fischer, bitte seien Sie doch so gut und kopieren diesen Stapel. Aber ein bisschen plötzlich."
Er fand es nicht komisch.
„Vielleicht wäre das für sie sogar besser", sagte er.
„Wieso besser? Ich bin doch schon fast kumpelhaft, Sebastian! Ich komme den jungen Menschen so was von entgegen. Nur ein bisschen honorieren müssen sie das..."
„Indem sie sich in der Kantine neben dich setzen..."
„Genau", grinste Hoppe.
„Früher sind sie dann mit dem Chef ins Bett gegangen."
„Ja, passiert auch heute noch."
„Und das hättest du gern, nicht wahr?"

„Du etwa nicht?"
„Nein!", wehrte er entschieden ab.
Nicht auf diese Weise.
„Du kannst mir viel erzählen. Ich würde mich nicht wundern, wenn du unsere kleine Schnecke noch reizender fändest als ich..."
Jetzt musste er auch noch aufpassen, dass er nicht rot wurde!
„Weißt du, Frank, mir passen einfach deine *Methoden* nicht."
„Methode hin oder her – niemand zwingt dich ja, dieselben Methoden anzuwenden."
„Dann ist ja gut."
„Aber das *Ziel* ist doch das gleiche, oder nicht?", fragte Hoppe nun wieder mit genüsslicher Anzüglichkeit.
„Nein, Frank, ich habe überhaupt keine Ziele!"
„Das ist schlimm!"
Hoppe sprach die Worte extra betont, als ginge es ihm um sein Wohl.

„Sebastian, Sebastian – so bekommst du nie eine ins Bett."
„Wer sagt denn, dass ich das will?"
„Das will erstens jeder, und zweitens sieht man es doch auch."
„Was?"
„Man sieht es doch, dass auch du eine ins Bett bekommen willst – oder sagen wir: wollen würdest."
„Nein, das siehst offenbar nur du."
„Lüg dir doch nichts in die Tasche, Sebastian. Du willst eine Frau ins Bett bekommen. Vielleicht unsere süße Schnecke, vielleicht auch jemand anders. Aber gib's doch wenigstens zu!"
„Das tut hier gar nichts zur Sache. Wir reden über Methoden und nicht über etwas anderes."
„Genau, wir reden über Methoden für genau dies."
„Nein, das tun wir *nicht*!"

„Das tun wir doch. Ich *tue* es jetzt. Und zwar zu deinem Wohl, Sebastian. Auch du kannst eine Frau ins Bett bekommen. Und das willst du doch? Du musst nur ein paar Kleinigkeiten ändern – dann klappt es auch..."
„Ach ja, und die wären?"
Er wollte es eigentlich nur wissen, um seinen Kollegen direkt danach widerlegen zu können, weil auch dies nicht seine Methoden wären...
„Einfach ein bisschen Mut, Sebastian. Du musst an dich glauben. Und dann ran an den Speck!"
„Ich will aber nicht ‚ran an den Speck'. Mir passt die ganze Wortwahl schon nicht."
„Dann nenne es, wie du willst. Ran an die Braut, an die Schnecke, an das süße Ding – was ist denn dein Lieblingswort? Nimm es – und dann los."

„Für dich scheint es immer so zu sein, als stünden die Frauen zu deiner Verfügung, als warteten sie nur darauf, von dir so behandelt zu werden – und als käme es nicht darauf an, auf eine Frau Rücksicht zu nehmen und sie so zu behandeln, wie man selbst auch behandelt werden möchte..."
Hoppe starrte ihn einige Momente verdutzt an.
Dann lachte er kurz verständnislos und sagte:
„Sebastian, das *ist* so! Sie *stehen* zu deiner Verfügung – und sie wollen so behandelt werden. Probiere es doch mal aus! Ich spreche doch aus Erfahrung! Frauen wollen einfach anders behandelt werden, und sie behandeln dich anders, es gibt einfach Unterschiede. Frauen sind doch keine Männer, sie sind *Frauen*. Wenn du das Spiel nicht spielen kannst, machst du nie einen Gewinn. Spiel es, wie auch die Frauen es spielen – und spielen wollen –, und du hast die freie Auswahl."
Hoppe musterte ihn kurz – und ergänzte dann:
„Na, sagen wir: fast."

Von dieser Belehrung musste er sich erst einmal erholen. Er trank einen Schluck Bier, setzte das Glas wieder ab und sagte dann:
„Ich will das Spiel nicht so spielen. Und ich weigere mich, zu glauben, dass alle Frauen oder auch nur der Großteil der Frauen so ist, wie du es schilderst. Die meisten wollen nicht so behandelt werden, wie du es dir einbildest."
Hoppe lachte, wie man es tat, wenn jemand völligen Unsinn als Wahrheit verkaufen wollte.
„Sebastian! Willst du *mir* erzählen, was die Frauen wollen oder nicht wollen? Komm erst mal mit einer an oder schaff es zumindest, mit einer ein bisschen anzubändeln, auf welche Art auch immer, und dann erzähl mir, was du gelernt hast. Vorher kannst du mir doch nicht sagen, wie die Frauen ticken!"
Beschämt musste er zugeben, dass er auf diese Weise nicht weiter diskutieren konnte. Hoppe bräuchte die Praktikantin nur zu fragen – aber das wollte er ihm auch nicht sagen. Er wollte sie nicht in dieses schlimme Spiel hineinziehen.

Als er kurz auf Toilette ging und einige Momente zum Nachdenken hatte, dachte er daran, wie anders die Welt wäre, wenn die Frauen sähen, was in einem wirklich vorging. Wenn sie sähen, wie jemand über sie dachte oder nicht dachte. Bei Hoppe sahen sie es ja – aber bei ihm nicht. Er war so unscheinbar wie eine graue Maus. Und weil er keinen Mut hatte, sah man eben auch nicht, wie sympathisch ihm manche Frauen waren. Wenn man es aber *sehen* könnte ... dann wäre alles so viel einfacher... Und wenn man es bei der Frau auch sehen könnte, erst recht...
Als er wieder zurück zum Tisch ging, dachte er daran, dass man es aber auch wiederum nicht zeigen konnte. Wenn man seine Sympathie zeigte, riskierte man in den allermeisten Fällen eine Ablehnung. Die Frauen müssten es *so* sehen, einfach so...

„Weißt du, Sebastian, ich hab mir was überlegt", empfing ihn Hoppe. „Sag mir nur mal ehrlich: Willst du eine Frau oder nicht?"
„Hat das jetzt wieder mit der Praktikantin oder so etwas zu tun?"
„Nein, überhaupt nicht."
„Na – du sagst doch, man sieht es mir schon an."
„Ja, aber ich will es jetzt mal wirklich von dir hören."
Er zögerte noch einen Moment. Dann antwortete er:
„Natürlich. Wer möchte keine Frau?"
„Na ja, es gibt schon welche ... die nennt man dann anders."
Auch darin hörte er wieder einen leise abwertenden Unterton. Er schwieg und wartete.
„Aber gut – dass du nicht dazu gehörst, wusste ich ja. Also gut, Sebastian, du willst auch eine Frau. Und du hast nicht so den rechten Mut, stimmt's?"

Eigentlich war ihm dieses Gespräch gar nicht recht – er wusste noch überhaupt nicht, worauf es hinauslief, und er glaubte nach wie vor nicht, dass Hoppe der richtige Berater war. Dennoch hatte seine Sehnsucht ihn dazu gebracht, sich auf dessen Fragen einzulassen. Wohl oder übel gab er zu:
„Ja. Und was schlägst du vor?"
„Auch hier wieder nur wohlerprobte Methoden. Ich meine nicht unbedingt mich, aber Generationen von Männern. Es geht einfach darum, den Mut zu lernen. Wenn es nicht an Frauen direkt geht, muss man an Frauen üben. Das heißt, nicht an denen, bei denen man es dann *können* will, sondern bei anderen."
„Aber ich übe doch nicht an anderen Frauen!"
Das Thema war erledigt.
„Ich meine doch nicht *irgendwelche* anderen. Ich meine, du bezahlst sie sogar dafür..."
Jetzt fiel es ihm wie Schuppen von den Augen.
„Du meinst..."

„Ja, genau, das meine ich. Du bezahlst Frauen dafür, dass du mit ihnen und bei ihnen und an ihnen üben kannst. Und sie machen das sogar gern! Sie verdienen ihr Geld damit – und du kannst mit ihnen üben..."
„Das kommt überhaupt nicht in Frage – sag mal, wie kommst du überhaupt darauf!?"
„Sebastian – jetzt erhitz dich nicht gleich so. Ganz ruhig! Du reagierst immer gleich so über... Man muss einen Gedanken auch mal auf sich wirken lassen können. Ganz ruhig! Und mit Besonnenheit. Mit Vernunft. Und auch etwas mutiger. Und auch mit etwas Realismus. Sag mal, warum lehnst du das einfach so schlichtweg ab? Welchen Grund hast du dafür? Es gibt nur Gründe auf der Habenseite – Aktiva, sozusagen. Das Ganze hat nur Pluspunkte. Hier kannst du *garantiert* nicht verlieren – nur ein paar Euro, aber die sind radikal gut angelegt..."
Er atmete einmal tief aus.
„Nur Pluspunkte?", versuchte er einzuwenden. „Hast du auch hier mal an die Frauen selbst gedacht?"
„Sebastian!"
Hoppe spielte den Beleidigten.
„Hast du auch nur ansatzweise die Diskussionen der letzten Jahre mitbekommen? Diese Frauen kämpfen seit Jahrzehnten um die Anerkennung ihres Berufes. Inzwischen setzen sich Politiker auf höchster Ebene dafür ein – alles steht kurz davor, dass auch dieses letzte Tabu der käuflichen Liebe fällt, und du fragst mich, ob ich an die Frauen denke? An die denke ich sozusagen immer *zuerst*."
Hoppe grinste.

Es war nicht so, dass er noch nie daran gedacht hatte, eine Frau einmal für Zärtlichkeit und Liebe zu bezahlen, um überhaupt diese Erfahrung machen zu können. Dennoch konnte er nie anders, als zu empfinden, dass es ein genereller Missbrauch der Frauen war – und dass diese Frauen einen Weg gingen, der für sie selbst nicht gut war. Mehr als einmal hatte er sich vorgestellt, dass er sich in eine Prostituierte verliebte und sie sich in ihn – und dass sie dann damit aufhörte und er sie gerettet hatte...

„Also?"

Hoppe wartete.

Seine Sehnsucht nach einer Frau ließ ihn schweigen – er hatte keine Kraft zu widersprechen.

„Sag ich doch", meinte Hoppe, „nur Pluspunkte."

Er konnte überhaupt nichts erwidern. Auch weiter einlassen wollte er sich darauf nicht. Vielleicht allein – aber nicht unter Hoppes Beratung.

„Investier einfach mal zweihundert Euro und üb' zwei Nächte lang, Mut zu haben – und einfach du selbst zu sein. Du wirst sehen, das wirkt Wunder. Und dann steht dir die Welt der übrigen Frauen auch offen..."

Noch immer konnte er nichts sagen.

Hoppe grinste ermutigend.

„Und wer weiß – vielleicht machst du so eine süße Nutte ja wirklich glücklich... Und natürlich sie dich..."

Er seufzte innerlich. Das mochte ja alles sein. Aber Hoppe gehörte einfach nicht dazu.

„Lass es uns jetzt dabei belassen, Frank."

Hoppe hob unschuldig die Hände.

„Gerne, Sebastian! Ich mache alles, was du willst. Ich wollte dir nur helfen – das weißt du."

„Ja, ich weiß..."

Er war froh, dass er nun seine Ruhe mit diesem Thema hatte – zumindest Ruhe vor seinem Kollegen.

Sie sprachen noch ein wenig über die Arbeit, und Hoppe erzählte noch jede Menge von sich. Dann mussten sie langsam an den Film denken, und sie winkten der Bedienung.

Als diese kam, sagte Hoppe, während er seine zwei Bier bezahlte:

„Ein schicker Rock...!"
Die Frau lächelte ihm zu und sagte:
„Danke."
Er merkte, dass sie Hoppe auf Distanz hielt, aber sich dennoch freute und das Spiel mitspielte...
Er konnte nichts weiter tun, als ebenfalls zu zahlen. Er fragte sich, ob er es nun richtig oder falsch machte... Er wusste es selbst nicht mehr. Nur, dass er nie eine Frau finden würde, das wusste er.
Auch bei ihm bedankte sich die Frau mit einem Lächeln – aber das tat man ja ohnehin immer...

*

Sie kauften die Karten.
Als sie zu dem Durchlass gingen, wo die Karten kontrolliert wurden, sah er drei Meter entfernt ein blondes Mädchen und einen Jungen auf hohen Hockern sitzen. Auch sie gehörten offenbar zum Personal. Das Mädchen schaute ein wenig gelangweilt. Aber es war egal, wie es schaute – er hatte noch nie so ein schönes Mädchen gesehen... Er fühlte unmittelbar eine unglaublich starke Anziehung, ja ihr Anblick erschütterte ihn.
Die Situation ließ nicht mehr als einen einzigen Blick auf sie zu. Dann musste er weitergehen...

Während sie die Treppe zum Kino hochgingen, ging ihm das Mädchen nicht aus dem Kopf. Wie konnte es so schöne Mädchen auf der Welt geben? Was gäbe er darum, mit so einem Mädchen einmal eine Stunde sprechen zu können... Er wusste selbst nicht, wie – aber allein schon eine Stunde mit ihr zu haben ... wäre mehr wert als ein Jahr sonst. Als viele Jahre sonst...
Als sie in ihrer Reihe saßen, erzählte Hoppe von den Kinopreisen noch vor wenigen Jahren, aber am liebsten hätte er

das alles abgestellt und in Ruhe auf die Werbung gewartet – allein mit seinen Gedanken an das Mädchen...
„Hey, hörst du mir überhaupt zu?"
„Was? Ja, na klar."
„Hat mir gerade nicht gerade den Eindruck gemacht."
„Sorry."
„Wo warst du gerade?"
„Weiß auch nicht genau."
„Aha, verstehe..."
Er erwiderte nichts. Mochte Hoppe glauben, dass er gerade in Gedanken bei einer Prostituierten war. Besser, als dass er die Wahrheit wusste.
Die Werbung begann und lenkte seine Gedanken ein wenig ab. Über schlechte Werbung konnte man sich aufregen, gute Werbung konnte man genießen. Und irgendwo war er auch froh, dass er nicht mehr an das Mädchen denken musste. Sie würde ihn nur quälen, sie war ohnehin unerreichbar...

Der Film begann.
Es war ihm zuerst etwas unangenehm, daran erinnert zu werden, dass alles Wesentliche im Gehirn stattfand. Doch schnell zog ihn die ganze Art des Filmes zunehmend in seinen Bann. Es ging um ein Mädchen, Riley, das mit seinen Eltern umzog und an dem neuen Wohnort alle Freude zu verlieren drohte.
In der Kommandozentrale gab es ebenfalls ein Mädchen, das war ‚Freude' – sie tat alles, damit Riley glücklich war. Fortwährend musste sie darauf achten, dass die dicke, kleine, blaue, depressiv-phlegmatische ‚Kummer' nicht versehentlich irgendwelche Knöpfe drückte – oder die ‚Kern-Erinnerungen' des Mädchens berührte. Das waren sanft leuchtende Kugeln, die meist glückliche Erinnerungen bewahrten.
Doch der Umzug bedrohte all das Glück des Mädchens, und immer schwerer wurde es, ihr fröhliche Momente zu geben. Schließlich musste ‚Freude' bei der Rettung einiger Erinnerungen die Zentrale verlassen. Dort begegnete sie dem frühe-

ren Phantasiefreund von Riley, einem rosa Elefanten mit Hasenschwänzchen. Er versuchte, ihr zu helfen, den Rückweg zu finden. Der Film entfaltete immer mehr einen tiefen Gehalt, der über einen Spaß-Film ganz eindeutig hinausging. Er bekam vielmehr eine deutlich traurige und sogar dramatische Note. Denn die Versuche der beiden, wieder die Zentrale zu erreichen, scheiterten fortwährend, weil nach und nach wesentliche Bewusstseins-Inseln zusammenbrachen und in einen Abgrund stürzten – die Spaß-Insel, die Freunde-Insel, die Eishockey-Insel, schließlich sogar die Familien-Insel. Dies geschah, als Riley verzweifelt beschloss, wegzulaufen, um wieder zurück nach Minnesota zu kommen.
Hier erreichte der Film seine größte Dramatik – und auch den berührenden Höhepunkt. Denn was selbst ‚Freude' nun erkannte, war, dass nun nur noch ‚Kummer' helfen konnte. Sie war die einzige, die dem Mädchen, dass nun apathisch und ohne jedes Gefühl im Bus saß, dazu bringen konnte, wieder *Gefühle* zu haben – nämlich Kummer, Traurigkeit, Leid. Und dieses Gefühl war es dann, dass sie aufspringen und nach vorne zum Busfahrer rennen ließ, den sie bat, sofort aussteigen zu dürfen. Und sie rannte zurück zu ihren Eltern...
‚Freude' hatte endlich ‚Kummers' wahre Fähigkeiten erkannt, und alle Figuren im Kopf des Mädchens waren glücklich, dass sie wieder mit ihren Eltern vereint war.
Berührt saß er in seinem Kinosessel und verfolgte den Abspann mit seiner Musik. Der Film hatte seine Erwartungen um ein Vielfaches übertroffen.

Hoppe erhob sich, und er kehrte in die Realität zurück und realisierte, dass sein Kollege von dem Film alles andere als begeistert war. Auch hier war er mit seinem Erleben also wieder allein. Aber das kannte er ja schon. Besser allein als gefühllos... Er stand ebenfalls auf und folgte ihm. Sie waren nicht die ersten, die dem Ausgang zusteuerten. Er fragte sich immer, warum Menschen direkt nach einem Film sofort aufsprangen, um hinauszugehen.

Auf dem Gang musste Hoppe auf die Toilette. Während er auf ihn wartete, fiel ihm das Mädchen wieder ein. Ob es noch da war? Sein Herz schlug wieder heftiger. Wenn er es noch einmal sehen könnte...

Mit innerer Aufregung folgte er seinem Kollegen die Treppe hinunter. War sie das? Unten am Durchlass stand jetzt ein Mädchen, das sie sein konnte. Er erkannte jedoch nur einen blonden Hinterkopf. Erst unmittelbar, als sie an ihr vorbeimussten, sah er, dass sie es wirklich war. Sie war es – er konnte kurz in ihr Gesicht blicken ... und dann waren sie auch schon vorbei. Er sah sich nach ihr um, und während Hoppe auf den Ausgang zusteuerte, sah er sich noch einmal nach ihr um... Er hoffte so sehr, dass auch sie einmal schauen würde ... aber das tat sie nicht.

Und dann waren sie draußen, standen vor dem Kino, und Hoppe fragte:

„Noch irgendwo hingehen?"

Er schüttelte den Kopf.

„Nein."

„Selten so einen blöden Film gesehen."

„Was?"

„Ein blöder Film. Der Trailer war hundertmal besser."

„Wieso das?"

„Was sollte dieser emotionale Quatsch? Dieser rosa Elefant, dieses Fantasia-Land, dieses Abgleiten in eine Kinder-Schnulze? Hätte ich das gewusst, ich wäre nie reingegangen – und hätte auch dich nicht mit so was belästigt. Mist."

„Ich fand ihn echt schön."

„Hä? Nee, Sebastian. Ehrlich jetzt? Es ist doch einfach unglaublich... Na gut, dann hatte wenigstens einer was davon. Okay – ich fahr jetzt nach Hause."

„Ja, na dann, bis morgen..."

„Bis morgen..."

Sie trennten sich. Er tat so, als ob er auch langsam vor zur Hauptstraße ging, tat dies auch, bis Hoppe außer Sicht war – und kehrte dann um. Er wollte das Mädchen noch einmal sehen. Er wollte ... er würde sie am liebsten ansprechen. Aber wie? Verdammt noch mal, wie sprach man ein Mädchen an, das vielleicht neunzehn Jahre alt war, vielleicht auch erst siebzehn – während man selbst fünfunddreißig war, doppelt so alt, ein hoffnungslos alter Knacker in ihren Augen...
Er betrat das Kino erneut. Es waren nicht mehr viele Leute im Foyer. Die Zehn-Uhr-Vorstellungen hatten längst begonnen. Er sah sie hinten am Durchlass noch immer stehen. Jetzt könnte er sie ansprechen. Im Moment war sie ganz allein. Nicht einmal weiteres Personal stand da. Ob der Junge von vorhin ihr Freund war? Wahrscheinlich auch nur ein Kollege. Aber sicher hatte sie doch einen Freund. Mit neunzehn? Oder siebzehn? Ach, sie stand da ... und er wagte es nicht.
Jetzt schaute sie in seine Richtung. Von hier aus konnte er nicht einmal ihr Gesicht sehen, nicht einmal ihre Augen... Beschämt drehte er sich um – und ging. Er war verzweifelt. Und dennoch tat es so gut, ihre Augen zumindest im Rücken zu fühlen...

Draußen empfing ihn die kühle Abendluft. Seine Verzweiflung stieg. Er wollte noch einmal hineingehen, aber er konnte keine Entscheidung treffen. Er wusste nicht, wie er es tun sollte. Er hatte keine ‚Methode'. Hoppe hätte hundert Methoden gehabt – aber keine von ihnen hätte er anwenden wollen. Er wollte diesem Mädchen begegnen, aber er hatte keine einzige Methode und keine einzige Hoffnung. Minutenlang stand er vor dem Kino und litt. Dann gab er auf. Er konnte nichts tun. Er konnte ihr nicht einmal unter die Augen treten. Einen einzigen Blick von ihr hätte er so gerne empfangen – aber selbst das vermochte er nicht.

Er ging zu Fuß nach Hause. Es war ein Weg von fast einer Dreiviertelstunde, aber das war ihm jetzt egal.
Es war ein Weg, der mit der Verzweiflung des Mädchens aus dem Film große Ähnlichkeit hatte. Auch er war in gewisser Weise empfindungslos, denn das Leid löschte alle anderen Empfindungen aus. Aber das Leid war sehr groß – der Kummer, die Sehnsucht, das Leid...
Dieses Mädchen... Es war wirklich das schönste Mädchen, das er je gesehen hatte. Ihr blondes Haar. Ihr Gesicht, ihr schönes Gesicht. Ihr Mund – ein so schöner Mund! So sinnlich – und doch so unschuldig wie das ganze Gesicht. Es war ein unendliches Leid, sich von diesem Mädchen zu entfernen. Immer weiter! Alles in einem wehrte sich eigentlich. Es war, wie wenn man in die Einsamkeit ging – eine Einsamkeit, die man ja längst kannte, aber die Einsamkeit, in die man *jetzt* ging, kannte man noch nicht. Es war eine neue Einsamkeit – eine Welt ohne dieses Mädchen...

Als er etwa zwanzig Minuten gegangen war, hielt er es nicht mehr aus. Er kehrte abermals um...
Er beschleunigte seinen Schritt. Er wusste nicht, was er tun sollte. Er wusste nur, dass er sie wiedersehen wollte. Die fortgeschrittene Stunde, die Einsamkeit des nächtlichen Gehweges gab ihm neuen Mut, zumindest in der Vorstellung, vielleicht auch real – er musste es einfach auf sich zukommen lassen. Aber er wollte nicht weglaufen, er wollte zu ihr hin. Alles in ihm zog ihn zu ihr hin...
Je näher er dem Kino kam, desto mehr stieg wieder die Angst in ihm auf. Was könnte er sagen? Gab es überhaupt irgendetwas, was er sagen konnte? Außer ‚ich würde dich gerne kennenlernen', ‚ich würde so gerne mit dir sprechen...' Es war die Wahrheit – aber was nützte die Wahrheit? Er *hatte* nichts anderes als sie – doch damit würde er unbedingt scheitern. Aber lieber scheitern, als es nicht zu versuchen; als nicht ein einziges Mal ihren Blick zu erleben, zu spüren...

Als er in die Straße einbog, an der wenige Meter weiter das Kino lag, erreichte seine Furcht ihren Höhepunkt. Wenig später erreichte er die Eingangsfront und sah schon durch die Glasscheiben, dass das Foyer nun wirklich verlassen war. Die Abendvorstellungen liefen, weitere Spätvorstellungen würde es nicht mehr geben. Unsicher betrat er das Foyer. Zwei Mitarbeiter räumten hinter dem Tresen auf. Am Durchlass stand niemand mehr. Kein Mädchen mehr...

Der Mann und die Frau hinter dem Tresen hatten ihn gesehen. Noch zögernd ging er auf sie zu. Wenn er jetzt keinen Mut hatte, wann sollte er ihn dann haben?
Als er am Tresen angekommen war und vor allem die Frau ihn ansah, während der Mann weiterarbeitete, fragte er mit großer Selbstüberwindung:
„Entschuldigung..."
„Ja?"
„Hier arbeitete heute Abend da vorn am Durchlass ein Mädchen... Können Sie mir sagen, wie sie heißt...?"
Er fühlte sich von der Frau einen Moment lang gemustert.
Dann sagte sie:
„Nein, tut mir leid."
Die Antwort war wie ein Stich...
„Heißt das", fragte er fast furchtsam, „Sie wissen es nicht ... oder Sie können es nicht sagen?"
„Ich weiß es nicht. Wir haben so viele studentische Helfer, ich kenne sie nicht."
„Niemanden?"
„Niemanden von heute Abend."
„Wen könnte ich fragen..."
„Klaus, kennst du die Mädchen von heute Abend?"
Allein bei dem Wort ‚Mädchen' schlug sein Herz schneller...
„Nee. Wen meint er denn?"
„Ein blondes Mädchen – mit einem schönen Gesicht...", sagte er schnell.

„Keine Ahnung. Dürfen wir ja eigentlich sowieso nicht rausgeben, so was."
Er schämte sich fast für seine Frage. Man kam sich fast wie ein Verbrecher vor...
„Hören Sie, bitte sagen Sie mir, wen ich fragen könnte. Es ist wichtig..."
„Ja, natürlich ist es wichtig", sagte der Mann. „Aber es wird Ihnen jeder dasselbe sagen. Sonst könnte ja jeder kommen."
Er war verzweifelt.
„Nichts gegen Sie", sagte der Mann. „Aber so ist es eben."
Nun konnte er nichts mehr tun. Aber doch ... eine Möglichkeit gab es noch.
„Ich will doch nur wissen, wann sie wieder hier arbeitet – damit ich sie *selbst* fragen kann."
„Die Einteilung macht Frau Hasse – aber bei der werden Sie kein Glück haben."
„Und wie erreiche ich sie?"
„Die Nummer müsste auf der Webseite stehen. Im Impressum, unter ‚Management' oder so."
„Und erreicht man sie auch irgendwie persönlich? Ich meine direkt?"
„Das ist die direkte Nummer."
„Nein, persönlich – so wie jetzt hier."
„Nee. Keine Chance."
Er seufzte.
„Gut, danke..."
„Alles klar."
Geschlagen verließ er das verlassene Kino...

Nun nahm er doch den Bus nach Hause. Es war nach elf Uhr, als er zuhause war. Nun konnte er das Mädchen nicht mehr vergessen. Er konnte überhaupt keinen anderen Gedanken mehr denken. In jedem Gedanken kam *sie* vor. Nur sie...
Er konnte sich nicht erinnern, jemals so verliebt gewesen zu sein. Was war das? War er verliebt? Natürlich war er es. Er

konnte sich auch nicht erinnern, jemals ein Mädchen gesehen zu haben, das so schön war. Dabei hatte er es noch nicht einmal *richtig* gesehen – nur flüchtig. Aber selbst das hatte schon gereicht... Er war unendlich verliebt.
Sein Herz spielte verrückt. Er bedauerte es zutiefst, nur diese wenigen Sekunden gehabt zu haben. Sekunden in Begleitung seines Kollegen, und nicht einen einzigen Blick von ihr selbst... Er bedauerte es, dass er nicht die Zeit angehalten hatte, irgendetwas getan hatte, um ihr begegnen zu können, ihr ein wenig länger in die Augen sehen zu können, sie irgendetwas fragen zu können. Warum hatte er sie nichts gefragt? Warum war er nicht einfach stehengeblieben und hatte sie etwas gefragt?
Aber er wusste, dass das eine Illusion war – niemals hätte er dazu den Mut gehabt.

Und doch schien es ihm so, und je länger er darüber nachdachte, desto mehr, dass er hier an etwas vorbeigegangen war, bei dem es nicht einfach nur um Mut ging, sondern geradezu um eine Lebensnotwendigkeit. Er war an etwas vorbeigegangen, ohne dass er gar nicht mehr leben konnte. An dem Mädchen, dass er *unbedingt* kennenlernen musste. Er wusste, dass er überhaupt nicht mehr glücklich werden konnte, wenn er sie nicht wiedersah...
Wie hatte er nur überhaupt den Film sehen können? Wie hatte er sie während des Filmes ganz vergessen können? Und schon während der Werbung? Wieso kam die volle Erkenntnis ihrer Bedeutung erst jetzt? Hatte ihn das davor bewahrt, sich vor seinem Kollegen zu blamieren? Aber, ach, er hätte es ja sowieso nie gewagt. Er wäre in jedem Fall mit ihm mitgegangen, ohne irgendetwas zu tun. Es hatte ihn eigentlich vor unendlichem Leid bewahrt, vor unendlicher Scham. Die Scham kam erst jetzt – und das Leid auch...
Für den Film war er trotz allem dankbar. Aber längst stellte er sich vor, er hätte ihn mit *ihr* sehen können. Nur sie war

noch in seinen Gedanken, und mit ihr in seinen Gedanken schlief er auch ein...

**A**m Sonntag versuchte er gleich vormittags, die Nummer anzurufen, die er tatsächlich auf der Webseite des Kinos fand – natürlich ohne Erfolg. Ein Anrufbeantworter verwies auf die üblichen Sprechzeiten.
Er überlegte, ob er heute das Kino ab nachmittags wieder aufsuchen sollte. Oder sogar schon ab vormittags? Es war fast ausgeschlossen, dass sie verschiedene, direkt aufeinanderfolgende Schichten hatte. Aber vielleicht könnte er da schon jemanden fragen? Andererseits war es wahrscheinlicher, dass die Schichten generell gleich blieben und man sich vor allem in der Spätschicht untereinander kannte. Aber wer weiß – vielleicht kannten sich die studentischen Kräfte untereinander ja doch.
Er steckte sich den Krimi ein, den er gerade angefangen hatte, und nahm den Bus zum Kino.

Als er dort ankam, kam er sich fast wie ein Spion vor. Er spionierte einem Mädchen hinterher, das von ihm sicher völlig in Ruhe gelassen werden wollte – aber was sollte er tun? Er musste es zumindest versuchen. Er konnte sich das Leben nicht mehr vorstellen, ohne ihr begegnet zu sein, und eigentlich *überhaupt* nicht mehr ohne sie, ohne ihre Bekanntschaft. Ach, was sollte er nur tun...
Die Vorstellungen, die um halb elf begannen, lockten bereits einige Besucher an. Am aussichtsreichsten war es wahrscheinlich, die Frau am Durchlass zu fragen, ob sie sie kannte. Eine andere Aussicht hatte er eigentlich überhaupt nicht. Er wartete bis halb elf, und als die letzten Besucher ihre Karten gekauft hatten und verschwunden waren, ging er zu ihr, um sie zu fragen. Sie war keine Studentin mehr.
„Entschuldigung ... ich suche ein Mädchen, das gestern Abend hier gearbeitet hat. Können Sie mir vielleicht sagen, wann ich sie wieder hier finden kann?"
Die Frau musterte ihn mit einer leisen Antipathie.

„Was für ein Mädchen? Hier arbeiten viele Mädchen."
„Ja, aber gestern waren es nur zwei. Die eine stand zu Beginn der Acht-Uhr-Vorstellung hier, die andere am Ende, vor der Zehn-Uhr-Vorstellung."
„Ich weiß aber nicht, wer gestern alles Dienst hatte."
„Kennen Sie die Mädchen denn generell?"
„Warum wollen Sie das denn wissen?"
„Weil ich eines von ihnen suche."
„Ich weiß ja nicht mal, welches!"
„Es hatte ein sehr schönes Gesicht..."
Die Frau lachte kurz und einigermaßen abschätzig.
„Na, das ist ja mal eine Beschreibung!"
„Es war wirklich sehr schön, das schönste... Und ... mit einem sehr schönen Mund..."
Die Frau taxierte ihn.
„Hören Sie, ich glaube, es ist besser, Sie gehen wieder. Ich glaube nicht, dass es irgendeinem der Mädchen gefällt, wenn man ihm so nachspioniert."
Wieder ein Stich ins Herz... Der Ton der Frau reichte aus, ihm allen Mut für einen nochmaligen Versuch der Erklärung zu nehmen. Verzweifelt suchte er innerlich noch einen Moment lang nach diesem Mut, aber er fand ihn nicht.
„Trotzdem danke", sagte er resignierend, während er sich umwandte.
Er spürte die Blicke der Frau in seinem Rücken.

Mit einem Druck auf der Brust verließ er das leere Foyer wieder. Was sollte er tun, wenn diese Frau jetzt mehrere Stunden dort blieb und sah, wie er später wiederkommen würde? Er hatte das Gefühl, dass sich unsichtbare Netze spannten, die ihn davon abhielten, jenes Mädchen wiederzusehen, das er unbedingt wiedersehen musste...

Er ging in ein Café und wartete, bis die Zwölf-Uhr-Vorstellungen anstanden. Dann ging er wieder zum Kino – und sah,

dass die Frau wiederum am Durchlass stand. Enttäuscht kehrte er in das Café zurück. Für den Krimi hatte er kaum Aufmerksamkeit. Er las einzelne Seiten – aber er konnte sich überhaupt nicht auf den Inhalt konzentrieren. Auch jetzt war fortwährend das Mädchen im Mittelpunkt seiner Gedanken. Er hatte nicht einmal mehr ein klares Bild ihres Gesichts, er konnte sich so etwas nicht behalten. Nur das Gefühl, das er bei ihrem Anblick gehabt hatte, konnte er nicht vergessen. Er *wusste*, dass er sie wiedersehen musste. Unbedingt...
Um zwei Uhr stand die Frau noch immer dort – oder wiederum. Als er erneut im Café saß, fragte er sich, was er hier eigentlich machte. Und doch war die Antwort klar. Sie war nur deshalb so verwirrend, weil er dies noch nie zuvor getan hatte. Was tat er? Er verbrachte seinen Sonntag damit, ein Mädchen wiederzufinden – und bis jetzt ohne jeden Erfolg. Er verbrachte sein Wochenende mit Warten, einfach nur mit Warten. Aber er konnte ohnehin nichts anderes tun, denn in allem, was er tun würde, würde immer wieder das Mädchen der Mittelpunkt sein. Und dies würde auch nicht aufhören, bis er es gefunden haben würde. Er musste es einfach finden.

Um vier Uhr stand die Frau ebenfalls wieder dort. Warum musste gerade diese Frau eine volle Acht-Stunden-Schicht haben? Er verfluchte sich dafür, dass er sie überhaupt gefragt hatte. Aber wenn er es nicht getan hätte, hätte er sich auch dafür verflucht... Er konnte einfach nur warten.
Es war doch auch schön, zu warten – wenn man nur wüsste, ob man mit Erfolg warten würde. Er wusste gar nichts. Er wusste nur, dass er irgendwie vielleicht irgendwelchen Informationen näher kommen könnte – hoffentlich. Oder vielleicht würde sie selbst heute Abend wieder da sein. Bei diesem Gedanken schlug sein Herz bereits wieder heftig, und eine Furcht stieg von neuem in ihm auf. Noch immer wusste er nicht, was er sagen sollte. Er verlor sich in Tagträumen...

Fast hätte er die Sechs-Uhr-Vorstellung verpasst. Aber es ging zum Glück nur darum, den Menschen am Durchlass zu fragen. Dennoch zog sich sein Herz zusammen, als sie auch jetzt nicht da war. Immerhin aber war die Frau endlich weg, und statt ihrer stand jetzt ein junger Mann, wahrscheinlich Student wie das Mädchen, dort.
Die meisten Besucher waren schon drin, und er wartete noch die letzten Nachzügler ab. Er versuchte, sich zu erinnern, ob dies derselbe junge Mann gewesen war, der ihr gestern gegenübergesessen hatte. Er glaubte es nicht, aber konnte auch dies nicht mehr sicher sagen.
Schließlich konnte er zu ihm gehen.
„Entschuldigung..."
Der junge Mann sah ihn an.
„Kennen Sie Ihre Kolleginnen, die anderen Studenten?"
„Nur ein paar, wieso?"
„Ich suche ein Mädchen, das gestern Abend hier stand."
„Und wie sah sie aus?"
Ihm war diese Frage immer sehr unangenehm. Er hatte das Gefühl, dass man ihn jedes Mal völlig durchschaute, wenn er die Antwort gab. Natürlich tat man das – aber was half es...
„Sie war blond und hatte ein sehr schönes Gesicht..."
„Hmm, weiß nicht. Vielleicht meinen Sie Petra."
Petra? War das ihr Name?
„Sie hatte auch einen besonders schönen Mund..."
„Was?"
Der Student lachte, irritiert über dieses Detail.
„Nein, dann war es Petra wahrscheinlich nicht. Das heißt – je nachdem, was Sie unter ‚schöner Mund' verstehen."
Ihm war dieses Gespräch längst extrem unangenehm. Dennoch wagte er es hinzuzufügen:
„Auffallend schön eben..."
„Nein", sagte der Student, „das war sie wohl nicht. Nein – tut mir leid, ich wüsste selbst gern, wer es dann gewesen sein könnte..."

„Okay, danke...", sagte er, von neuem enttäuscht.
Mit einem ziehenden Gefühl in seiner Brust verließ er das Kino wieder.
Draußen stand er ratlos an der Straße und fragte sich, was er tun sollte. Die Sehnsucht nach diesem Mädchen war wirklich so stark! Er wusste nicht, wie er dies lange aushalten konnte.

Obwohl er wenig Hoffnung hatte, wartete er die Acht-Uhr-Vorstellung ab. Dies war die Vorstellung, wo er sie gestern gesehen hatte...
Als er kurz vor zwanzig Uhr wieder vor dem Kino stand, war das Foyer ziemlich gefüllt. Die Abendfilme lockten immer bei weitem das meiste Publikum an. Geschützt durch die Menge der Menschen konnte er sich im Foyer frei bewegen. Aber am Durchlass entdeckte er noch immer den jungen Mann. Allerdings stand dort ein weiteres Mädchen, das er von gestern ebenfalls noch nicht kannte.
Auch sie war ziemlich hübsch. Aber wenn er jetzt schon anfing, dies festzustellen, war ihm jenes eine Mädchen nicht wirklich wichtig. Er verbat sich innerlich jegliche tieferen Gefühle für dieses andere Mädchen. Sie stand ein bisschen abseits, genau wie das Mädchen gestern Abend.
Als die letzten Besucher in Richtung der Kinos gegangen waren, trat er wieder auf den jungen Mann zu und entschuldigte sich noch einmal, bevor er fragte:
„Ich suche noch immer das Mädchen von gestern Abend... Denken Sie, dass sie sie vielleicht kennen könnte...?"
Der Student sah ihn irritiert an. Auch bei ihm schien er auf eine leise Antipathie zu stoßen. Dennoch wandte dieser sich nun an seine Kollegin und fragte:
„Kerstin – kennst du die anderen Studentinnen? Jemanden, der gestern Dienst hatte?"
Sie schüttelte den Kopf.
„Nein – wen denn?"

Der Student wollte gerade seine Beschreibung von vor zwei Stunden wiederholen, aber er kam ihm zuvor und sagte schnell:
„Ist nicht so wichtig..."
Er wollte die Details um keinen Preis durch den Studenten wiederholt hören... Dennoch schämte er sich für seine eigenen Worte. Natürlich war es wichtig...
Das Mädchen zuckte gleichsam mit den Schultern und wandte seine Aufmerksamkeit wieder ab.
Der Student sagte:
„Für ‚nicht so wichtig' haben Sie aber schön zwei Stunden gewartet."
Peinlich berührt wusste er nicht, was er darauf erwidern sollte. Er spürte, wie er rot wurde, was man hoffentlich nicht allzu deutlich sah, und sagte schließlich:
„Es ist schon wichtig. Aber es nützt ja nichts – sie kennt sie ja eh nicht..."
Auch der junge Mann sagte jetzt nichts mehr, für ihn war das Gespräch beendet. Er jedoch sagte dennoch wieder:
„Trotzdem danke..."

Es hatte keinen Sinn mehr, auch noch die Zehn-Uhr-Vorstellung abzuwarten. Diesmal ging er wirklich zu Fuß nach Hause.
Er hatte das Gefühl, dass sich das Mädchen und die Chance, es wiederzusehen, immer weiter von ihm entfernte. Wann würde er es wiedersehen können? Die größte Aussicht bestand noch nächsten Samstag – wenn es gleiche Tage hätte. Wenn aber nicht? Er müsste eine Woche lang jedes Mal zur Abendvorstellung kommen, um alle Möglichkeiten einzuschließen. Das würde er auch tun. Aber was sollte er tun, wenn sie dann wirklich plötzlich wieder da stehen würde? Was sollte er dann tun!?
Er wusste es nicht. Er wusste nur, dass er sie unbedingt ansprechen musste. Er hatte jetzt eine so unendliche Sehnsucht

nach ihr, dass er auch den Mut haben würde. Was auch immer ihm dann geschehen würde...
Den ganzen Weg überlegte er wieder, was er sagen könnte; stellte sich den möglichen Verlauf der Begegnung vor, verlor sich wieder in Abendträume... Es waren schöne Begegnungen, es waren völlig scheiternde Begegnungen. Ach, aber die schönen waren so schön... Wenn sie doch nur so wäre, wie er es sich vorstellen durfte!

Als er nach Hause kam, war er nicht enttäuscht über diesen Tag. Er war nur tief traurig, dass er ihr nicht näher gekommen war. Aber er bereute keine Minute. Er *musste* ihr begegnen. Sie war jener Mensch geworden, der ihm unendlich viel bedeutete. Und wieder begleitete sie ihn in jedem Gedanken, bis er einschlief, und auch hier wiederum...

Sein Kollege war am Montag in Bezug auf die Praktikantin wieder viel umgänglicher. Aber erstaunt stellte er fest, dass er selbst gegenüber allen Bemerkungen viel empfindlicher geworden war.
Als Hoppe die junge Frau bei einer Aufgabe wieder wegen einer Kleinigkeit kritisierte, wartete er zwar erneut, bis sie endlich wieder allein waren, doch dann sagte er:
„Frank, du hast wirklich kein Recht, sie immer so herunterzumachen."
„Wie bitte?", fragte Hoppe entgeistert. „Was ist denn in dich gefahren? Ich gebe mir heute gerade unglaubliche *Mühe*!"
„Nein, du hast sie gerade wegen einer Kleinigkeit total heruntergemacht."
Noch immer zeigte Hoppe völliges Unverständnis.
„Was ist denn mit dir los, Sebastian? Hattest du gestern einen schlechten Sonntag gehabt?"
„Nein, mein Sonntag war gut."
„Dann verstehe ich nicht, was du plötzlich von mir willst."
„Ich will von dir nichts. Ich will nur, dass du die Praktikantin in Ruhe lässt beziehungsweise normal behandelst."
„Entschuldige mal, ich *behandele* sie gerade –"
„Nein, tust du nicht", unterbrach er ihn. „Du weißt genau, was ich meine. Ich möchte, dass du sie so behandelst, wie du gerne behandelt werden würdest."
„Hey, jetzt aber mal Stopp. Wo kommen wir denn da hin? Ein bisschen Unterschied muss ja wohl noch sein. Ich habe keine Lust, mir jetzt auch noch Vorschriften machen zu lassen. Praktikanten machen auch *Mühe*, verstehst du? Und darüber kann man auch mal *genervt* sein. Dass ich über sie sowieso genervt bin, ist ein anderer Punkt, aber darum geht's jetzt gar nicht. Also, ich will jetzt mit dir keinen Streit anfangen – und ich hoffe, du auch nicht. Aber ich will mich jetzt nicht jedes Mal rechtfertigen müssen! Ist das in Ordnung?"

Hoppe unterlegte seine abschließende Frage mit einem leise drohenden Unterton.

Er spürte, wie er innerlich wieder mit einem Rückzug reagierte, obwohl er damit keineswegs zufrieden war. Aber sein Mut war wieder einmal erschöpft. Dennoch staunte er selbst darüber, wieviel er auf einmal dennoch gehabt hatte.

„Ich weiß es nicht", sagte er relativ leise. „Ich will mich auch nicht rechtfertigen müssen für das, was ich denke..."

Die Situation blieb offen. Hoppe taxierte ihn – und er merkte, wie sich das Verhältnis zwischen ihnen innerhalb dieser wenigen Sekunden auf einmal gravierend wandelte. Ihm tat das extrem leid, hatte er Hoppe doch trotz allem ziemlich gemocht – ihn und dessen Sympathie für ihn. Nun veränderte sich dies völlig. Aber er konnte nicht anders. Es lag nicht an ihm. Wenn es nach ihm ginge, müsste es nicht so sein. Aber er konnte nicht mehr stumm bleiben. Etwas in ihm hatte angefangen zu sprechen...

Mit leise zusammengekniffenen Augen sagte Hoppe langsam:

„Irgendetwas ist gestern passiert. Du bist einfach anders – und das ist ziemlich schade..."

Wieder war es ein leise drohender oder zumindest abschätziger Unterton. Aber wenn *dies* schade sein sollte, was gestern passiert war, dann wusste er sicher, dass Hoppe Unrecht hatte. Er wusste es so oder so... Schade war nur, dass ihr Verhältnis dadurch auseinanderging. Aber angesichts dessen, was er empfand, war es offenbar zwangsläufig. Es lag dennoch nicht an ihm...

\*

Nach der Mittagspause hatte die Praktikantin erneut eine Aufgabe für Hoppe zu erledigen. Dieser war von Anfang an gereizt. Als sie wiederum Probleme hatte, seine Anordnungen ganz zu verstehen, sagte er stark verärgert:

„Begreifen Sie denn *gar nichts*?"
Er sagte über den Schreibtisch hinweg beruhigend:
„Frank..."
Sofort erwiderte dieser völlig gereizt:
„Halt *du* dich da raus!"
„Nein", sagte er und wunderte sich im selben Moment noch über seinen eigenen Mut, seine völlige Ruhe in diesem Augenblick, „ich bin ja offenbar ein Teil des Problems. Aber lass dies bitte nicht *auch* noch an ihr aus..."
Dies war für Hoppe zuviel. Ganz und gar wütend sagte er heftig:
„Sag mal – ihr könnt mich alle mal! Was ist denn das hier für ein Affenstall!? Könnt ihr mich jetzt mal alle in Ruhe lassen? Ich glaub's ja nicht! Mach du doch diese ganze Kotzarbeit! Los – gehen Sie rüber! Ab jetzt betreut Sie Herr Schäfer. Der leckt sich doch längst alle Finger nach Ihnen! Ich geh einen Kaffee trinken!"
Wütend rauschte Hoppe aus dem Raum.

Völlig eingeschüchtert stand die junge Frau noch immer an ihrem Platz, und er war mit ihr allein – mit ihr und der letzten Bemerkung seines Kollegen, die noch immer im Raum stand.
„Ich weiß nicht, was los ist", sagte er nun ziemlich beschämt. „Ich hoffe, Sie wissen, dass es nicht so ist, wie Herr Hoppe sagte. Er ist ein bisschen... Wie gesagt, ich weiß nicht, was los ist."
Es war ihm bereits unangenehm, die Form zu wahren und seinen Kollegen mit Nachnamen zu erwähnen. Er schämte sich für ihn nur noch...
Völlig verunsichert fragte die Frau nun:
„Und was ... soll ich jetzt machen?"
„Ich kann sie schon auch betreuen, aber ... ich müsste das erst mit dem Abteilungsleiter besprechen. Und wahrscheinlich ist es besser, wenn sie diesen Raum hier ... ganz umgehen könnten."

„Es tut mir leid...", sagte die junge Frau.
Er war von ihrer Antwort berührt.
„Nein – *mir* tut es leid. Schon die ganze Zeit. Ich habe es Ihnen ja gesagt. Ich fürchte, das Ganze ist jetzt darauf zurückzuführen, dass ich auch mit meinem Kollegen deutlicher gesprochen habe. Irgendwie hat er das nicht vertragen..."
„Ja, aber das tut mir leid. Jetzt müssen Sie das ausbaden..."
„Ach, wissen Sie, das wird schon wieder besser werden. Und wenn nicht ... ich kann nichts dafür..."
„Danke jedenfalls... Sprechen Sie denn dann mit dem Abteilungsleiter?"
„Ja, das werde ich tun. Am besten, wir tun es gleich und gehen gemeinsam zu ihm."

\*

Er erreichte nicht sofort eine Lösung, sondern der Abteilungsleiter wollte mit Hoppe erst einmal Rücksprache halten – und er hatte die unangenehme Aufgabe, ihm dies mitzuteilen.
Als dieser von seiner Kaffeepause zurückkam und noch immer verärgert den Raum wieder betrat, musste er allen Mut zusammennehmen, um ihm zu sagen:
„Du sollst zu Herrn Reiter gehen. Es geht darum, ob die Praktikantin unseren Raum ganz umgehen kann."
Völlig entgeistert starrte Hoppe ihn an.
„Sag mal, bist du jetzt völlig verrückt geworden? Rennst du gleich zum Abteilungsleiter, oder was?"
Die Aggression in seinen Worten war nicht zu überhören.
Hatte er sich schon geschämt, nur ‚die Praktikantin' gesagt zu haben, so fühlte er sich jetzt völlig in die Defensive gedrängt. Bereits verunsichert erwiderte er:
„Du wolltest, dass ich sie jetzt betreue..."
„Du hast das mit mir zu besprechen, bevor du zum Abteilungsleiter rennst! Was soll denn diese Sch..."

Erneut rauschte Hoppe aus dem Raum. Er würde dem Abteilungsleiter jetzt seine Version anbieten. Aber was war seine Version?

Zwanzig Minuten später kam er zurück und setzte sich mit großer Kälte an seinen Platz. Er schien ihn zunächst überhaupt nicht zu beachten – und auch weiterhin nicht.
Schließlich fragte er, die ganze Situation als nahezu unerträglich erlebend:
„Und was hat Herr Reiter jetzt gesagt?"
Besser wäre es gewesen, zu wissen, was Hoppe *ihm* gesagt hatte.
„Es bleibt alles beim Alten", erwiderte Hoppe kalt.
Und nach einer Pause fügte er hinzu:
„Ich habe ihm gesagt, dass du überreagiert hast."
Die Worte standen wie eine schwarze, verhängnisvolle Masse im Raum. Er malte sich die Situation aus – es war eine Situation, in der er unmöglich noch einmal seinerseits zum Abteilungsleiter gehen konnte. Diese Kröte musste er schlucken – und Frau Fischer mit ihm. Er war nur froh, dass es ihre letzte Woche war... Wenn sich eine weitere Gelegenheit ergab, das heißt eine weitere schlimme Situation, würde er erneut den Abteilungsleiter aufsuchen...

Den Rest des Tages litt er entsetzlich unter der völlig verwandelten Atmosphäre in ihrem gemeinsamen Raum. Der Raum hatte nichts Gemeinsames mehr, es bestand eine Feindseligkeit, die sich ganz von Hoppe ausgehend im ganzen Raum verbreitete. Aus einem Kollegen war ein Gegner geworden. Wie war so etwas möglich...?
Er konnte sich kaum auf seine Arbeit konzentrieren, spürte auch jetzt wieder Beengungen im Brustbereich, die aber nichts von dem Gefühl der Sehnsucht hatten, die er dem Mädchen gegenüber empfand – und überlegte die ganze Zeit, was er tun könnte, um die Situation wieder zu entspannen.

Aber es fiel ihm nichts ein. Hoppe selbst war einfach zu eisig...

*

Ohne ein Wort des Abschieds gingen sie in den Feierabend. Die Praktikantin schien bereits gegangen zu sein, als er sich auf den Heimweg machte. Selbst von ihr hatte er nichts weiter bekommen als ein ‚Danke jedenfalls'. Aber was sollte er erwarten? Es war eine junge Frau, die unendlich dankbar sein musste, nach dieser letzten Woche niemanden aus dieser Firma je wiederzusehen. Auch ihn würde sie kaum in irgendeiner Erinnerung behalten. Oder höchstens als einen Mann, der ebenfalls viel zu lange geschwiegen und dann am Ende den Mund aufgemacht hatte – etwas, was eigentlich völlig selbstverständlich sein sollte, und zwar sofort...
Er hätte auch ganz schweigen können. Dann wäre die Situation nie eskaliert, und er hätte jetzt nicht unter dieser ertötenden Kälte zu leiden. Er wusste nicht, wie lange er diese überhaupt aushalten würde, ohne krank zu werden. Aber er wusste, dass er nicht hätte schweigen können.
Seit er jenem Mädchen begegnet war, konnte er es nicht mehr verantworten. Seine Liebe zu diesem Mädchen und seine Hoffnung, es wiederzusehen, forderte von ihm eine ganz neue Selbstachtung... Er musste sich selbst voll achten können, sonst fand er nicht den nötigen Mut, sie wiederzusehen. Es war, als sah er die Dinge auf einmal mit *ihren* Augen. Wenn er nicht mutig war, hatte er überhaupt keine Chance und verdiente es auch überhaupt nicht, ihr wiederzubegegnen. Er *musste* es aber verdienen... Er musste sie wiedersehen...

Er aß zuhause zu Abend und fuhr dann für die Acht-Uhr-Vorstellung zum Kino. Er sah dort wieder einen anderen jungen Menschen am Durchlass – wieder einen jungen Mann. Wieder fragte er diesen – und wieder kannte dieser das Mädchen

nicht. Und auch diesem Studenten kam seine Frage wieder merkwürdig vor...
Ach, er hatte eigentlich keine andere Möglichkeit mehr, als sie direkt wiederzufinden. Auch die Frau vom ‚Management' hatte er heute in der Aufregung um die Praktikantin ganz vergessen anzurufen. Eigentlich hatte er es in der Mittagspause machen wollen...

**A**ls er am Dienstag erwachte, empfand er sofort wieder dieses ziehende Gefühl im Bauch. Im Laufe des gestrigen Abends, als er wieder die Hoffnung gehabt hatte, zumindest ihren Namen zu erfahren, war es immer stärker geworden. Es war eine unglaubliche Sehnsucht – ja, er spürte die Sehnsucht nach diesem Mädchen von Anfang an in seinem ganzen Körper. Nein, nicht im ganzen Körper, aber dort, im Bauch, und von dort noch nach oben und unten ziehend.
Es war ein schönes und zugleich quälendes, leidvolles Gefühl. Es war die Sehnsucht. Er hatte nicht gewusst, dass es eine so starke Sehnsucht gab. Er kannte diese Art von Gefühl, die so stark bis in den Körper hineinreichte, bisher überhaupt nicht. Er erinnerte sich an Anklänge davon, aber diese waren immer so sehr in der Schwebe geblieben, dass sie einem nur als angenehm aufgefallen waren. Was er jetzt empfand, hatte sich gleichsam in seinem Körper festgesetzt – als wenn es ihn nie mehr verlassen wollte. Es war, wie wenn sich das Innenleben des Bauches leidvoll zusammenzog. Aber wie konnte sich der Körper, ja ausgerechnet dieser mittlere Teil, nach einem solchen Mädchen sehnen? Was wusste er von diesem Mädchen? Nichts! Und trotzdem zog er sich in Sehnsucht zusammen. So stark...
Er dachte unwillkürlich daran, dass man mit der Zeit davon vielleicht krank werden würde, regelrecht krank... Aber lieber würde er krank werden, als dieses Gefühl wieder zu verlieren. Es war das Einzige, was ihn mit dem Mädchen verband. Mehr hatte er von ihr bis jetzt nicht. Nicht einmal ihren Namen. Nur die vage Erinnerung an ihr Gesicht. Nur die Erinnerung an seine Erschütterung bei ihrem Anblick. Nur diese Sehnsucht...

Als er sich einen Kaffee kochte, fiel ihm ein, dass er seit zwei Tagen nicht *einmal* den Fernseher eingeschaltet hatte. Sogar am Sonntag nicht! Er hatte den ganzen Tag damit verbracht,

auf sie zu warten, und als er nach Hause gekommen war, hatte er sich ganz seinen Gedanken an sie hingegeben, seiner Sehnsucht nach ihr... Auch die übliche Flasche Bier hatte er ganz vergessen – oder jedenfalls nicht aus dem Kühlschrank geholt. Nachdenklich setzte er sich an den Küchentisch. War das Zufall? Hatte er es einfach nur vergessen?
Nein. Vielleicht auch das, einfach vergessen. Aber nicht *einfach* nur vergessen – er hatte einfach keinerlei Impuls gefühlt, den Fernseher einzuschalten. Es wäre ihm ... es hätte einfach nicht gepasst. Es hätte ihn einfach nur gestört. Ihn und das Mädchen, seine Gedanken an sie. Es war ... nicht *gut* genug für sie. Es war eine Störung. Eine Verschmutzung. Eigentlich eine Entheiligung...
Er zuckte bei dem Gedanken innerlich gleichsam leise zusammen. Was dachte er hier eigentlich? Was wusste er von Heilig und Unheilig? Seit wann war ein Mädchen heilig? Nein, sie war nicht heilig – und doch *war* sie es für ihn. Seine Gedanken an sie... Sie war für ihn alles. Er würde alles für sie tun, er würde alles tun, damit er sie kennenlernen dürfte. Nicht alles – aber er schämte sich nicht. Seine Sehnsucht war so groß, dass er dafür alles andere aufgeben würde. Für sie...
Und hatte er dies nicht schon getan? Was war mit gestern? Was war mit heute? Er würde heute in einen Büroraum kommen, in dem statt seines Kollegen jemand sitzen würde, der ... er durfte gar nicht daran denken. Das sehnsuchtsvolle Ziehen in der Magengegend wurde ergänzt von einem anderen Ziehen, das den Magen vor Sorge und auch Furcht verkrampfte. Man würde ganz bestimmt krank werden, wenn man dies jeden Tag aushalten musste...
Und doch würde er es jeden Tag wieder tun. Er würde jeden Tag wieder so handeln, wie er es gestern getan hatte. Er hatte es für sie getan. Natürlich, auch für die Praktikantin, aber vor allem für sie. Für sich. Für seine Gedanken an sie und an sich, für seine eigene Selbstachtung. Er konnte einfach nicht mehr anders.

Er musste lächeln. Alles würde er für sie aufgeben, hatte er gedacht. Aber eigentlich hatte er etwas Kostbares gewonnen, erst einmal. Einen neuen Mut. Eine neue Sicherheit – darüber, was man tun musste. Was richtig war. Wofür man einstehen musste. Eine Entschlossenheit gegenüber den eigenen Empfindungen. Wenn er daran dachte, fühlte auch dies sich wieder wie ein sanftes Ziehen im Bauch und zugleich in der Brust an, bis hin zum Hals. Was tat sein Körper nur? Er entwickelte ein Innenleben, das er nur staunend mitverfolgen konnte.
Seine Gefühle für das Mädchen hatten ihm also etwas geschenkt, was vorher nicht dagewesen war – nicht in dieser Stärke und Klarheit. Im Grunde fühlte er sich wie neugeboren. Zweifach. Durch diese unendliche Sehnsucht – und durch das, was er nun endlich vertreten konnte. Im Grunde konnte er nun endlich sich selbst vertreten, seine eigenen Ansichten, seine eigenen Gefühle. Das war ein unglaubliches Gefühl. Und doch wollte man teilweise gleich wieder davor weglaufen... Und doch würde er es, hätte er die Wahl, nicht mehr tun. Er würde immer wieder so handeln. Wenn man dies einmal erlebt hatte, konnte man nicht mehr wirklich vor sich selbst weglaufen. Es war auf einmal da – die Scham auf sich selbst wäre zu groß. Es war wirklich wie eine Geburt.

Und zugleich war es so leidvoll... Den ihn erwartenden Schrecken im Büro würde er ja noch ertragen können. Aber die Sehnsucht nach *ihr* ... sie war größer als das, was man auf Dauer ertragen konnte. Was sollte er tun?
Kurz stieg vor ihm ein Bild auf. Ein Mann, der völlig unfähig war zu leben. Der auf der Straße gelandet war, mit Alkohol, zerbrochen... Konnte man so enden? Aus Liebe? Aus Sehnsucht? Aus Hoffnungslosigkeit? Nach einem Zerbrechen aller Hoffnungen? Oder nach der Ablehnung eines solchen Mädchens? Nach einer völligen Demütigung durch sie...?

Was war dies nur, diese Sehnsucht? Was war dies für eine Erscheinung – die einen so erfasste wie ein Naturereignis, ja, eine Naturgewalt. Ein einziger Blick auf ein Mädchen, in ein Mädchengesicht, und es erschütterte einen so sehr, dass man nur noch an dieses Mädchen dachte, dass auch der Körper nur noch an dieses Mädchen dachte; dass man vielleicht krank davon werden würde ... dass man vielleicht in der Gosse landen würde, völlig am Ende, völlig vernichtet...

Er erinnerte sich dunkel an ein Buch, das er vor vielen Jahren einmal auf einem Flohmarkt gekauft hatte, ohne es je gelesen zu haben. Wie hieß es noch?
Er stand auf und ging ins Wohnzimmer, wo seine Bücher standen. Wenn es überhaupt hier war, hatte er es ganz unten hingestellt – zu den Büchern, die er zwar noch behielt, aber von denen er nicht wusste, ob er sie jemals noch lesen würde.
Er ging die unterste Reihe durch – und es fiel ihm fast sofort ins Auge. Er erinnerte sich noch an den rosafarbenen Einband. Er zog es heraus, und wieder sah er auf dem Cover den unbekleideten, so sehr anziehenden Frauenkörper, der ihn damals das Buch hatte kaufen lassen. ‚Biologie des Begehrens', ja, so hieß es...
Er betrachtete die eine Brust der Frau, deren Kopf nicht mit abgebildet war. Von der Brust war eigentlich nur der Mittelpunkt deutlich sichtbar. Wieso übte so eine kleine Stelle eine so starke Wirkung, so eine starke Anziehung aus? Sie war noch viel stärker als die der anderen Brust, die man deutlich sah. Und doch war die Anziehung wahrscheinlich nur durch beides zusammen so stark. Dann die Haare, die man noch bis zum Hals und über die Schulter fließen sah... Dann die fließenden Falten eines Gewandes, das zwischen ihre Beine zog, was man dann auch nicht mehr sah...
Er spürte, wie der Anblick dieses Frauenkörpers starke Empfindungen in ihm auslöste. Was war dies für ein Rätsel, warum geschah das? Biologie des Begehrens... Er würde heute

Abend darin lesen. Nach zehn Jahren, ja, etwa zehn Jahre war es her, als er dieses Buch gekauft hatte, weil ihn das Cover zum ersten Mal ebenfalls in genau dieser Weise angezogen hatte.

\*

Hoppe erwiderte seinen Gruß nicht. Er kam in einen völlig eisigen Raum. Es war, als wenn überhaupt niemand anders anwesend gewesen wäre – nein, es war schlimmer. Wenn niemand anwesend gewesen wäre, hätte er seine Ruhe gehabt, Frieden. Jetzt hatte er keine Ruhe, jetzt herrschte Krieg. Lautloser, eisiger Krieg. Der Krieg bestand einfach aus diesem Eis. Es herrschte Eis...
Es war nicht einfach nur Missachtung, es war eisige Missachtung, es war eine Art aktive Missachtung. Es war ein Eis, das sich nicht einfach nur um Hoppe ausbreitete, sondern das direkt auf ihn zuströmte, auch ihn zu-eisen wollte...
Er wusste nicht, wie er das auf Dauer aushalten sollte. Er würde zum Abteilungsleiter gehen und um eine andere Lösung bitten. Doch ausgerechnet heute war dieser auf Dienstreise. Und zudem war es fraglich, ob es überhaupt eine andere Lösung gab. Die Räume waren begrenzt – und sie waren voll belegt. Die einzige Möglichkeit wäre ein Platztausch mit irgendeinem Kollegen, und auch dafür fielen ihm nicht allzu viele Möglichkeiten ein, die überhaupt denkbar waren.
Um diese Fragen kreisten seine Gedanken, bis sein Computer hochgefahren war. Danach widmete er sich erleichtert seinen Aufgaben, die zumindest ein wenig Ablenkung boten – obwohl alle Gedanken immer wieder auf das Eis zurückkamen, und auf die Frage, wie man diesem schrecklichen Zustand entgehen konnte.
Einen klaren Gedanken konnte er eigentlich gar nicht fassen. Das von Hoppe ausgehende Eis war so stark, dass es ihm ganz illusionär erschien, auch nur den Versuch zu einem Ge-

spräch zu wagen. Er hätte auch gar nicht gewusst, wie. Die Angst vor einer erneuten Konfrontation benebelte seine Sinne, ließ keinen klaren Gedanken zu. Also flüchtete er sich in die Aufgaben, die heute anstanden...

Dann klopfte es, und die Praktikantin kam herein. Sie hatte er in dieser ersten halben Stunde ganz vergessen! Aber natürlich, die Katastrophe war noch nicht zu Ende, sie ging weiter. Wie hatte Hoppe gestern noch gesagt? ‚Es bleibt alles beim Alten.' Seine Nerven waren bis zum Zerreißen gespannt...

„Guten Morgen", sagte die junge Frau äußerst verunsichert und schloss zögernd die Tür.
„Guten Morgen", erwiderte er freundlich ihren Gruß und wusste zugleich unmittelbar, dass Hoppe dies als neuen Affront empfinden würde. Was würde jetzt passieren? Wie würde Hoppe sich nun verhalten?
Er grüßte überhaupt nicht, sondern sah die junge Frau nur feindselig an. Dann sagte er aggressiv:
„Ich hab heute nichts für Sie. Fragen Sie Herrn Pommerenke!"
Sie war völlig schockiert und stotterte:
„Ja ... ist gut..."
Er spürte ihre tiefe Verletzung, ihr leidendes Nicht-Verstehen. Sie wandte sich mit einem flüchtigen Blick auf ihn um und ging wieder hinaus. Wie sie hinausging... Wieder dieser tiefe Schmerz im Inneren ... in *seinem* Inneren.
Er hatte ohnehin nichts mehr zu verlieren. Ein kurzer Blick auf Hoppe zeigte ihm, dass er hier ohnehin nur dem Eis ausgesetzt war. Ob er es noch schlimmer machte oder nicht, es *konnte* eigentlich nicht mehr schlimmer werden. Er stand auf und ging der jungen Frau schnell hinterher.
„Ja, natürlich!", kommentierte Hoppe heftig.
Einen Moment lang zögerte er, wie wenn sich hier eine Gelegenheit ergäbe, mit seinem Kollegen doch noch zu sprechen.

Aber dessen Ton und auch Blick ließ es dann doch nahezu unmöglich erscheinen, und er öffnete ohne ein weiteres Wort die Tür und zog sie hinter sich wieder zu.
„Frau Fischer!"
Sie drehte sich um, blieb stehen. Er sah ihren leidvollen Blick.
Er kam zu ihr, und sie blickte ihn leidvoll fragend an.
„Ich ... es tut mir leid...", sagte er.
Es kam ihm so vor, als hätte er genau diese Worte schon unzählige Male gesagt.
„Was ist es nur?", brach es aus der jungen Frau nun heraus. „Was ist es nur? Was mache ich denn falsch...?"
Sie tat ihm so leid. Er fühlte den Impuls, sie in den Arm zu nehmen, aber das ging natürlich nicht.
„Sie machen nichts falsch, Frau Fischer... Sie machen alles richtig. Es ist ... Herr Hoppe ist es ... der alles falsch macht."
„Aber warum?", fragte sie, noch immer verzweifelt. „Ich muss ihm doch irgendetwas getan haben..."
Er dachte an den Moment in der Kantine.
Aus einem plötzlichen Impuls heraus fragte er:
„Würden Sie heute Mittag mit mir essen?"
Erstaunt sah sie ihn an und fragte zögernd:
„Wieso ... fragen Sie das jetzt?"
Er beschimpfte sich selbst als Idioten und sagte schnell:
„Ach, vergessen Sie es. Es tut mir leid. Ich dachte nur..."
Sie hatte ihm leidgetan – und er hatte auch den Wunsch danach gehabt...
„Nein, ich kann schon ... mit Ihnen essen. Ich wusste nur nicht, warum Sie das jetzt fragen..."
„Das kann ich Ihnen dann heute Mittag vielleicht erklären. Es hat auch mit Ihrer Frage zu tun. Aber jetzt würde es zu lange dauern. Wir können ja jetzt nicht sofort eine Pause machen, wo wir gerade erst gekommen sind..."
Sie lächelte.
„Ja..."

Er war erleichtert, ihre Erleichterung zu sehen.
Vorsichtig fragte er:
„Geht es Ihnen jetzt wieder etwas besser...?"
Mit leiser Dankbarkeit, ja Verwunderung in ihren Augen antwortete sie:
„Ja, danke..."
„Gut", sagte er, nun etwas verlegen. „Dann ... bis heute Mittag."
„Ja..."
Sie waren beide schon dabei, sich umzuwenden, als sie noch einmal hastig fragte:
„Und wann? Um eins?"
„Ja. Um eins, wie immer."
„Und ... wir sehen uns dann unten?"
„Ja, genau, wir werden uns ja nicht verfehlen..."
„Nein...", lächelte sie verlegen.
„Gut, dann..."
„Ja..."
Sie grüßten sich noch einmal lächelnd, dann ging jeder wieder seine Wege.

Sein Herz schlug nun doch fast bis zum Halse. Er hatte auf einmal eine Verabredung mit dieser jungen Frau. Einfach so...! Doch schon während er die wenigen Schritte zu seinem Büro zurückging, mischten sich in das schöne, euphorische Gefühl bereits Gedanken, die sich fragten, ob er nicht nur ihre Not ausgenutzt hatte, um ihr zu begegnen...
Als er das Büro wieder betrat, ließ ihm die Atmosphäre, die ihm von neuem entgegenschlug, keine Möglichkeit, weiter an den vergangenen Moment zu denken.
Hoppe wartete, bis er die Tür geschlossen hatte, dann sagte er verächtlich:
„Na, hast du die arme, arme Praktikantin getröstet?"
„Ja", sagte er ruhig, „habe ich, sozusagen."

Im Grunde war er auf einmal froh, dass sich zumindest so etwas ergab wie ein Gespräch. Alles war besser als reines Eis...

„Na, dann ist ja gut", fuhr Hoppe mit demselben abschätzigen Unterton fort. „Du kannst dich bei mir gelegentlich für die Steilvorlage bedanken."

Peinlich berührt realisierte er, dass sein Kollege das Thema genau auf denselben Punkt brachte, der sich ihm noch einen Moment zuvor aufgedrängt hatte.

„Ich brauche deine Steilvorlage nicht", sagte er.

Keinesfalls wollte er die Begegnung mit der jungen Frau zu etwas machen, was mit Hoppe einen Zusammenhang hatte, der alles auf dessen Art hinunterzog.

„Ach nein?", sagte dieser. „Man sieht doch förmlich, wie glücklich du über diese Gelegenheit bist! Der Retter – endlich darfst du der Retter sein! Der, der sonst nie einen Fuß in die Tür gekriegt hätte – *der* darf jetzt der Retter und Tröster sein. Du bist ihr doch geradezu lechzend hinterhergerannt!"

Hoppes Worte erstickten ihn fast. Es war ein einziger Sumpf niedriger Gedanken und Unterstellungen. Er hatte wirklich das Gefühl, das ihm der Atem wegbleiben wollte. Und doch zweifelte er im selben Moment tiefgreifend an all seinen Motiven, hielt es für möglich, dass Hoppe im Kern absolut Recht hatte. ‚Biologie des Begehrens' kam ihm in den Sinn. Wo war für *ihn* der Rettungsanker? Woran konnte er sich halten?

„Du kannst denken, was du willst. Du hast ja *deine* Methoden – und ich habe offensichtlich meine..."

„Na schön..."

Hoppe genoss es geradezu.

„Schön, dass du es zumindest zugibst. Es ist doch immer schön, wenn ein Mensch sich selbst entdeckt. Ist doch toll, dass du jetzt dazu stehst."

„Wozu soll ich stehen?"

„Dass auch du Methoden hast. Dass du sie jetzt an dir entdeckt hast. Dass sie anders sind als meine – aber eben auch Methoden. Dass du auch deine *Gefühle* entdeckt hast. Namentlich und im Besonderen deine Gefühle für Frau Fischer. Für das süße, kleine Fischlein, das jetzt an deiner Angel zappelt. Ich finde den Gedanken wirklich reizvoll..."
„Das sind *deine* Gedanken", versuchte er, sich dagegen zu wehren.
„Nein, es sind auch *deine* Gedanken. Nur musst du *das* auch erst noch lernen zuzugeben. Zumindest vor dir selbst. Es sind deine eigenen Gedanken, lieber Sebastian. Es ist *dein* Fischlein, es zappelt an deiner Angel, und du wirst es an Land ziehen. Viel Spaß dabei. Ich gönne es dir wirklich von Herzen."
Lächelnd, fast wohlwollend, ließ Hoppe die Worte im Raum verklingen und grinste zu ihm hinüber. Was wollte er?
Er wollte ihn auf seine Ebene ziehen, so viel war klar. Die Frage war nur: *War* er längst auf dieser Ebene? Gab es nur diese Ebene? Diese eine, einzige Ebene? War er davor bisher einfach nur weggelaufen? Vor etwas, was Hoppe einfach nur ganz klar ernst genommen hatte und wonach er lebte, während er, Sebastian, davor bis jetzt weggelaufen war? Kam auch er jetzt in der Realität an – um auf diese Weise endlich auch einmal einer realen Frau zu begegnen und real mit ihr ... was auch immer zu erleben?

Hoppe genoss die Situation.
„Schön...", sagte er wieder.
Er hatte das Gefühl, dass er in diesem klebrigen Sumpf versank. Er wusste nicht, wo ein Halt war...
„Siehst du – jetzt begreifst du es", stellte Hoppe fest.
„Ich begreife gar nichts", wehrte er sich, wie eine Fliege, die im Netz zappelte, ohne fort zu können.
„Du wirst es", sagte Hoppe beruhigend. „Du wirst es begreifen, warte nur die Zeit ab..."

„Welche Zeit?", fragte er, wie ein störrisches Kind, das längst keinen Ausweg mehr hatte, der Autorität der Eltern zu entfliehen.
„Die Zeit eben", wiederholte Hoppe genüsslich. „Einfach nur die Zeit... Ein bisschen musst du natürlich noch dafür tun. Du könntest dir von ihr ihre Nummer geben lassen. Du könntest mit ihr, möglichst noch vor Freitag, einmal zusammen essen... Und dann merkt ihr, dass ihr euch ja sympathisch seid. Und dann geht es so weiter, Sebastian... Man darf natürlich den Mut unterwegs nicht verlieren! Wenn es weiter geht, geht es weiter... Das kann ganz schön herausfordernd werden... Sie möchte dann vielleicht etwas ... oder du möchtest etwas... Du möchtest ja schon jetzt etwas ... auch wenn du das noch abstreitest. Aber die Zeit bringt es an den Tag... Wenn du nur nicht vorher wieder abhaust! Nicht, weglaufen Sebastian...! Es geht also immer weiter... Und schließlich bist du da, wo du *eigentlich* mit ihr hinwolltest... Du bist mit ihr im Bett. Schön im Bett... Und dann, dann bist du *in* ihr... Da wolltest du hin..."

„Du spinnst ja..."
Voller Ekel versuchte er, sich von den klebrigen Fäden zu befreien, mit denen die Spinne ihre Beute überzog...
„Nein, Sebastian, ich spinne nicht. Es *ist* so. Dichte dir alles Mögliche hinzu, aber letztlich komm auch mal bei der Realität an. Auf dem harten Boden der Realität. Oder bei dem harten Ding, das auch deine eigentliche Realität steuert, selbst wenn es jetzt noch nicht steht, weil es noch zu weich ist. Sobald es steht, kann es dahin, wo es von Anfang an hinwollte – du kannst sagen, was du willst. Vorhin bist du aufgestanden, irgendwann wird *er* aufstehen. Und der Zusammenhang zwischen beiden Momenten ist so was von klar... Mach dir nichts vor, Sebastian! Mach es *ihr*. Das ist es, was du willst..."

Er war gefangen. Völlig zugesponnen. Hoppe hatte Recht. Er wollte mit ihr ins Bett. Jetzt wollte er es. Und er hatte es wahrscheinlich immer gewollt. Vielleicht nie geglaubt, aber immer gewollt. Frauen waren einem sympathisch, weil man mit ihnen ins Bett wollte. Und umgekehrt: Wenn sie einem sympathisch waren, wollte man mit ihnen ins Bett. Und war dies schlecht? Es war nicht schlecht. Es war die Sehnsucht...
„Schön...", sagte Hoppe wieder. „Willkommen im Club..."
Mit letzter Kraft erwiderte er:
„Ich bin nicht in *deinem* Club..."
„Egal in welchem Club", grinste Hoppe. „Wir spielen alle in derselben Liga..."

\*

Die Stunden bis zur Mittagspause waren quälend. Hoppe ließ ihn in Ruhe, war offensichtlich völlig befriedigt. Er jedoch irrte innerlich umher, irrte im Grunde auf der Stelle, noch immer festgeklebt in einem Netz, aus dem es kein Entrinnen gab.
Die Vorstellung von der jungen Frau erregte ihn auf einmal tatsächlich. Er wollte nun wirklich mit ihr ins Bett, hätte es gern getan, wenn die Möglichkeit da wäre. Ob sie es auch wollen würde? Wollen könnte? Ob er sie fragen könnte? Jemals?
Es war, wie wenn die Gedanken selbst wieder klebrige Fäden waren, mit denen man sich nun selbst einspann. Die Spinne tat gar nichts mehr, man selbst spann sich immer weiter ein. Das Opfer tat das, was die Spinne wollte... Oder war das Opfer sogar selbst schon eine Spinne geworden?
Er wusste nicht mehr, was er denken sollte. Bevor die Mittagspause da war, war er gleichsam zu zwei Menschen gleichzeitig geworden. Der eine war noch immer der, der er heute Morgen gewesen war. Der andere wollte mit dieser jungen Frau ins Bett...

Er sah sie in der Kantine in der Schlange derer stehen, die sich aus den Ablagen ihre Mahlzeiten suchten. Er sah, wie sie sich ab und zu nach dem Eingang umsah. Als er fast das Ende der Schlange erreicht hatte, sah sie ihn, und er winkte ihr kurz zu. Ihr Gesicht hellte sich auf, und sie winkte zurück. Ein eigenartiges Gefühl durchzog sein Inneres... Noch nie hatte ein weibliches Wesen sich in dieser Weise gefreut, ihn zu sehen; bei seinem Anblick ein derart anderes Gesicht bekommen... Er fühlte auf einmal eine so starke Anziehung...
Mit diesem Gefühl folgte er ihr in der Schlange. Mit diesem Gefühl verfolgte er ihre Gestalt, als sie bezahlt hatte und einen Tisch suchte, an dem sie sich setzte und mit ihrem Blick dann wieder suchend zu ihm wanderte, bis sie ihn sah. Wie erschütternd war dies! Von den Augen eines weiblichen Wesens gesucht zu werden... Er spürte, wie eine süße Erregung sein Inneres durchdrang. Und doch wusste er noch immer, dass ihr Blick nicht das bedeutete, was er sich wünschte, dass er bedeutete; was man sich vorstellen konnte, was man in jedem Moment empfand. Man empfand es, obwohl man wusste, dass es nicht so war... ‚Biologie des Begehrens'...

Er setzte sich gegenüber von ihr. Sie lächelte etwas verlegen.
„Tja", sagte er verlegen lächelnd, um überhaupt etwas zu sagen.
Sie lachte kurz.
„Ja...", sagte sie noch immer verlegen.
„Na, dann erst einmal guten Appetit", wünschte er ihr.
„Ja, danke, Ihnen auch..."
Sie begannen zu essen.
„Ich finde es schön, mit Ihnen zu essen", sagte er dann.
Seine Sympathie oder sein Begehren hatten ihn unvorsichtig werden lassen. Unmittelbar spürte er ihre leise Distanz.
Vorsichtig fragte sie:
„Was meinten Sie heute Morgen – was wollten Sie mir erklären?"

Schmerzlich fühlte er die unausgesprochene Zurückweisung, ihre mangelnde Erwiderung...
„Ja...", erwiderte er. „Ich wollte Ihnen erklären, woran es liegt, dass mein Kollege so ... ist, wie er ist. Aber wir sitzen hier so unter Leuten – es ist doch nicht so leicht, hier darüber zu sprechen..."
„Ich verstehe..."
Er senkte seine Stimme ein wenig, damit die Nächstsitzenden, die sich zum Glück auch unterhielten, möglichst nichts mitbekamen, und sagte:
„Erinnern Sie sich an letzte Woche, als Sie hier in der Kantine nicht bei uns sitzen wollten?"
„Ja, warum?"
Ihre unschuldige Frage berührte ihn.
„Das hat mein Kollege Ihnen übelgenommen."
„Aber warum?", fragte sie völlig verwundert.
Dann schien sie langsam den gesamten Zusammenhang zu begreifen zu beginnen.

Ein plötzlicher Impuls ließ ihn zurückfragen:
„Warum wollten Sie nicht bei uns sitzen?"
„Weil Herr Hoppe mir unsympathisch ist."
„Und warum ist er das?"
„Weil er einen ständig von oben herab behandelt."
„Ist das alles?"
„Ja, reicht das nicht?"
„Ich meine, ist das wirklich alles, was Ihnen an ihm nicht gefällt?"
Sie überlegte.
„Na ja – er behandelt einen auch noch in anderer Weise von oben herab."
„Als Frau?"
„Ja, genau."
„Sehen Sie?"
„Was?"

„Genau deswegen hat er es Ihnen übelgenommen."
„Dass ich woanders sitzen wollte?"
„Ja – das hätten Sie nicht machen dürfen", sagte er lächelnd.
„Aber, ich meine, man kann doch sitzen, wo man will!"
„Ja, aber nicht, wenn man sozusagen fast eine Hausklavin ist."
„Was!?"
Die junge Frau war nun wirklich entsetzt.
„Ja, Praktikantin, jung und dann noch eine Frau."
„Sie meinen ... *so* sieht er mich wirklich?"
„Ja – ich fürchte, ja."
„Das ist ja..."
Die junge Frau war ehrlich entsetzt.
„Das kann man sich gar nicht vorstellen! Dass das heute noch so ist..."
Sie sah ihn an.
„Was denken Sie denn darüber?"
Mit leiser Scham spürte er ihren Blick.
„Sie wissen ja, was ich darüber denke. Ich habe es Ihnen ja gesagt..."
„Ja, tut mir leid."
Jetzt tat *ihr* etwas leid. Ihre Worte taten so gut... Sie verdächtigte ihn in keiner Weise. War es dennoch schlimm, dass er sie anziehend fand? Er zeigte es ihr ja nicht...

„Ich finde es schlimm", sagte sie, „dass das so ist. Man sagt immer, ‚Männer denken nur an das Eine'. Ich habe das nie geglaubt. Aber wenn ... es ist schlimm, sich so einen Mann überhaupt nur *vorzustellen*!"
„Er denkt ja nicht nur daran", musste er nun um seines Kollegen willen berichtigen, „aber er behandelt Sie dennoch als etwas Geringeres – auch schon allein deshalb, weil Sie eine Frau sind, und dann noch jünger, eine jüngere Frau..."
„Schlimm", sagte sie. „Das ist wirklich schlimm."
Sie aßen eine kleine Weile schweigend.

Er begann, sich unwohl zu fühlen. Seine Fähigkeit, ein Gespräch zu gestalten, war bereits erschöpft. Unwillkürlich musste er wieder an das ‚Üben' denken. Hoppe hatte vom Üben gesprochen. Und jetzt dachte er auch wieder an das Mädchen aus dem Kino – wie konnte er sie bis jetzt nur völlig vergessen haben? Auch daran war nur sein Kollege schuld! Er hatte ihn völlig in Gedanken verstrickt, in die er nie hatte hineinkommen wollen – und war es doch... Jetzt fiel ihm dieses wunderbare Mädchen wieder ein, und es schien ihm wie ein Engel, das ihn nach und nach von allen klebrigen Fäden befreite, behutsam, liebevoll, sanft...
Ja, um sie kennenlernen zu dürfen, müsste er vielleicht üben, überhaupt mit einem Mädchen zu sprechen. Und doch wollte er diese junge Frau, die jetzt vor ihm saß, nicht einmal dafür ‚benutzen' – noch nicht einmal dann, wenn sie es überhaupt nicht bemerken würde. Er verbannte diesen Gedanken völlig und fasste dennoch wieder den Impuls, das Gespräch irgendwie fortzusetzen.

„Was machen Sie", fragte er, „wenn Sie unbedingt jemanden kennenlernen wollen. Keine Angst", fügte er hinzu, als die Frau ihn überrascht ansah, „ich meine nichts, was Sie jetzt vielleicht denken könnten. Ich will es einfach gerne wissen. Ich brauche vielleicht einfach ... ein bisschen Rat."
„Wollen Sie jemanden kennenlernen?", fragte die Frau, aufrichtig interessiert, ohne neugierig zu sein.
„Ja..."
„Hier jemanden?"
Erleichtert stellte er fest, dass die Plätze neben ihnen teilweise frei geworden waren und sich die übrigen Menschen noch immer selber angeregt unterhielten. Diese Atmosphäre reichte ihm, zumal er die neben ihm Sitzenden nicht näher kannte.
„Nein. Woanders. Aber auch eine junge Frau..."
Sie sah ihn an.

„Wieso wollen die Männer denn immer junge Frauen kennenlernen?", fragte sie.
„Das weiß ich auch nicht genau", erwiderte er. „Haben Sie dazu eine Idee? Ich will es nicht immer, ich will *diese* junge Frau kennenlernen..."
„Haben Sie denn keine Frau oder Freundin?"
„Nein."
„Hatten Sie eine?"
„Nein."
„Sie hatten noch *nie* eine Freundin?"
„Nein", gestand er wiederum.
„Oh."
Ihre Antwort ließ ihn mit seiner Scham ziemlich allein...
„Wie kommt das?", fragte sie nun.
„Es ist nicht so einfach, jemanden kennenzulernen."
„Nein, ganz einfach ist es nicht."
„Haben Sie einen Freund?"
„Ja."
„Und ... wie haben Sie sich kennengelernt?"
„An der Uni."
„Ja, natürlich..."

„Und wo ist die junge Frau, die Sie kennenlernen wollen?"
Er schämte sich, darüber zu sprechen. Dann tat er es aber doch.
„Im Kino..."
„Im Kino!?"
„Bitte nicht so laut...", bat er verzweifelt.
„Oh, tut mir leid."
Die junge Frau hatte unmittelbar Verständnis.
„Und wie ... ich meine...", fragte sie vorsichtig.
Er seufzte.
„Ich war am Wochenende im Kino, und da stand sie am Durchlass. Ich habe sie nur ganz kurz gesehen. Beim Hinein-

gehen und beim Hinausgehen... Aber seitdem konnte ich sie nicht mehr vergessen..."
Dass er sie heute doch vorübergehend vergessen hatte, erwähnte er nicht...
„Also Sie haben sich wirklich verliebt...", sagte die junge Frau nachdenklich.
„Ja..."
„Aber wahrscheinlich werden Sie doch gar keine Chance haben", sagte sie nun.
Ihre Antwort gab ihm einen Stich ins Herz – auch wenn es stimmen mochte.
„Es tut weh, dass Sie mir das so ins Gesicht sagen..."
„Ich wollte Ihnen nicht weh tun", sagte sie entschuldigend.
„Aber wird es nicht so sein?"
„Doch ... vielleicht..."
Er schaute auf seinen fast leeren Teller.
„Wahrscheinlich sogar... Und außerdem ... wenn *dieses* Mädchen keinen Freund hat, dann würde ich die Welt tatsächlich nicht mehr verstehen. Daran habe ich noch gar nicht gedacht. Aber daran *will* ich auch gar nicht denken. Ich wollte noch nie jemanden so sehr kennenlernen. Ich *muss* sie kennenlernen..."

„Entschlossenheit ist wahrscheinlich immer gut", lächelte sie.
„Ja, aber wenn es nun alles nichts hilft..."
„Sie wollen ja vielleicht nicht gleich ihr neuer Freund werden..."
Wieder gab ihm die Antwort einen Stich. Aber was sollte er antworten? Er wäre ja wirklich verrückt, wenn er dies ernsthaft hoffen würde...
„Was soll ich dazu sagen...", erwiderte er traurig.
„Ja, ich kann mir vorstellen, dass Sie das wollen. Aber realistisch genug wäre doch, *überhaupt* ihre Freundschaft zu gewinnen. Ich meine, selbst das erscheint mir nicht unmittelbar realistisch, aber doch zumindest denkbar..."

„Sie können einem ja wirklich Mut machen!", sagte er mit trauriger Ironie.
Die junge Frau sah ihn verständnisvoll an.
„Ich will Ihnen Ihre Hoffnung ja gar nicht nehmen. Ich will Ihnen nur auch nicht falsche Hoffnungen machen. Das würde Ihnen doch bestimmt gar nicht helfen..."
„Nein, Sie haben Recht. Aber haben Sie denn nicht vielleicht doch noch auch irgendeinen Rat? Sie sind doch auch eine junge Frau..."
Voller Sehnsucht hoffte er, dass sie ihm irgendetwas sagen könnte, was ihm helfen könnte.
Sie überlegte und aß nachdenklich von den noch übrigen Resten auf ihrem Teller.
„Hmm..."
Nach einer Weile sagte sie:
„Wissen Sie, ich glaube, dass Wichtigste ist, zu merken, dass jemand einen wirklich gern hat. Ich meine, *wirklich*..."

Diese Antwort gab ihm tatsächlich eine winzige neue Zuversicht. Dennoch klammerte er sich nun ganz an diesen Strohhalm und sprach unmittelbar von seiner nächsten Verzweiflung.
„Aber was ist, wenn sie nun wirklich einen Freund hat?"
Die junge Frau sah ihn nachdenklich an.
Dann fragte sie:
„Wollen Sie denn wirklich eine solche Freundschaft ... na ja ... kaputtmachen?"
„Nein...", erwiderte er entsetzt. „Aber ... ach, was soll ich denn tun? Ich ... habe mich noch nie so sehr nach jemandem gesehnt. Ich liebe sie einfach unendlich..."
„Aber Sie *kennen* sie doch noch gar nicht!"
„Ja", seufzte er.
Was sollte er darauf überhaupt erwidern?
„Das ist beim Sich-Verlieben nun einmal so. Und doch weiß man sofort ... dass man ... dass man sie kennenlernen *muss*.

Und ... ja ... auch, dass sie es ist. Dass sie die Richtige ist. Dass es *nur sie* sein kann..."
„Das heißt", sagte die junge Frau langsam, „Sie wollen wirklich am liebsten ihr Freund sein..."
„Nicht am liebsten, sondern *ohne* ‚am liebsten'..."
Sie nickte nachdenklich.
Ihr Schweigen machte ihn wieder ratlos.
„Sagen Sie nicht, dass es hoffnungslos ist...", bat er.
„Nein", sagte sie vorsichtig. „Hoffnungslos ist ja nichts... Aber..."
„Ja?"
„Aber ich wüsste auch nicht, was ich Ihnen weiter sagen könnte..."
„Ja...", erwiderte er traurig.
„Außer die Entschlossenheit. Aber so, dass sie Ihnen immer sagen kann, wenn sie es nicht möchte..."
Schweigend nickte er traurig. Dies war nichts, was er nicht schon wusste. Dennoch tat es gut, es aus ihrem Mund noch einmal zu hören.

Sie sah ihn an und bat mit ihrem Blick um Verständnis – dafür, dass sie nicht mehr tun konnte.
Er verstand dies ja. Dennoch sehnte er sich noch nach irgendeinem weiteren Strohhalm, wenn es einen solchen gab. Vielleicht gab es ja noch etwas...
„Sie können also *nichts* mehr sagen?", fragte er. „Ist zum Beispiel ... ist zum Beispiel das Aussehen eines Menschen für ein so junges Mädchen wichtig...?"
Er schenkte ihr nun wirklich sein ganzes Vertrauen – aber er spürte, dass sie es nicht enttäuschen würde.
Sie sah ihn lange an. Dann sagte sie:
„Das kommt vielleicht auf das Mädchen an... Und ... ganz unwichtig ist es natürlich nicht. Aber ... ich glaube, es ist wesentlich weniger wichtig als für die Männer..."

Beschämt schwieg er – und war zugleich zutiefst dankbar für diese Antwort.
„*Ist* sie hübsch?", fragte sie nun.
„Ja, sehr..."
Er spürte, wie er rot wurde.
„Warum ist das den Männern so unglaublich wichtig?", fragte sie, fast wie zu sich selbst.
Er fragte es sich nun auch. Vielleicht musste er dazu erst noch das Buch lesen, das zu Hause auf ihn wartete...
Schließlich sagte er:
„Wissen Sie, es gibt Mädchen, die sind *so schön*, dass man für sie alles tun würde..."
„Alles tun?", fragte die junge Frau verwundert.
„Ja."
„Sie meinen – Sie wollen mit ihr nicht nur ... Sie wissen schon..."
„Nein!", wehrte er bestürzt ab. „Ich ... will zwar ihr Freund werden, wirklich auch *ihr Freund*, aber selbst wenn sie ... nehmen wir einmal an, selbst wenn sie dann nie ... mit mir, na, Sie wissen auch schon... selbst dann wäre ich unendlich glücklich. Einfach nur, weil sie mich trotz allem ... liebt."
„Aber wenn man sich liebt, dann will man *das* doch auch..."
„Ja, aber ich meinte nur, *wenn*... Ich wollte damit sagen, dass es mir nicht darauf ankommt, sondern auf ihre Freundschaft, ihre Liebe... Dafür würde ich alles tun..."
„Also sogar eine Liebe ohne *das*...?"
„Ja."
„Dann lieben Sie sie wirklich..."
Er spürte fast, wie die Tränen in seine Augen treten wollten. Er war über diese Worte so glücklich – und wusste selbst kaum, warum...

Die junge Frau sah ihn nun an und sagte:

„Es tut mir so leid, dass ich Ihnen gar nichts weiter sagen kann. Aber wenn Sie dieses Mädchen *so* lieben, vielleicht wird es das dann irgendwann merken ... und dann..."
Sie beendete den Satz nicht. Aber noch immer war er unendlich glücklich. Vielleicht hatte sie ihm in keiner Weise mit einem Rat geholfen – und doch hatte sie ihm auf geheimnisvolle Weise wieder so viel Mut gemacht...
„*Vielen* Dank, Frau Fischer!", sagte er aufrichtig.
„Aber ich habe doch fast gar nichts gesagt", erwiderte sie.
„Und doch war es mir unendlich wichtig..."
Sie lächelte.
„Dann ist es ja gut..."

Er spürte noch immer keinen Impuls, die Mittagspause und das schöne Gespräch zu beenden. Und er merkte, dass es ihr genauso ging. Also fragte er:
„Wenn Ihr Praktikum am Freitag zu Ende ist, was machen Sie dann?"
„Ich beginne mit einer Banklehre."
„Kommen Sie denn direkt von der Schule?"
„Nein, ich habe schon ein Jahr Soziologie studiert."
„Und warum haben Sie damit aufgehört?"
„Es war mir zu theoretisch und zu abstrakt."
„Aber die Arbeit in einer Bank ist doch auch abstrakt."
„Ja, aber nicht theoretisch. Ich stelle mir vor, dass ich da fortwährend Menschen begegne und ihnen auch helfen kann oder zumindest Dinge tue, die wichtig sind. Ich finde das eine sinnvolle Arbeit."
„Wenn Sie sich da mal nicht täuschen."
„Warum?"
„Sie sehen doch, wozu die Banken immer mehr verkommen. Sie verwalten das Geld nicht, sie wollen immer mehr selbst Geld machen... Ich glaube nicht, dass das heute noch groß den Menschen dient. Und wenn Sie dann eine Stelle bekommen, die genau das *nicht* mehr tut..."

„So habe ich es bisher kaum betrachtet...", sagte sie. „Aber wäre es nicht gut, dass dann wieder die richtigen Menschen diese Arbeit machen?"
„Ja, wenn diese Menschen das Ganze verändern könnten. Aber meistens verändert das Ganze die Menschen... Sehen Sie, Sie hatten doch bereits studiert, waren also nicht völlig unerfahren, sind eigentlich doch schon sehr selbstständig – und doch hatten Sie gegen einen einzigen Menschen wie meinen verehrten Kollegen keine Chance..."
„Ja, das stimmt", bekannte sie verlegen.
„Wie kam das?", fragte er. „Warum haben Sie selbst sich nicht *mehr* gewehrt?"
„Er hat mich völlig eingeschüchtert. Und als Praktikantin ist man ja völlig machtlos..."
„Ja, das mag sein. Wenn man das Praktikum braucht, muss man sich wohl vielem fügen – weil man auch nicht weiß, ob man sich bei der nächsthöheren Stelle beschweren kann, oder ob da alle gleich denken. Aber auch als Angestellter später ist man ganz schnell völlig machtlos – erst recht in so einer Institution wie einer Bank, einem großen Konzern und so weiter. Aber auch in kleinen Firmen. Es kommt immer auf die Menschen an. Und immer ist man ziemlich schnell ziemlich machtlos. So ist die Welt heute... Ändern kann man immer nur gemeinsam etwas. Aber meist steht man sehr alleine..."
„Sie meinen, Sie raten mir wirklich ab von einer Banklehre?"
„Ja, ich glaube, ich würde Ihnen am liebsten abraten wollen. Suchen Sie etwas, wo Sie später mehr Möglichkeiten haben, Freiräume zu behaupten..."
„Aber was könnte das sein?"
„Ich weiß es nicht. Ich kenne Sie ja zu wenig."
„Wir könnten uns ja nochmal treffen..."
„Zur Berufsberatung?", fragte er erstaunt.
„Ja – zum Beispiel!", lachte sie.
Ihr Lachen gefiel ihm...

„Von mir aus gerne", sagte er.
„Von mir aus auch", erwiderte sie.
„Okay ... aber ich glaube, jetzt müssen wir erst einmal wieder an die Arbeit gehen..."
„Ja...", seufzte sie.
„Geht es bei Herrn Pommerenke?"
„Ja, er ist nett."
„Na, dann ist gut."
„Ja", lächelte sie.

*

Im Büro empfing ihn Hoppe, der schon früher wieder aus der Mittagspause zurückgekehrt war.
„Du machst Fortschritte, Sebastian. Ich sehe, der Fisch zappelt sehr lebendig an deiner Angel."
Das Gespräch und seine Erinnerung an das Mädchen, die wirklich ein rettender Engel gewesen war, hatten ihn vollständig aus Hoppes Netz und seinen klebrigen Fäden befreit. Er hatte endlich wieder festen, freien Boden unter seinen Füßen.
„Nein, Frank. Das sind *deine* Bilder. Ich betrachte eine Begegnung so nicht. Und ich muss auch nicht mit einer Frau ins Bett. Ich denke auch nicht fortwährend daran. Eine Frau ist für mich nicht auf ein Objekt fürs Bett reduziert. Und ich lasse mich auch von niemandem darauf reduzieren. Wenn man fortwährend daran denken muss, ist das zwanghaft. Ich muss es absolut nicht. Ich kann einer Frau ganz ohne das begegnen."
Hoppe sah ihn irritiert an. Als er sich wieder gefangen hatte, sagte er:
„Ja, ja, Sebastian. Jetzt läuft deine Rationalisierung auf vollen Touren. Entweder du wagst es nicht, oder du hast gemerkt, dass sie dich gar nicht will. Dann kann man sich's natürlich schnell wieder so hindrehen."

„Irrtum, Frank. Selbst wenn ich irgendwo daran gedacht haben sollte, kann es sein, dass sie einen Freund hat und dass ich von da an einfach aufhöre, daran zu denken. Das kannst du dir vielleicht nicht vorstellen, aber es *ist* so. *Ich* muss nicht fortwährend daran denken. Wenn du das musst, ist es dein Problem."
„Du unterdrückst es dann. Aber dein Unterbewusstsein denkt trotzdem fortwährend weiter daran."
„Deines vielleicht. Außerdem kümmert mich mein Unterbewusstsein überhaupt nicht. Mich kümmert nur, wie ich mit einem Menschen umgehe. Und das tue ich so bewusst wie möglich."

Hoppe winkte ab.
„Ist ja deine Sache. Erklär und suggerier es dir nur weg, wenn du möchtest. Mein Problem ist es nicht. Ich hab regelmäßig alles, was ich brauche."
„Schön für dich."
„Für dich könnte es auch schön sein – aber du willst es anscheinend nicht."
„Nein, auf deine Art und mit deiner Art von Gedanken wirklich nicht."
„Wer nicht will, der hat schon..."
„Ja, das stimmt. Ich habe etwas, was du nie haben wirst."
„Na, das wirst du mir ja bestimmt gleich verraten."
„Du brauchst nur die Augen aufmachen."
Hoppe fixierte ihn einen Moment. Dann lachte er trocken auf.
„Du meinst doch nicht etwa dein Mittagessen mit der Praktikantin? Davon kannst du dir ja nun was kaufen!", sagte er gehässig.
„Nein, das meine ich auch nicht. Das ist nur ein *Beispiel*. Ein Beispiel dafür, wie man mit Menschen umgehen kann, ohne dass es fortwährend ein Machtspiel wird. Aber das kennst du nicht. Du kennst das gar nicht. Also wirst du es nie verstehen. Es sei denn, du bist irgendwann bereit dafür."

Hoppe lachte wieder kurz auf. Es klang etwas hohl.
„Lass gut sein, Sebastian. Wenn *du* mich jetzt belehren willst, nachdem du es ein allererstes Mal geschafft hast, mit einer Frau zu Mittag zu essen, dann wird es albern."
„Nein, Frank, auch das nicht. Albern wird es nur, wenn man die Zeichen der Zeit nicht erkennt. Die Zeit der Sklavinnen und der Harems ist abgelaufen. Und meine Zeit, in der ich mit Frauen nicht zu Mittag essen konnte, läuft vielleicht auch ab. Aber das geht dich gar nichts an. Ich habe dir gesagt, was ich denke – und du kannst gerne bei deinen Methoden bleiben. Mich interessieren sie einfach nicht..."
Hoppe sah ihn gleichsam mit offenem Mund an.
Dann kommentierte er abschließend:
„Die hoch hängenden Trauben sind einfach sauer, nicht wahr, Sebastian?"

Er wusste wirklich nicht, ob Hoppe dies nur sagte, um nicht als Verlierer dazustehen, oder ob er dies selbst glaubte. Es war ihm eigentlich auch egal. Er widmete sich wieder seiner Arbeit...

\*

Als er am Abend nach Hause kam, setzte er sich wieder mit einem kühlen Bier auf das Sofa. Als er den Fernseher anmachen wollte, hielt er inne, betrachtete die Fernbedienung einen Moment – und legte sie wieder weg. Er hatte eigentlich das Bedürfnis nach Ruhe.
Während er langsam einen Schluck nahm, dachte er über den zurückliegenden Tag nach. Er empfand deutlich die Wende, die dieser Tag seinem Leben gegeben hatte. Heute hatte er seine inneren Empfindungen ganz offen vertreten – und er hatte gemerkt, dass er dies, wenn er es erst einmal tat, ohne Furcht tun konnte. Die Furcht herrschte so lange, wie man noch Angst davor hatte. Wenn man es aber tat, dann sprang

man – man sprang ins kalte Wasser, und dann konnte man nur noch schwimmen, und man merkte, dass man dies nie mehr missen wollte, egal, wie kalt das Wasser war...
Nachdem Hoppe so eiskalt reagiert hatte, hatte er nichts mehr zu verlieren gehabt – und er hatte gemerkt, dass es ihm nichts ausmachte. O ja, die Atmosphäre belastete ihn sehr. Aber was ihm viel mehr ausgemacht hatte, all die Jahre, war, *nicht* wirklich zu sich selbst zu stehen. Das wusste er jetzt.
Das Leben bestand nicht darin, sich anzupassen. Es bestand darin, zu dem zu stehen, was man fühlte und dachte. Es bestand darin, wirklich der zu sein, der man war... Erschaudernd stellte er fest, dass er bisher jemand gewesen war, der noch nicht wirklich jemand gewesen war... Erst jetzt war er wirklich er ... zumindest hatte er damit begonnen...
Warum hatte er bisher nur solche Angst vor einer Konfrontation mit Hoppe gehabt? Weil er das gute Verhältnis nicht trüben wollte. Aber war dies jeden Preis wert gewesen? Die Gefühle einer traurigen, einsamen Praktikantin – während man dem Kollegen nicht in den Rücken fallen wollte? Auf einmal konnte er sich selbst nicht mehr begreifen ... nicht mehr den, der er noch letzte Woche gewesen war.

Und womit hatte dies begonnen? Mit jenem Mädchen, das er nur wenige Augenblicke gesehen hatte... Mit ihr hatte es begonnen. Sie war auch dafür wieder wie eine Art Engel in seinem Leben gewesen. Eigentlich hatte sie in jeder Hinsicht sein Leben verändert, schon jetzt...
Dabei konnte er sich an ihr Gesicht kaum noch erinnern. Sehnte er sich noch nach ihr? Es war an diesem Tag so viel passiert... Das Gefühl in seinem Bauch war im Moment nicht mehr da. Aber er *wollte*, dass es da war. Er wollte sie nicht vergessen. Jetzt, wo er sie noch nicht kannte, hatte er nur diese eine, einzige Erinnerung an sie. Aber er *wusste*, dass er sie mehr kennenlernen wollte als jeden anderen Menschen. Und jetzt, wo er sich daran erinnerte – an diese Sicherheit –,

war auch die Sehnsucht wieder da ... die Sehnsucht nach jenem Mädchen, dessen Gesicht er nicht einmal klar vor sich sah, von dem er aber wusste, welche Wirkung ein einziger Moment ihres Anblickes auf ihn gehabt hatte...

Warum hatte dieser eine Moment diese Wirkung gehabt? Wer war dieses Mädchen? Warum hatte er sich so erschütternd stark in sie verliebt? Ihre Schönheit hatte ihn erschüttert. Aber man sah auch, was für ein Mensch jemand war; man sah, was für ein Mädchen sie war.
Er schaute auf das Buch, das neben dem Sofa lag. ‚Biologie des Begehrens'... O ja, vielleicht begehrte er sie auch. Ganz sicher begehrte er sie auch. Aber er musste sie nicht nackt sehen – so wie den Frauenkörper auf dem Einband. Und es war ihm egal, welche Hormone in seinem Körper welche Rolle spielten. Vielleicht konnten die Biologen erklären, was *schön* war – und dass dann Hormone ausgeschüttet wurden, die das Begehren auslösten. Aber er war keine biologische Maschine. Er war *jemand*, der dieses Mädchen schön *fand* und der sich in dieses Mädchen verliebt hatte. Er war jemand, der sie liebte.
Und er wollte sich nicht mit ihr fortpflanzen, er wollte sie kennenlernen, er wollte ihr Freund sein. Kannten die Biologen so etwas wie Freundschaft? Konnten sie das erklären, dass man ein Mädchen über alles lieben konnte und alles für sie tun würde – nur um ihre Liebe zu gewinnen, selbst ohne jede Fortpflanzung? Selbst wenn es die Hormone brauchte, um jemanden lieben zu können – dann war er eben dankbar, dass es das gab...
Aber die Hormone konnten doch nur ausgeschüttet werden, *wenn* man schon verliebt war. Sie konnten das Verliebtsein also niemals verursachen. Was aber verursachte es dann? Er sah nicht die nackte Brust des Mädchens. Er sah nur ihr schönes Gesicht, ihre schönen Augen, ihren schönen Mund...
Wenn dies schon Hormone verursachte, dann wussten die

Hormone eben, was *Schönheit* war. Er legte das Buch wieder weg. Er würde nicht darin lesen. Die Biologen konnten gerne meinen, dass sie alles erklären konnten. Er war kein Gehirn, er war keine Hormone, er war kein Reiz-Reaktions-Schema, er war ein *Mensch* – und das Mädchen war auch ein Mensch, und zwar ein Mädchen...
Man *musste* sich in dieses Mädchen verlieben, aber das war etwas anderes als ein Schema. Es war eine Notwendigkeit, die einfach in ihrer Schönheit lag. Wer sich in sie nicht verliebte, der wusste einfach nicht, was schön war. Der Mensch erlebte es – und der Körper reagierte dann. Wenn man keinen Körper hätte, würde man es *trotzdem* sehen und auch erleben, nur dass sich dann nicht auch noch der Bauch zusammenziehen konnte...
Die Biologie war ihm vollkommen egal. Allein schon um des Mädchens willen. Selbst wenn er *sich* noch auf die Biologie hätte reduzieren lassen – das Mädchen wollte er keinesfalls darauf reduziert wissen. Sie war einfach unendlich viel mehr als Biologie. Sie war das schönste Mädchen auf der Welt – und das war einfach keine Biologie. Biologie wäre es, wenn sie tot daliegen würde, gerade gestorben. Aber jetzt war sie ein lebendiges Mädchen, das Gedanken hatte, Gefühle, auch Sehnsucht. Und sie war einzigartig – sie hatte all dies einzigartig. Einzigartige Gedanken, nur auf ihre Weise, einzigartige Gefühle, auch nur die ihren, alles war *sie*...

Es war vielleicht nicht so sehr ein Rätsel, warum man sich in einen ganz bestimmten Menschen verliebte. Es war ein Rätsel, warum gerade dieser Mensch so wunderschön war – *und* warum er auch sonst so einzigartig war.
Er wusste nicht, ob es so etwas wie eine Seele gab. Aber dies drängte sich geradezu auf. Denn was war ein Mensch sonst? Es war einfach absurd, einen Menschen als bloßes Produkt seiner Gene oder auch seiner Umwelt anzusehen. Ein *Mädchen* war kein Produkt! Ein Mädchen war sie selbst – und das

war etwas, was man niemals erklären konnte. Es war ein Wunder. Und *dieses* Mädchen war sogar ein Engel gewesen – also ein wirkliches Wunder. Ohne sie wäre er immer noch derselbe gewesen, der er vor einer Woche gewesen war.
Konnte die Biologie das erklären? Nein. Ein reales Mädchen hatte ihn, der auch real war, und sein Leben völlig verändert. Jeder Mensch war etwas Einzigartiges – und die Wissenschaft konnte dieses Rätsel nicht erklären. Wenn sie es überhaupt sah...

\*

Er fuhr zur Acht-Uhr-Vorstellung wieder ins Kino. Sie war nicht da. Er fragte niemanden mehr nach ihr. Er würde auf das Wochenende hoffen...

**A**m Freitag ging er mit der Praktikantin nach dem Ende ihres Praktikums noch in ein Café.
Als sie einander gegenübersaßen, sagte sie erleichtert:
„So, das wäre geschafft!"
Er freute sich mit ihr. Dann fragte er:
„Hätten Sie es lieber nicht gemacht?"
Sie überlegte kurz. Dann erwiderte sie:
„Doch ... ich habe viel gelernt. Auch über Menschen – vor allem auch von Ihnen. Und vor allem habe ich ja auch Sie kennengelernt."
Er sah sie an und wusste nicht genau, wie sie dies meinte.
„Ich meine", sagte sie, „einfach so. Ich fand es schön, Sie letztlich kennengelernt zu haben. Die Art, wie wir uns in dieser letzten Woche begegnet sind..."
„Ach so ... ja ... das fand ich auch schön."
„Aber Sie haben jetzt mit Ihrem Kollegen viel Ärger, nicht wahr?"
„Ach das... Es hat sich schon wieder ein bisschen beruhigt. Wissen Sie, durch Sie habe ich es endlich geschafft, ganz zu mir selbst zu stehen. Das ist viel mehr wert als selbst großer Ärger mit dem Kollegen – oder dessen Vermeidung, meine ich. Ich verdanke Ihnen also eigentlich unglaublich viel."
„Wirklich? Das hätte ich nie gedacht..."
„Nun – Ihnen und dem Mädchen, das ich nur für wenige Momente gesehen habe, bis jetzt. Ohne die Begegnung mit *ihr* hätte ich in dieser letzten Woche sicherlich auch nicht anders reagiert als die beiden Wochen davor."
„Wie meinen Sie das?", fragte sie verwundert. „Wieso nicht?"
Er versuchte, es wieder nachzufühlen.
„Es ist, als ob ich im Gedanken an sie auf keinen Bruchteil meiner Selbstachtung verzichten möchte. Ich möchte ihre Liebe verdienen – und ich *kann* sie überhaupt nur so verdienen, ihr würdig sein..."

„Das klingt sehr schön", antwortete sie langsam. „Sehr romantisch..."

„Kennen Sie das auch?", fragte er. „Wie ist das bei Frauen?"

„Ja, das kenne ich auch..."

„Aber wie wird es dann bei *ihr* sein? Ein so schönes Mädchen kann sich doch den Freund oder die Freunde aussuchen. Man muss ihr würdig sein – und sie entscheidet dann, ob man es ist...?"

„So würde ich es nicht betrachten, Herr Schäfer. Sie erlebt einfach, ob sie Sie *mag*."

„Aber wenn sie mich *nicht* mag – nicht sofort?"

„Dann erlebt sie, ob sie Sie allmählich mag...", lächelte sie.

„Aber wenn ich gar keine Chance auf dieses ‚allmählich' bekomme?"

„Wenn sie Sie am Anfang ein wenig mag, können Sie sie doch vielleicht bekommen?"

„Aber wenn sie vielleicht sowieso jeden Tag angesprochen wird?"

„Oh!", lachte seine Gesprächspartnerin. „Das wäre etwas anstrengend!"

„Ja, aber so, wie sie aussieht..."

„Na ja, wenn sie im Kino arbeitet, hat sie zumindest noch keinen Model-Vertrag."

„Vielleicht will sie das ja nur nicht."

„Wissen Sie, ich glaube, die schönsten Mädchen können auch sehr einsam sein – weil sich nicht so viele trauen, sie überhaupt anzusprechen."

„Ja, das hört man manchmal. Aber ich kann es immer wieder nicht glauben."

„Doch, ich habe eine Freundin, die ziemlich hübsch ist. Sie war mal drei Monate lang ohne Freund, und sie sagte in dieser Zeit zu mir: ‚Sandra, ich glaube, jetzt gehe ich leer aus.' Können Sie sich das vorstellen?"

„Nein!", lachte er.

„Es war aber so."

„Na gut, Sie können einem ja doch ganz wunderbar Hoffnung machen..."
Nun lachte auch sie.

„Aber Sie wollten mir doch zu meiner Berufsplanung noch etwas sagen."
„Ach ja richtig, aber ich kenne Sie ja noch immer zu wenig. Ich habe noch gar kein Gefühl, was Ihnen liegen könnte... Was macht Ihr Freund eigentlich?"
„Er ist bei der Polizei."
„Ah, na gut, das liegt für Sie vielleicht nicht so nahe."
„Nein!", lachte sie.
„Und ... zieht es Sie nirgendwohin? Haben Sie nicht irgendeine Sehnsucht? Eine Leidenschaft?"
„Ich weiß nicht. Ich würde gerne etwas Sinnvolles machen."
„Sinnvoll ist vieles. Wofür brennt Ihr Herz denn?"
„Wofür brennt Ihres denn?"
„Für das Mädchen..."
Sie lachte.
„Sie sind unfair!"
„Nein – es geht um *Ihre* Berufsberatung."
„Also gut."
Fröhlich dachte sie nach.
„Ich möchte was Sinnvolles tun... Ich möchte Menschen helfen, irgendwie. Ich möchte vielleicht was machen, was die Welt besser macht, oder schöner."
„Was für Menschen?", fragte er. „Menschen, die so alt sind wie Sie – oder ich? Oder alten Menschen? Oder Kindern...?"
„Kindern? Daran habe ich noch gar nicht gedacht. Aber nun ja, etwas mit Kindern ... das wäre natürlich auch noch eine Möglichkeit..."
„Wollen Sie später selbst Kinder haben?"
„Ja, unbedingt!"
„Wenn Sie etwas mit Kindern machen würden, dann bräuchten Sie nicht unbedingt einem Herrn Hoppe begegnen. Es sei

denn, als Vater. Aber ich glaube, ein Mann, der Kinder hat, wird schon dadurch anders... Und sie könnten dafür sorgen, dass nicht neue Herr Hoppes aufwachsen..."
Sie brach in ein Lachen aus.
„Stimmt!", sagte sie, noch immer lachend. „Es hat viele Vorteile..."
„Überlegen Sie es sich...", erwiderte er lächelnd.
„Ja, ich glaube, Sie haben mir, vorsichtig gesagt, mindestens sehr wesentliche Denkanregungen gegeben... Ich muss darüber wirklich noch weiter nachdenken..."
„Das freut mich!"

„Und wie geht es mit Ihnen nun weiter?", fragte sie mit aufrichtiger Anteilnahme.
„Nun", sagte er, „ich hoffe inständig, ihr morgen am Samstag zu begegnen. Und doch habe ich solche Angst davor... Da entscheidet sich dann alles..."
„Sie sagten doch, Sie haben jetzt den Mut, zu sich selbst zu stehen."
„Ja, aber vor *ihr* kann ich doch wirklich nicht bestehen. Sie braucht mich doch überhaupt nicht. Sie wird mich doch wahrscheinlich nur als einen von vielen Menschen empfinden, die sie gerne möglichst schnell wieder loswerden möchte. So wie Sie in der Kantine meinen Kollegen..."
„Aber Sie *sind* doch nicht wie Ihr Kollege!", sagte sie entschieden.
Ihre Worte taten ihm wohl – aber sie halfen eigentlich dennoch nicht. Er erwiderte:
„Aber selbst Sie ... als ich Ihnen zu Beginn unseres gemeinsamen Mittagessens sagte, dass es schön ist, mit Ihnen zu essen, spürte ich Ihre Abwehr..."
„Ja, vielleicht... Da kannte ich Sie ja noch zu wenig..."
„Sehen Sie? Das ist es ja gerade. Sie kennt mich überhaupt nicht. Ihre Abwehr wird daher um so größer sein!"
Betroffen dachte sie nach.

„Können Sie ihr nicht einen Brief schreiben? Den Sie ihr geben, wenn Sie nicht mehr mit ihr sprechen können? Oder sie um ihre E-Mail-Adresse bitten, um ihr schreiben zu können, damit sie Sie langsam kennenlernen kann?"
„Ja ... das wäre vielleicht eine Möglichkeit. Die letzte Möglichkeit vielleicht. Ich habe mir so etwas auch schon vorgestellt. Und doch weiß ich ja nicht mal, ob sie das, was ich schreibe, überhaupt lesen würde!"
„Wenn es in bestimmter Weise geschrieben ist, wird es eine Frau auf jeden Fall lesen, denke ich."
„Meinen Sie? In welcher Weise muss es denn geschrieben sein?"
„In einer sehr ehrlichen Weise."
„Und dann liest sie es?"
„In einer sehr ehrlichen und sanften Weise. So, dass sie sich berührt fühlt. Ich meine, ganz innerlich. Also das genaue Gegenteil von Herrn Hoppe. Das völlige Gegenteil. *Sie* dürfen sie überhaupt nicht berühren – und doch muss sie sich berührt *fühlen*, verstehen Sie?"
„Ja, ich verstehe, was Sie meinen. Ich würde es sowieso nur so tun wollen..."

„Dann ist es gut. Dann seien Sie einfach zuversichtlich..."
„Einfach?"
Es war so einfach wie ein Gang auf dem Hochseil.
„Sie können doch ihre Reaktion sowieso nicht vorwegnehmen, oder?"
„Nein, das kann ich nicht", gestand er.
„Dann seien Sie doch wirklich Sie selbst. Ganz und gar aufrichtig. Aufrichtig und sanft ... ich meine, zurückhaltend genug. Etwas Anziehenderes gibt es gar nicht..."
„Meinen Sie wirklich?"
„Ja."
Sie lächelte ein wenig verlegen.

„Aber was ist mit den ganzen Storys über die erfolgreichen Männer, die gerade die gegenteiligen Methoden haben?"
„Meinen Sie jetzt wieder Herrn Hoppe? Wollen Sie etwa so ein Mädchen, das auf solche Methoden reagiert? Ich glaube nicht, dass *ihr* Mädchen so ist... Nein, diese Storys sind völliger Unsinn. Darauf reagieren nur Frauen, die es verdient haben. Beunruhigen Sie sich nicht überflüssig. Vertrauen Sie darauf, dass nichts so sehr das Herz einer Frau berührt wie ein aufrichtiger, ehrlicher, selbst auch unsicherer Mann. Das ist doch erst wirklich ein Mensch..."
Ach, wie wohl taten ihre Worte. Er fühlte ein tiefes Glück in sich einströmen, wie eine wunderschöne Verheißung.
Dennoch sagte er noch einmal:
„Aber wenn sie nun wirklich von Dutzenden schon angesprochen wurde...?"
„Dann haben die meisten sicher noch immer völlig untaugliche Methoden benutzt – und waren selbst auch als Mensch völlig untauglich. Glauben Sie mir – so, wie Sie sich nur in dieses eine Mädchen verliebt haben, so gibt es auch für uns Frauen nur sehr wenige Männer, die einen wirklich anziehen. Und das liegt bei uns nur sehr wenig am Aussehen..."
„Ach, wenn Sie doch wirklich Recht hätten...", seufzte er.

Und dann gab es noch diesen letzten Punkt.
„Und wenn sie nun aber einen Freund hat..."
Wieder sah sie ihn lange an.
„Dazu kann ich nichts sagen, Herr Schäfer. Wenn sie einen Freund hat, hat sie einen Freund. Verstehen sie? Dann ist *das* ihr Freund... Das können Sie dann doch nicht ändern? Dann hat sich ihr Herz doch schon entschieden..."
Er nickte traurig.
„Aber", sagte sie, „Sie können trotzdem ihr Herz gewinnen. Sie können doch *ein* Freund von ihr werden. Würde Ihnen das nicht reichen?"

„Doch, das würde mir reichen – es würde mich schon unendlich glücklich machen. Wenn ich ihr als ein Freund *wirklich* viel bedeuten würde..."
„Sehen Sie? Und dann steht vor Ihnen kein einziges Hindernis mehr. Dann liegt nur das Herz dieses Mädchens vor Ihnen. Und das brauchen Sie nur zu berühren..."
Er seufzte. Es klang alles so leicht...
„Und wenn Sie ihr Freund sind ... vielleicht merkt sie eines Tages, dass Sie der aller-allerbeste Freund sind. Vielleicht wird sie sich dann eines Tages in *Sie* verlieben. Aber Sie dürfen das nicht von Anfang an hoffen... Ganz verborgen vielleicht, aber nicht stärker."
„Aber es gibt diese ewigen Freunde, in die man sich nie verliebt – weil sie einfach zu lieb sind, einfach nur lieb."
„Ja, das stimmt wahrscheinlich. Wenn die *Möglichkeit* besteht, dass sie mit ihrem Freund nicht mehr ganz glücklich ist, dann können Sie ihr zeigen, wieviel sie Ihnen bedeutet. Aber nur ganz vorsichtig – vielleicht wird sie sich ja doch nie in Sie verlieben, das können Sie nicht wissen. Und ihre Freundschaft wollen Sie doch nicht verlieren. Man kann es nur spüren, was man tun darf und was nicht. Aber ich denke, wenn einer es richtig macht, dann Sie."
„Wieso!?"
„Weil Sie einfach schon sehr vorsichtig *sind*."
Er schwieg verlegen. Es klang wie ein sehr schönes Lob...
„Um es kurz zu machen: Glauben Sie an sich – und bleiben Sie trotzdem, wie Sie sind. Das ist es eigentlich..."
„Ach, Frau Fischer – wie kann ich Ihnen nur danken?"
„Das brauchen Sie nicht. Aber wenn Sie wollen – nennen Sie mich ruhig Sandra..."
„Danke, Sandra ... Sebastian."
„Okay..."

\*

Sie hatten am Ende ihre Telefonnummern und E-Mail-Adressen ausgetauscht und dadurch die an diesem Tag entstandene Freundschaft besiegelt.

Er war sehr froh und dankbar über diesen Tag. Wenn doch auch die Begegnung mit *ihr* so wunderschön und harmonisch sein würde! Doch warum nahm die Unsicherheit in dem Maße zu, wie einem ein Mensch etwas bedeutete? Sie bedeutete ihm unendlich viel – und seine Unsicherheit würde auf einmal unendlich groß sein.
Es war die Angst vor dem Verlust – vor dem Verlust dessen, was man noch nicht einmal kennenlernen durfte, was einem aber eben so unendlich viel bedeutete. Man wusste: Es *durfte* nichts schiefgehen. Dieses Mädchen bedeutete einem alles. Es war nichts anderes als die Angst vor dem Tod. Sie *nicht* kennenlernen zu können, war im Grunde genauso schlimm... Es stand also alles auf dem Spiel, alles. Sein ganzes Herz, seine ganze Seele, sein ganzes Leben. Wenn er *sie* nicht kennenlernen durfte, brauchte er kein Herz mehr und hatte er auch keines mehr. Er hatte schon jetzt keines mehr. Sie hatte es längst...

**E**r war schon zur Mittagsvorstellung beim Kino – und sah sie dort nicht. Seine Aufregung nahm zu. Was war, wenn sie nur alle vierzehn Tage arbeitete? Oder wenn sie *nur* letzten Samstag dagewesen war? Aus welchem Grund auch immer? Er durfte sich dies nicht einmal vorstellen... Die Vorstellung, sie nie wiederzusehen, keine einzige Möglichkeit zu haben, herauszufinden, wer sie war, ihr schlicht niemals wieder zu begegnen, war eine einzige Qual. Auch dies war wie der Tod. Sie – sie war sein Leben. Ohne sie würde er dahinkümmern, weil sein Herz gebrochen sein würde. Er wäre einen Moment lang dem Mädchen begegnet, das er unendlich liebte, und hätte es dann nie wiedergesehen... Etwas Grausameres gab es nicht...

Rund um die Zwei-Uhr-Vorstellungen sah er sie noch immer nirgendwo. Er stellte sich noch einmal alle Situationen vor, die er sich schon so oft vorgestellt hatte. In seiner Jackentasche hatte er zwei Blatt Papier und einen Federhalter. Wenn er nicht mehr mit ihr sprechen konnte, würde er ihr einen Brief schreiben, hier im Café, und ihn ihr geben. Aber würde sie gegen vier Uhr endlich da sein?
Als die Uhr sich wieder der vollen Stunde näherte, stieg seine Aufregung über alle Maßen. Was tat er hier? Er ging auf dem Hochseil, und jeden Moment würde er abstürzen können. Aber es lag nicht mehr bei ihm. Von jetzt an lag sein Leben wirklich in ihrer Hand...

Mit sehr weichen Knien und einem verzweifelten Wirbel im Bauch ging er wieder zum Kino. Die Nachmittagsvorstellung am Samstag war so gut besucht, dass er weit in das Foyer hineingehen musste, um endlich einen Blick auf den Durchlass werfen zu können. Und da stand sie! Sein Herz schlug bis zum Halse. Fast hatte er einen Moment lang dasselbe Ge-

fühl wie bei einer herannahenden Ohnmacht – aber dann blieb es erneut bei dem heftigen Herzklopfen.
Er *konnte* einfach nicht mit ihr sprechen! Wie sollte er es machen? Er stellte sich vor, wie die Kinobesucher nach und nach an ihr vorbeigingen, immer weniger, schließlich die letzten. Und dann stünde er alleine da und müsste auf sie zugehen – und sie würde ihn ansehen, und dann...
Er wusste nicht, was er tun sollte. Er fürchtete diesen Moment wie den Tod, wie eine Hinrichtung, wie die schlimmste Verurteilung. Wie konnte man sehend seinem Tod entgegengehen? Wie konnte man aufrichtig und sanft sein, wenn man nicht wusste, ob man den nächsten Moment überhaupt noch erleben würde? Wie konnte man vor den Augen dieses Mädchens auch nur zwei Augenblicke bestehen?
Er nahm ihre Bewegungen wahr – und dies beruhigte ihn einerseits ein wenig, andererseits steigerte es seine Aufregung nur noch mehr. Er konnte sich ein wenig an sie gewöhnen – und doch sah er in jeder Sekunde nur immer deutlicher, dass dies die Bewegungen jenes Mädchens waren, das er liebte. Fast wünschte er sich, eine Eintrittskarte zu sein – dann würde sie ihn sogar berühren, ohne Ablehnung, so, wie sie wirklich war...
Er wusste nicht einmal, ob er ‚Sie' oder ‚Du' sagen sollte. Unzählige Male hatte er es innerlich gesprochen – und hatte sich einfach nicht entscheiden können. ‚Sie' war vielleicht sanfter, vorsichtiger, und ‚Du' war inniger... Was würde sie mehr berühren – was würde weniger ihre Ablehnung hervorrufen? Was wäre für sie weniger merkwürdig? Er musste es einfach mit ‚Du' versuchen... Sie war doch noch so jung...

Als tatsächlich die letzten Gäste vor ihr standen und ihre Eintrittskarten zeigten, musste er ebenfalls zu ihr gehen. Sie hatte ihn schon flüchtig angesehen, sie musste sicher schon wissen, dass er auf etwas wartete.
Er ging also zu ihr...

Ihre wunderschönen Augen... Jetzt sah er sie das erste Mal wirklich! Noch sahen sie ihn so unendlich schön an, so ohne alle Abwehr. Wenn man doch nur *diesen* Moment anhalten konnte!

„Bitte entschuldige... Ich möchte dich so gern etwas fragen..."

Sie sah ihn an. Sah er bereits ein leises Misstrauen in ihren Augen?

„Ich ... würde dich so gerne kennenlernen..."

„Was?", sagte sie. „Wie kommen Sie darauf?"

„Ich...", sagte er verunsichert, „ich habe dich ... letzten Samstag um zwanzig Uhr kurz gesehen ... und dann nach dem Film noch einmal... Und seitdem konnte ich dich nicht mehr vergessen..."

„Dann vergessen Sie es jetzt!", sagte sie. „Ich habe keine Zeit für so was. Ich muss jetzt gehen."

„Halt, warte doch bitte noch!", bat er.

„Was ist denn noch?", fragte sie.

Er sah ihre Abwehr. Sie wollte nichts von ihm.

„Bitte...", sagte er. „Kannst du nicht eine Stunde mit mir sprechen..."

„Nein, kann ich nicht", sagte sie abwehrend.

„Eine halbe Stunde, zehn Minuten, nur ein bisschen..."

„Nein, ich will nicht mit Ihnen sprechen!"

„Bitte sag mir deinen Namen..."

„Nein, warum soll ich das?"

„Nur deinen Vornamen..."

„*Nein!*"

„Ich will gar nichts von dir", beteuerte er, „ich will ... ich würde dich nur so gerne kennenlernen... Bitte..."

„Nein – lassen Sie mich jetzt in Ruhe."

Sie wandte sich um und ging schnell die Treppe hoch. Er folgte ihr nicht. Sie blickte sich mehrmals um, um sicher zu sein, dass er ihr nicht folgte, und er sah ihr traurig hinterher...

Verzweifelt ging er dann dem Ausgang entgegen.
Dies *war* der Tod. Es fühlte sich wie der Tod an. Er war erschüttert. Er hatte eine solche Reaktion erwartet – und doch so sehr gehofft, dass sie nicht in dieser Stärke geschehen würde. Nun war es doch ganz und gar ablehnend gewesen. Er hatte nur noch eine Hoffnung – dass er ihr seinen Brief geben dürfte...
Mit weinendem Herzen ging er im Café an das traurige Werk, an seine letzte Hoffnung... Und es entstand nach und nach ein Brief, der alles auszudrücken versuchte, was er ihr sagen wollte.

*Liebes Mädchen,*
*bitte lies wenigstens diesen Brief, da Du nicht mit mir sprechen willst. Ich schreibe ihn aus tiefstem Herzen – und dieses Herz weint, weil es so sehr mit Dir sprechen möchte...*
*Ich weiß nicht, warum Du es nicht erlaubst. Vielleicht fürchtest Du Verschiedenes – aber das brauchst Du nicht. Bitte fürchte nichts... Du kannst bestimmen, wie lange Du mit mir sprechen willst – ich möchte nicht, dass Du Dich belästigt fühlst. Aber ich verstehe es sehr gut, wenn Du dies zunächst tust. Um dieses Gefühl nicht mehr zu haben, muss man doch erst ein wenig miteinander gesprochen haben.*
*Kannst Du mir diese Chance denn gar nicht geben? Bitte schenke sie mir doch... Wie kannst Du jemanden abweisen, den Du noch nicht kennst? Ich habe die ganze Woche auf Dich gewartet, um Dich wiederzusehen. Ich war fast jeden Tag hier, um Dich nicht zu verfehlen. Und doch hatte ich so große Angst vor dieser Begegnung – und Du hast sie auch wirklich abgelehnt, aber warum...*
*Ich wollte noch niemanden so sehr kennenlernen wie Dich. Und ich würde so gern Deinen Namen kennen, um Dich auch wirklich anreden zu können, liebes Mädchen. Ich wollte noch niemanden je zuvor so sehr kennenlernen – und ich muss es. Wenn es irgendeine Möglichkeit gibt, liebes Mädchen, bitte*

*schenke sie mir doch. Ich will nichts weiter als diese Möglichkeit, diese Chance. Dies muss Dir doch möglich sein...?*
*Obwohl wir uns noch nicht kennen, bedeutest Du mir schon mehr als jeder andere Mensch. Und doch will ich nichts von Dir, als nur Dein gutes Herz – die Möglichkeit, Dich kennenzulernen, mit Dir zu sprechen. Nur das Geschenk dieser Chance, dass auch Du mich ein wenig besser kennenlernst, um dann zu entscheiden, ob Du mich wirklich so völlig ablehnen musst, wie Du es vorhin getan hast. Und ich verstehe es ja... Aber Du sollst bitte nichts fürchten. Du sollst mir nur ein wenig von Deiner Zeit schenken und dann sehen, ob Du bei Deiner Ablehnung bleibst oder nicht.*
*Du bedeutest mir so viel. Aber das soll Dich nicht belasten. Ich will nur, dass Du weißt, wie unendlich schlimm es für mich wäre, wenn ich nicht einmal mit Dir reden dürfte. Nicht einmal kurz, nicht ein einziges Mal... Ich habe Dich letzte Woche nur so wenige Momente gesehen – und doch konnte ich Dich dann nicht mehr vergessen. Bitte gib mir eine Chance, liebes Mädchen – eine Chance auf Deine Freundschaft, was auch immer das für Dich dann bedeuten mag.*
*Ich habe doch nicht nur Dein Äußeres gesehen. Das Gesicht, die Augen ... sie zeigen doch immer auch das Innere. Ich kann einfach nicht glauben, dass Du nicht auch ein gutes Herz hast. Bitte...*
*Sebastian Schäfer*

Mit bangem Herzen und doch auch etwas Hoffnung, ging er zur Sechs-Uhr-Vorstellung wieder zum Kino. Er hielt sich so lange verborgen, wie es ging, um ihr keine Angst zu machen. Schließlich sah sie ihn aber doch, und er spürte ihre Abwehr. Er schüttelte einmal vorsichtig den Kopf, um ihr zu zeigen, dass sie nichts befürchten musste, aber es schien, als würde dies an ihren Empfindungen nichts ändern. Als die letzten Kinobesucher an ihr vorbeigegangen waren, spürte er ihre

starke Ablehnung – und ihre Unsicherheit, nicht zu wissen, wohin sie gehen könnte, um ihm auszuweichen.
Es tat ihm so weh, dies zu sehen... Schnell und zugleich vorsichtig ging er zu ihr und sagte:
„Ich möchte dir nur diesen Brief hier geben... Ich habe ihn in den letzten zwei Stunden geschrieben. Ich weiß nicht, was ich noch machen kann. Ich bitte dich nur, ihn zu lesen... Ich werde dann um acht Uhr noch einmal kommen, damit du mir antworten kannst. Bitte hab keine Angst davor. Du kannst antworten, was du willst... Hier, bitte..."
Zögernd nahm sie den Brief.
„Wirst du um acht Uhr wieder hier sein?", fragte er scheu.
„Ja, vielleicht."
„Vielleicht...?"
„Ich werde schon hier sein. Aber erst lese ich den Brief."
„Natürlich...", sagte er erleichtert. „Danke..."
Er spürte noch immer ihre Ablehnung. Sie war nicht mehr ganz so stark – aber im Moment hatte sie ja auch nichts zu befürchten.
„Bitte lies ihn in Ruhe...", bat er noch. „Mit dem Herzen... Nicht einfach so..."
Sie schwieg.
„Du willst mir deinen Namen noch immer nicht sagen, nicht wahr?"
„Nein."
„Ich wollte dir nur noch einmal wirklich danken... Also dann ... bis nachher..."
Sie schwieg noch immer. Er verstand es natürlich. Sah er hinter ihrer Abwehr eine winzige Berührung?
Mit einem letzten Blick wandte er sich wieder um und ging langsam hinaus, traurig, und doch glücklich über ihren Blick in seinem Rücken...

\*

Als er wieder zum Kino zurückkehrte, hatte er Hoffnung. Er hoffte so sehr auf ihr Herz. Man konnte ein Herz doch nicht *nicht* berühren? Und was geschah dann? Dann musste man ihr doch begegnen dürfen... Weiter dachte er nicht. Er hatte nur diese eine einzige Hoffnung – und wenn sie ihm eine Chance gab, dann wäre ihr Herz schon berührt. Dann müsste es möglich sein, dass auch er ihr sympathisch wurde... Die Sehnsucht nach ihr, nach ihrer Bekanntschaft und Freundschaft war wieder unendlich groß. Jetzt, wo er wieder ihre ganze Erscheinung wahrgenommen hatte, zum ersten Mal richtig, war sie größer als je zuvor.

Mit pochendem Herzen betrat er das Foyer. Als er sie erblickte, erschrak er. Neben ihr stand wieder der Junge von letzter Woche. Hatte sie ihn geholt? War es wegen der vollen Abendvorstellungen? Seine Gedanken rasten wild durcheinander. Wie würde er jetzt mit ihr sprechen können? Hatte sie den Brief überhaupt gelesen? Sie *musste* ihn gelesen haben. Aber was konnte er jetzt tun? Er wollte so gern mit ihr allein sprechen. Wieder litt er unendlich...
Es ging nicht anders. Er musste mit der Situation zurechtkommen, vor der er stand.
Als wiederum die letzten Nachzügler den Durchlass passiert hatten, trat er mit furchtsamem Herzklopfen auf sie zu und fragte:
„Darf ich jetzt kurz mit dir reden...?"
„Nein."
Er konnte den Ausdruck ihres Gesichtes nicht recht deuten. War es ihr unangenehm vor dem Jungen? Oder war *er* selbst ihr unangenehm?
„Aber ... hast du..."
„Ja, ich habe Ihren Brief gelesen, aber ich möchte Sie nicht kennenlernen."

Er hatte das Gefühl, lebendig unter zusammenstürzenden Türmen begraben zu werden. Eine Katastrophe brach herein, er konnte nur noch um sein Leben kämpfen...
„Aber warum nicht?", fragte er verzweifelt. „Nur eine *Chance*... Mehr will ich doch gar nicht... Nur ein paar Minuten ... mit dir..."
Sie sah den Jungen an. Dieser sagte nun hinter ihm:
„Sie haben doch gehört, dass sie nicht will."
Er drehte sich um und sah nun auch den Jungen verzweifelt an.
„Bist du ihr Freund?"
„Nein, aber darum geht es gar nicht. Sie will Sie nicht kennenlernen. Das ist alles."
Er drehte sich wieder zu dem Mädchen um.
„Ach!", sagte er verzweifelt, „wenn ich wenigstens deinen Namen wüsste. Ich kann hier nur herumstottern, ohne deinen Namen. Aber versteh doch ... warum kannst du mir nicht einmal eine Chance geben? Nur wenige Minuten? Warum nicht einmal das...?"
Er sah, wie unangenehm ihr die Situation war. Er war am Ende. Er konnte sie nicht leiden sehen.
„Ich will es einfach nicht! Ich brauche Ihre Bekanntschaft nicht. Das müssen Sie doch auch verstehen."
Er wurde wirklich lebendig begraben. Sein Herz ergab sich seinem traurigen Schicksal. Einen einzigen Wunsch hatte er noch – und vielleicht hatte er ihn wirklich auch frei, wie vor einer Hinrichtung...
„Bitte", sagte er leise, „sag mir dann wenigstens noch deinen Namen..."
Sie sah ihn kurz zögernd an.
„Sylvia..."
Er wusste nicht, wie er sich von ihr verabschieden sollte. Er *konnte* es eigentlich gar nicht. Er spürte, wie sich seine Augen mit Tränen füllten. Bevor sich sein Blick völlig verschleierte, sah er sie ein letztes Mal an und sagte leise:

„Auf Wiedersehen, Sylvia... Alles Gute..."
Er wandte sich schnell ab, wischte sich verstohlen über das rechte Auge und ging langsam, vernichtet, dem Ausgang zu. Ein letztes Mal durfte er noch ihre Blicke in seinem Rücken spüren...

*

Er wusste nicht, wie er nach Hause gekommen war. Er war wieder gelaufen – er hatte sich mit all seinen Tränen nicht in den Bus setzen wollen. Aber auch auf der Straße musste er seine Gefühle immer wieder zurückhalten, wenn ihm Menschen entgegenkamen, obwohl ihn zumindest die Dunkelheit gnädig umgab. Es war bereits November.
Als er endlich zuhause war, ließ er seinen Gefühlen freien Lauf und konnte sie nicht mehr zurückhalten. Er konnte kaum noch die wenigen Schritte gehen, die ihn bis zum Sofa führten, und sich dort hinsetzen – als alle Verzweiflung aus ihm herausbrach und er bitterlich weinte. Er weinte und weinte, wie ein kleines Kind, und doch wie ein Erwachsener, der seine große Liebe verloren hatte – der sie nicht einmal hatte kennenlernen dürfen, obwohl er wusste, dass sie es gewesen war... Er weinte wie jemand, der unschuldig zum Tode verurteilt worden war... Er weinte, wie nur jemand weinen konnte, der bereits unschuldig hingerichtet worden war... Unschuldig, ohne Anwalt, ohne Fürsprecher...

Er wusste nicht, wie lange er geweint hatte. Wie lange er dann noch, ohne Tränen, so dagesessen hatte, den Kopf in seinen Händen vergraben, verzweifelt, hoffnungslos, gestorben...
Als er wieder zu sich kam; als er wieder Gedanken denken konnte, die nicht der Tod selbst waren, sondern die ihn nur noch erkannten; als er an den Punkt kam, diesen Tod, der ja da war, langsam, allmählich, hinzunehmen, zu akzeptieren,

diesen Zustand grausamster, grauer Hoffnungslosigkeit und Sinnlosigkeit, hatte er nur noch eine Sehnsucht. Er wünschte sich so sehr *Trost*, irgendeinen Beistand. Nicht mehr einen Fürsprecher ... nur noch einen Tröster, einen Freund, irgendeinen Halt...
Er schaute auf die Uhr. Es war zwanzig nach zehn. Man konnte sie nicht mehr anrufen.
Der einzige Mensch, den er hatte, war die Praktikantin. Es war absolut armselig, aber es war so. Das war sein Leben. Er hatte es nie geschafft, irgendwelche Freunde zu finden. Wenn er sich vorsichtig für einen Menschen interessiert hatte, hatte dies nie auf Gegenseitigkeit beruht – oder aber es hatte sich nur eine lockere Begegnung ergeben, die sich irgendwann wieder mehr oder weniger aufgelöst hatte, auch wiederum nicht wegen ihm. Einsam ... ja, einsam war er geblieben.
Es hatte solche Bekanntschaften gegeben wie mit Frank. Mit ihm war er dann ab und zu ins Kino gegangen. Aber was war das? Es war keine Freundschaft. Er hatte keine Menschen gefunden, die wirklich wie er *Freundschaft* suchten. Entweder sie hatten schon Freunde, oder sie suchten eine solche nicht mit ihm – oder sie wussten vielleicht auch gar nicht, was Freundschaft *war*, so wie Hoppe.
Wie kam das, dass man so sehr wissen konnte, was Freundschaft war, obwohl man keinen einzigen Freund hatte, so wie er? Wie kam das, dass man sich eigentlich auch *danach* sehnte? Woher wusste man, was Freundschaft war? Woher kam diese Sehnsucht...

Ja, und dann hatte er dieses Mädchen gesehen. Und in ihr hatte er *alles* gesehen. Nach *ihrer* Freundschaft hatte er sich gesehnt, nach ihrer Liebe – einen einzigen Menschen brauchte er, und das war sie. Mit ihr wäre er glücklich, unendlich glücklich. Sie war diejenige, nach der er sich eigentlich sehnte. Sie war alles, sie war die Freundin, sie war zugleich die

Geliebte, das über alles geliebte Mädchen. Sie war für ihn der Mensch, den jeder Mensch suchte – für ihn war sie es...
Und wieso ... wieso suchte man einen Menschen? Wieso *einen*? Wieso gerade diesen einen? Woher kam die Sehnsucht... In tiefster Hinsicht suchte man gar keine Freunde, das vielleicht auch, aber eigentlich suchte man doch immer diesen einen einzigen Menschen, der für einen alles war, wirklich alles... Und warum war er dies alles...? Wie konnte ein Mensch alles sein? Und wie konnte man dies wissen – in dem einen, ersten, einzigen Moment, in dem man ihn sah? Wie konnte man einen Menschen sehen ... und wissen: er ist es?
Wer entschied das? Das Gehirn? Die Seele? Das Herz? Die Hormone? Was war der Mensch eigentlich? Warum konnte man einem Mädchen begegnen und unendlich sicher sein, dass sie es war? Dass man nie wieder ein anderes Mädchen suchen würde – dass einfach nur sie es war und immer sein würde? Was war das? Woher wusste man das? Was fühlte man da?
Und warum fühlte sie nicht dasselbe? Wieso fühlte es nur der eine – und wieso fühlte sie nicht auch etwas? Fühlte sie gar nichts? Und wie konnte man sie auch trotz aller Ablehnung lieben? Wieso blieb die Sehnsucht so stark? Wieso ließ sie sich nicht erschüttern? Wieso gab sie nicht auf? Sie gab ja auf, aber sie selbst blieb lebendig... Er wollte noch immer nie mehr ein anderes Mädchen kennenlernen. Er war jetzt gestorben, er nahm seinen Tod hin. Dieses Mädchen hatte sein Herz nicht gewollt – und er nahm es mit ins Grab. Sein Herz war gestorben. Das Mädchen besaß es ja schon... Es konnte mit ihm tun, was es wollte. Ihm gehörte es nicht mehr. Er war nicht mehr ein lebendiger Mensch mit einem Herzen. Sein Herz war fortwährend bei ihr, auch wenn sie es von sich stieß, es wich nicht mehr von ihr...

Das war eigentlich die Sehnsucht. Sie sehnte sich nicht einfach nur nach dem Mädchen, während man an Ort und Stelle blieb, sondern sie trug diesem Mädchen sein Herz fortwährend entgegen, ständig, in jeder Sekunde. Sehnsucht war nicht Entbehrung *hier*, an diesem Ort, Sehnsucht war Entbehrung dort, bei ihr, sie war bei ihr, hielt ihr fortwährend sein Herz entgegen, und wusste doch, dass sie es nicht nahm... *Das* war die Entbehrung, und das war die Sehnsucht. Sehnsucht war nicht hier, Sehnsucht war dort. Dort, bei ihr, sehnte sie sich danach, dass das Herz, das sie ihr entgegenhielt, angenommen werden würde...

Verzweifelt ging er schließlich schlafen. Es war egal, ob man schlief oder nicht schlief. Aber der Schlaf war doch immerhin eine Erlösung, für jene Zeit, bis man wieder erwachen würde, hinein in eine Welt, die keinen Sinn mehr schenkte, weil es in ihr ein Mädchen gab, das einem alles bedeutete, das aber alles, was man hatte, sein Herz, zurückwies... Eine solche Welt hatte keinen Sinn, sie war nur unendlicher Schmerz. Und der Schlaf erlöste einen. Er war heute der einzige Tröster, der einzige Freund, den er hatte...

**A**m Sonntag rief er gleich nach dem Aufstehen seine einzige Freundin an, die er hatte, die ehemalige Praktikantin. Er war so dankbar, dass sie sich die Zeit nahm, mit ihm zu sprechen. Sie verschob dafür sogar ihre eigenen Sonntagspläne mit ihrem Freund...
Sie trafen sich in einem Café, das sie vorgeschlagen hatte. Als er sie erblickte, empfand er in all seinem Leid eine unendliche Erleichterung. Endlich war er nicht mehr allein, für kurze Zeit. Endlich hatte er jemanden, der ihm zuhörte, der ihm beistand, zumindest für eine Weile... Voller Dankbarkeit stand er auf, als sie seinen Tisch erreichte.

„Hallo ... Sandra. Bitte entschuldigen Sie nochmals, dass ich Sie ausgerechnet heute –"
„Nein", wehrte sie ab. „Ich verstehe Sie doch. Ist schon gut. Ich kann es sehr gut nachfühlen, wie es Ihnen geht. Damit allein zu sein, wäre wirklich schlimm..."
Sie zog ihre Jacke aus, hängte sie über ihren Stuhl und setzte sich. Auch er setzte sich wieder.
Es tat so gut, einem Menschen gegenüberzusitzen, der einen verstand. Einer jungen Frau... Er war ihr so dankbar...
„Wenn wir", sagte sie nun mit einer Spur von Verlegenheit, „schon beim Vornamen sind ... sollten wir dann nicht auch ‚du' sagen können?"
„Ja...", erwiderte er, auch darüber wieder dankbar.
„Es ist sonst komischer als vorher...", erklärte sie.
„Ja, vielen Dank. Ich bin Ihnen so ... ich meine, ich bin dir so dankbar ... Sandra. Ich habe sonst einfach niemanden..."
„Das tut mir leid", sagte sie mit wirklicher Anteilnahme. „Wie kommt das? Ich meine, leben Sie –", sie lachte kurz etwas verlegen, „ich meine: lebst *du* so zurückgezogen, dass du ... also, woran liegt das? – Oder darf ich das nicht fragen?"
Ihre Behutsamkeit tat ihm unendlich wohl...

„Doch, natürlich dürfen – darfst du es. Ich habe mich das auch manchmal gefragt. Ich finde es unendlich schwer, jemanden zu finden, der dann wirklich auch ein *Freund* wird. Verst– ... verstehst du? Ich weiß nicht, ob das früher anders war. Oder ob es anderen leichter fällt – es scheint ja so zu sein. Ich verstehe es nur nicht. Ich finde es unendlich schwer, und ich verstehe nicht einmal, ob es an mir liegt. Es liegt gar nicht an mir. Vielleicht verstehe ich unter Freunden einfach nur etwas anderes als andere. Vielleicht ... sind andere ja mit etwas ganz anderem zufrieden..."
„Was verstehen Sie denn unter Freunden?"
Berührt spürte er ihre wirkliche warme Anteilnahme.
„Du meinst ... du?", fragte er, voller Sehnsucht nach diesem vertrauteren Wort, das immer mehr seine Wärme zu entfalten begann...
Sie lachte.
„Ja, entschuldige bitte... Natürlich du..."

Er seufzte.
„Es sind ... Menschen, die wirklich Anteil am Leben des Anderen nehmen. Denen man etwas bedeutet – und die einem etwas bedeuten. Mit denen man nicht nur ab und zu ins Kino geht. Sondern mit denen man ... auch durchs *Feuer* gehen würde..."
Sie sah ihn berührt an.
„...oder sogar durch den Tod", sagte er traurig.
„Durch den Tod?", wiederholte sie bestürzt.
„Ja, durch den Tod... Es kommt mir wirklich so vor, Sandra. Ich weiß nicht, was ich tun soll. Ohne sie, ohne dieses Mädchen, kommt mir das Leben völlig sinnlos vor. Ich *kann* ohne sie nicht leben! Ich kann es mir nicht vorstellen – mein ganzes Inneres will ohne sie nicht leben. Es ist..."
Er suchte nach einer Beschreibung für sein ganzes, tiefes Empfinden.

„Es ist ... wie wenn ich darauf *gewartet* hätte, ihr zu begegnen. Und dann ... dann *bin* ich ihr begegnet ... und dann hätte ich ihr begegnen dürfen müssen... Sie hätte es zulassen müssen. Zulassen, dass ich sie kennenlernen darf; zulassen, dass sie mich kennenlernt. Verstehst du? Das hätte geschehen müssen. Aber es ist nicht geschehen. Dadurch ist alles andere auch sinnlos geworden, verstehst du? Es kam nur darauf an, sie kennenlernen zu dürfen. Das war der entscheidende Punkt. Es hätte möglich werden müssen..."
Vorsichtig fragte sie:
„Versteifen ... versteifst du dich da nicht ein bisschen zu sehr auf dieses Mädchen ... Sebastian? Ich meine, du –"
„Nein!", widersprach er. „Wie kann man das? Ich meine, wenn ich es nicht täte, würde ich mich wirklich selbst belügen. Es hat nichts mit Realismus zu tun. Man kann in allen anderen Bereichen des Lebens realistisch denken, ‚umplanen', ‚korrigieren' und all das – aber doch nicht hierbei! *Sie* ist es, die ich liebe – und das kann man doch nicht ändern! Es zu ändern, wäre bereits eine Lüge. Man kann das tun, aber ich *will* es gar nicht tun. Sie *ist* es, Sandra, verstehst du denn nicht? Sie ist meine Liebe. Ich bin ihr begegnet – und nun kann es keinen anderen Menschen mehr geben. Und wenn sie mich nicht auch ... mögen kann, dann ... bin ich wirklich schon wie gestorben... Ich kann zwar noch weiterleben, aber ich werde niemand anderen jemals *so* lieben..."

„Ich verstehe, Sebastian...", sagte sie berührt. „Es klingt ... ich meine es zutiefst positiv, es klingt wirklich wie in einem Roman... Es ist *mehr* als Romantik. Ich kann es gar nicht beschreiben."
„Es ist aber leider kein Roman!", sagte er verzweifelt. „Es ist mein Herz – und sie will es nicht..."
„Bitte erzähle noch einmal alles, was geschehen ist..."
Und er erzählte, und sie hörte zu ... und er erzählte ihr von jedem Moment. Und als er wieder bis zu jenem Augenblick

kam, wo er sich von ihr abwenden musste, weil sie nichts weiter zuließ, wurden seine Augen von neuem feucht... Er musste vor Leid einmal tief einatmen und konnte die Tränen nur mühsam zurückhalten.

Er spürte nur ihren warmen Blick, und als er seine Augen wieder zu den ihren aufhob, fühlte er ihre warme Begleitung – und seine Seele fühlte sich sanft getröstet. Es tat so gut, für Momente nicht völlig allein zu sein...
„Sebastian...", sagte sie schließlich leise. „Vielleicht hast du ihr Herz in dem Moment, wo du dich umwandtest, *doch* noch berührt..."
„Wie könnte ich das?", fragte er verzweifelt. „Sie wollte doch alles überhaupt nicht. Sie war doch froh, dass ich ging..."
„Aber", sagte sie warm, „du hast ihr doch selbst geschrieben, dass du so sehr hoffst, dass sie ein Herz hat – und dass du auch nichts anderes glauben kannst."
„Ja, aber ... sie hat es dann ja doch nicht gehabt. Sie hat zwar ein Herz – aber nicht für mich. Mich will sie einfach nicht kennenlernen. Es war so deutlich..."
„Aber du hast nicht mehr gesehen, was deine Tränen in ihr berührt haben..."
„Können ihr *diese* noch wichtig gewesen sein?", fragte er hoffnungslos.
„Jedes Herz hat Mitleid, Sebastian..."
„Aber ich habe sie doch mit meinem ganzen Brief um ihr Mitleid gebeten!"
„Als du dich umwandtest, hat sie dein Leid erst wirklich *gesehen*... Dein *ganzes* Leid..."
„Aber es ändert doch nichts daran, dass sie mich überhaupt nicht kennenlernen wollte oder will."
„Warum nicht?"
„Wie könnte es das?"
„Mitleid kann alles..."
„Ich will aber kein *Mitleid*!"

„Es ist etwas anderes. Das, was du mit deinem Brief wolltest – das ist es. Am Ende hat sie das Mitleid wirklich gefühlt. Und was sie vorher nicht wollte, das wollte sie nun auf einmal ... sie wollte es nun zulassen. Sie wollte dir eine Chance geben. Deine Tränen haben ihr Mitleid erweckt. Aber Mitleid ist nichts anderes als ... als *Liebe*..."

„Liebe...?"

„Ja, aus Liebe wollte sie auf einmal doch, worum du sie batest. Sie wollte dich nicht kennenlernen, aber du wolltest es. Und aus Mitleid, aus Liebe, wollte sie es am Ende doch zulassen... Da hast du ihr Herz berührt..."

„Ach, Sandra, was sagt du da!", sagte er verzweifelt. „Hätte ich mich noch einmal umdrehen sollen?"

Er konnte die Vorstellung, sie durch seinen eigenen Fehler verloren zu haben, fast nicht ertragen...

„Nein... Wahrscheinlich konntest du ihr Herz überhaupt nur rühren, weil deine Verzweiflung vollständig war... Weil du völlig aufgegeben hast ... und ihrem Willen verzweifelt gefolgt bist..."

„Du meinst", fragte er unendlich müde, „als ich keine Hoffnung mehr hatte, erwachte ihr Mitleid?"

„Ja – ich glaube das wirklich. Ich weiß es natürlich nicht. Aber ich kann es mir fast nicht anders vorstellen. *Irgendetwas* muss sie in diesem Moment empfunden haben. Es muss etwas in ihr berührt haben. Sonst wäre sie überhaupt kein Mensch..."

„Doch, natürlich ist sie ein Mensch", verteidigte er das Mädchen.

„Na siehst du."

„Aber was soll ich dann tun?"

„Du musst sehen, ob sie heute wieder da ist."

„Letzten Sonntag war sie auch nicht da..."

„Trotzdem."

„Natürlich würde ich das tun. Und dann?"

„Und dann wiederum, was dein Herz dir sagt, Sebastian."
Er tauchte in die Vorstellung ihrer Wiederbegegnung ein.
Dann sagte er langsam:
„Wenn ihr Herz wirklich berührt worden ist ... dann wird sie jetzt *doch* mit mir sprechen wollen, es zulassen können..."
Sie nickte ermutigend.

Er dachte lange darüber nach – und war dankbar, dass sie ruhig wartete. Es war schön, dass sie noch da war; dass er auch diesen tröstenden, hoffnungsvollen Gedanken noch in ihrer Gegenwart hegen durfte... Freundschaft...
Schließlich sagte er:
„Danke, Sandra... Danke, dass du heute für mich da warst..."
„Natürlich", erwiderte sie, „dafür sind Freunde doch da..."
„Warum sind wir Freunde geworden...", fragte er nachdenklich, mit leiser Verwunderung.
„Weil du auch *mein* Herz berührt hast...", antwortete sie offen. „Und ich doch auch deines, vorher schon..."
Berührt sah er sie an und nickte...

**A**m Sonntag hatte er sie weder am Vormittag noch am Nachmittag oder Abend im Kino gesehen. So musste er eine weitere Woche warten, auch wenn er sich vornahm, jeden Abend wieder zu schauen, ob sie diesmal nicht auch an einem Tag in der Woche arbeiten würde. Aber darüber hinaus blieb ihm nichts als die tiefste Sehnsucht, eine neue Hoffnung, die Erinnerung an ihr wunderschönes Gesicht ... und ihr Name.
Sie hatte ihm ihn genannt. Auch das war schon ein Geschenk von ihr gewesen. Ein Abschiedsgeschenk – aber immerhin ein Geschenk. Wenn er ihr Herz überhaupt nicht gerührt hätte, dann hätte sie ihm auch dieses Geschenk nicht gemacht... Auch diese Erkenntnis gab ihm neue Hoffnung.

Sylvia... Was für ein schöner Name! Es war sogar ein unendlich schöner Name...
Warum waren manche Namen so schön? War es nur, weil man sie mit dem Menschen in Verbindung brachte, den man so sehr liebte? Oder waren auch manche Namen schöner als andere?
Er tauchte ein in den Klang ihres Namens. Und ihr Name und sein Klang verwoben sich mit ihrem Wesen. Sylvia... Warum war schon ihr Name so zart, so weich, so fließend, so wunderschön? Verwundert tauchte er ein in das Erleben der einzelnen Laute, der einzelnen Klänge, die auf einmal wie zu einer Musik wurden – der Musik ihres Namens...
Verwundert entdeckte er, dass ihr Name mit dem gleichen Buchstaben begann wie der seine. S ... ein weiches S... Weich wie Seide, sanft wie ein Sonnenstrahl, säuselnd wie ein zartes Flüstern, wie Blätter im Sommerwind, wie das Summen der Bienen auf einer Sommerwiese... Dann das Ypsilon, wie ein I, und doch noch etwas geheimnisvoller, weicher, fast heiliger. Ein selten gewordener Laut in der Schatzkammer der Sprache... Das L... So heimelig, so sanft wie das S und doch zugleich *noch* lieblicher, ja, sogar lockender... Und es führte

einen zum V, zu diesem unendlich weichen Laut, bei dem sich zum ersten Mal die Lippen zu berühren begannen... Weich und warm war dieser Laut, unendliche Geborgenheit ließ er einen spüren, eine leise wiegende Wehmut gab er dem ganzen Namen. Die ganze Schönheit des Namens lag wie wunderbar in diesem einzigartigen Laut verborgen...
Und dann kam das I – so hell, so licht auf einmal, zartes Licht, wie aufscheinend, in völliger Reinheit. Es war, wie wenn sich der umhüllende Wald auf einmal auf eine Ebene hin öffnete, die ganz von Schnee überhaucht war... Und dann endete ihr Name im A. Was war die Verbindung dieser beiden Vokale für ein Wunder! Was war dies für ein wunderbarer Abschluss ... was gab dieses auf das Licht folgende A dem ganzen Namen noch einmal für eine Weichheit und zugleich Offenheit... In heiligem Entdecken bemerkte er, dass so viele Mädchennamen auf A endeten – und warum sie dies taten... Aber *ihr* Name, ihr Name enthielt nur wunderbare Klänge, und sie alle leuchteten hinein in das A.
So wurde ihr Name für ihn zu etwas, was ihr Wesen und ihre Erscheinung in kaum für möglich gehaltener Übereinstimmung zum Erklingen brachte... Sylvia – das war die zu Klang gewordene Wirklichkeit dieses Mädchens...

\*

Und doch stieg die Angst in ihm wieder erstickend herauf, als sich am Samstag der Zeitpunkt der Nachmittagsvorstellung unerbittlich näherte. Auch diesmal war er wieder seit dem Vormittag dort gewesen und hatte dann dreimal zwei Stunden im Café gesessen und gewartet, nachgedacht, sich den Vorstellungen hingegeben, die er sich machen konnte, und versucht, die aufsteigende Aufregung und Furcht zu bekämpfen. Nun war es soweit. Wenn sie heute wieder arbeiten würde, würde er ihr jetzt noch einmal begegnen. Wenn er ihr Herz nicht gerührt hätte, würde sie ihn völlig vernichten. Wenn er es gerührt hätte, würde sie ihn vollkommen erretten, zumindest für den Moment, auf Zeit. Sie würde ihm ein neues Leben schenken – für wie lange auch immer... Er hoffte es so unendlich – aber die Angst nahm ihm fast den Atem...

Er sah sie – sie war da. Diesmal wagte er es nicht, sich ihr vorher irgendwie zu zeigen. Er hielt sich fast ganz am Ausgang verborgen, zusätzlich noch durch das Kassenhäuschen verdeckt, und erst als die Vorstellungen begonnen hatten, ging er zu ihr hin.
Noch bevor er sie erreichte, sah er, wie sie ihn erkannte – und wieder sah er ihre Abwehr...
Er blieb in deutlichem Abstand vor ihr stehen, es tat so weh...
„Ich ... ich wollte nur..."
„Ich will Sie nicht kennenlernen", sagte das Mädchen.
„Du willst mir ... wirklich nicht einmal eine Chance geben?", fragte er verzweifelt.
„Ich will Sie nicht kennenlernen", wiederholte sie.
„Aber *warum* nicht?", fragte er.
„Ich will es einfach nicht. Muss ich das begründen?"
Er spürte ihre Hoffnung, dass die Begegnung schnell zu Ende sein möge.
„Nein", sagte er leise, „du musst es nicht begründen..."
Er sah sie an. Noch immer sah er ihre Abwehr. Es war ihr unangenehm.
„Aber", fügte er leise hinzu, „es wäre *schön*, wenn du es begründen könntest..."
Leise bittend sah er sie an.
„Nein, das muss ich nicht", wehrte sie sich. „Es *ist* einfach so. Bitte gehen Sie!"
Noch einmal sah er sie an – ihr schönes Gesicht, so wunderschön... Wieder zerbrach etwas... Diesmal zerbrachen nicht Türme über ihm, sondern etwas zerbrach *in* ihm...
In tiefer Traurigkeit sagte er:

„Auf Wiedersehen, Sylvia... Danke, dass du mir wenigstens deinen *Namen* geschenkt hast..."
Er sah ihre leise Verlegenheit, und auch dies war für ihn noch ein wunderbares Geschenk, das er für immer bewahren würde. Er wandte sich um... Sie hatte geschwiegen.
Nach wenigen Schritten schaute er traurig noch einmal zurück zu ihr. Sie stand dort und rührte sich nicht. Ein letztes Mal sah er in ihr Gesicht, ihre Augen. Er sah nur ihre Schönheit...
Traurig ging er hinaus. Ein letztes Mal ihre wunderschönen Augen hinter sich...

\*

Er *konnte* es aber nicht ... er konnte die Hoffnung einfach nicht aufgeben – und er setzte sich in das Café, um ihr einen weiteren Brief zu schreiben. Er konnte nicht anders, als zu hoffen, dass ein zweiter Brief etwas in ihr berühren könnte, etwas erklären, eine Verbindung schaffen, die bisher noch nicht da war... Er hoffte unendlich, sie damit nicht völlig zu verärgern, selbst noch einen Rest an schöner Erinnerung auf ihrer Seite zu zerstören...

*Liebe Sylvia,*
*ich nehme es hin, dass Du mich nicht kennenlernen möchtest. Aber bitte nimm auch diesen Brief von mir noch hin. Wenn Du mich wirklich nicht kennenlernen möchtest, ist es mein Abschiedsbrief an Dich. Du, die mir mehr bedeutet als alles andere in meinem Leben – und ohne die ich gestorben sein werde, auch wenn ich noch lebe. Du denkst vielleicht, das ist übertrieben, aber das ist es nicht. Man kann wissen, dass* man *einen* Menschen *kennenlernen will und nur diesen, und dass nichts wichtiger ist als dies. Und wenn man dies nicht darf, verliert alles Übrige auch seinen Wert, alles.*

*Du hast vielleicht Angst, dass ich zu viel von Dir will, wenn ich so empfinde. Aber diese Angst brauchst Du nicht zu haben. Ich wäre schon glücklich über Deine Freundschaft – was auch immer Freundschaft für Dich dann bedeutet. Ist das nicht etwas Wunderschönes? Freundschaft? Was bedeutet es für Dich? Für jemanden da sein... Jemanden haben, wenn man ihn braucht... Jemanden, dem man vertrauen kann. Dem man alles erzählen kann. Der Anteil nimmt an allem, was man mit ihm teilen will. Lebendigen Anteil, aufrichtig, in tiefer Freundschaft...*
*Nichts verlange ich von Dir, Sylvia. Ich will vor allem umgekehrt dies für Dich sein – ein Freund, der Dir etwas bedeutet, weil er Dir genau dies schenkt, wann immer Du es willst und brauchst. Ein Freund, der Dir anfängt, etwas zu bedeuten... Ein Freund, den Du ganz allmählich beginnst, kennenlernen zu wollen. Ein Freund, wie Du ihn Dir wünschst und vielleicht noch nicht hast. So noch nicht hast. Denn jeder Mensch ist anders, Sylvia. Du bist vollkommen anders als alle anderen Menschen – und ich bin auch ganz anders als alle anderen Menschen.*
*Wenn Du schon hundert Freunde hast, Sylvia, und wunschlos glücklich bist, ja, dann möchte ich mich nicht in Dein Leben drängen. Das möchte ich sowieso nicht und kann es auch nicht, würde es auch nie wollen. Und doch bin ich anders als alle Deine anderen Freunde und Bekannte. Jeder Mensch ist anders – und jeder hat es verdient, dass man ihm zumindest eine Chance gibt. Denn vielleicht ist gerade er so, wie man es sich immer gewünscht hat – und man weiß es nur noch nicht... Vielleicht geht man aneinander vorbei, obwohl, wenn man sich kennengelernt hätte, die tiefste Freundschaft daraus entstanden wäre...*
*Ich weiß nicht, was Du Dir wünschst, Sylvia. Ich weiß auch nicht, ob Du vor etwas Angst hast. Aber ich möchte Dir noch einmal sagen, dass Du vor nichts Angst haben musst, weil Du immer sagen kannst, was Du möchtest und was Du nicht*

möchtest. Und was Du Dir wünschst, das weißt auch nur Du selbst – aber wenn es noch einen Platz in Deinem Leben und Deinem Herzen hat, Sylvia: ein Freund, der alles für Dich sein kann, was Du manchmal brauchst und Dir manchmal wünschst; ein Freund, der Dich niemals enttäuscht – dann vertrau mir doch bitte, Sylvia, und schenke mir diese Chance, Dir zu zeigen, was für ein Mensch ich in Wirklichkeit bin...
Ich kann Dir auch sagen, warum ich Dich niemals enttäuschen werde: Weil Du mein Herz schon besitzt, seit dem ersten Moment, wo ich Dich sah. Und ich werde es niemals wieder zurückfordern. Es gehört Dir. Du wirst immer der Mensch sein, der mir am meisten bedeutet – und sollten wir uns auch nie wiedersehen. Das, was Du mir bedeutest, kann niemals verlorengehen. Und darum werde ich Dich niemals enttäuschen, und auch Du wirst mich niemals enttäuschen, egal, was Du tun wirst.
Wenn Du mich wirklich nie wiedersehen und mich wirklich nicht kennenlernen willst, dann werde ich nicht enttäuscht sein, sondern sozusagen tot, denn mein Herz bleibt ja trotzdem bei Dir... Wenn Du mich aber kennenlernen willst, dann werde ich glücklich sein, denn ich darf den Menschen wiedersehen, dem ich mein Herz geschenkt habe.
Und selbst wenn Du es nicht ganz haben willst – so bestimme Du, wie die Freundschaft aussehen soll, die Du Dir wünschen kannst. Ich bin mit jeder Freundschaft glücklich, mit jeder Verbindung zwischen Deinem und meinem Leben.
Das Leben ist kurz, Sylvia. Menschen können sich etwas bedeuten oder nichts bedeuten. Aber darin, was Menschen einander bedeuten, liegt der Sinn des Lebens. Das Glück des Lebens besteht in der Tiefe der Freundschaften und der Begegnungen. Ich suche nichts Oberflächliches, Sylvia. Aber die Art der Tiefe, die Du suchen kannst, nach ihr will ich mich richten.
Ich habe ja alles von Anfang an in Deine Hand gelegt und Deinem Herzen anvertraut. Das tue ich auch jetzt. Meine

*Sehnsucht, Dich kennenzulernen, wird niemals geringer werden. Aber ich will auch niemals etwas tun, was Du nicht möchtest. Aber, Sylvia – wenn in Deinem Leben und Deinem Herzen noch Platz für die Begegnung mit einem Menschen ist, dann, bitte, gib mir eine Chance. Verschließe Dein Herz nicht ganz... Und wenn Du mir zunächst nicht begegnen willst, dann gib mir die Möglichkeit, dass wir uns vielleicht per E-Mail oder auch in Briefen begegnen. Gib mir jene Möglichkeit, mit der es auch Dir gut geht...*
*In größtem Vertrauen werde ich Dir diesen Brief nun noch einmal bringen und voller Dankbarkeit sein, wenn Deine Hand ihn annehmen wird...*
*Hoffentlich auf Wiedersehen, Sylvia...*

Unter den Brief schrieb er seine E-Mail und seine Adresse.
Nun hatte er keine Angst mehr, ein letztes Mal zu ihr zu gehen. Er war vielmehr unendlich glücklich, sie noch einmal sehen zu können.

Er wartete, bis sie allein da stand, und ging zu ihr. Er sah ihre Abwehr, und er verstand sie so gut, aber er sagte, als er bei ihr war:
„Ich möchte nichts mehr, Sylvia. Es tut mir leid, bitte entschuldige! Nur diesen Brief wollte ich dir noch geben. Bitte nimm ihn an ... kannst du das tun...?"
Sie nahm ihn aus seiner Hand entgegen – und er war dafür zutiefst dankbar.
Ein allerletztes Mal sah er in ihre Augen, die so wunderschön waren... Dann sagte er:
„Leb wohl, Sylvia..."

Auch diesmal schwieg sie. Es machte nichts. Ihre wunderschönen Augen, der Anblick ihres wunderschönen Gesichts, ihrer ganzen Gestalt, reichte ihm als Abschied...

Mit einem Frieden im Herzen verließ er, begleitet von ihrem Blick, das Kino. Sein Schicksal lag in diesem Brief, und dieser lag in ihrer Hand...

**D**en ganzen Sonntag und Montag wartete er auf ihre Antwort. Aber es kam keine E-Mail. Noch am späten Abend hatte er bis Mitternacht jeweils mehrmals nachgeschaut.
Er sehnte sich so sehr nach ihrer Antwort. Er sehnte sich so sehr danach, zu wissen, ob sie antworten würde. Und er hatte so unendliche Angst davor, dass jede Stunde, die ihre Antwort auf sich warten ließ, die Wahrscheinlichkeit schmelzen ließ, dass sie *überhaupt* antworten würde. Er würde ihr alle Zeit der Welt schenken wollen, wenn sie überhaupt antworten wollte.
Das Warten konnte unendliches Leid werden, wenn man nicht wusste, ob man überhaupt warten durfte...

\*

Am Dienstagnachmittag sah er, kurz bevor er Feierabend machen wollte, als er ein letztes Mal seinen E-Mail-Account prüfte, ihre E-Mail. Noch nie hatte er einen so tiefen, so freudigen Schreck bekommen. Auf einmal wusste er, was es hieß, wenn man sagte, man war ‚wie elektrisiert'. Er hatte immer gedacht, das waren Redewendungen – aber es war tatsächlich ein realer, unglaublich starker Schock. Das Herz schlug einem sofort wieder bis zum Halse, und man konnte die Unsicherheit, die Spannung, kaum ertragen. Man wagte es fast nicht, die E-Mail zu öffnen, weil auch sie wieder die völlige Vernichtung bringen konnte ... oder aber eine tiefe Erlösung, ein unendliches Glück...
Es war allein schon Glück, die Anzeige zu sehen. Allein schon, eine E-Mail von ihr zu bekommen. Sich vorzustellen, dass sie ihm etwas geschrieben hatte, für ihn bestimmt, und dann auf ‚Senden' gedrückt hatte, so dass *ihre* E-Mail *ihn* erreichte... Allein schon, ihren Absender zu sehen. Ihren Namen, der in der E-Mail-Adresse enthalten war. Sylvia Wolf, das war ihr Name. Schon wieder ein unendliches Geschenk.

Es war so voller Vertrauen... Unendlich berührten ihn diese ersten Momente, wo er nur auf das E-Mail-Fenster schaute und sah, dass ihre Nachricht angekommen war. Um sechzehn Uhr fünfzehn. Das heißt, sie hatte erst vor wenigen Minuten bei sich zuhause oder von unterwegs an ihn geschrieben. Er hätte es nicht in Worte fassen können, wie sich dies anfühlte...

Er widerstand der unendlich starken Versuchung, ihre E-Mail jetzt gleich zu öffnen. Er wollte es nicht zwischen Arbeitsende und Heimfahrt tun, er wollte es überhaupt nicht hier auf der Arbeit tun. Er wollte ihre Worte, ihre für ihn unendlich wertvollen Worte, zuhause lesen, in völliger Sicherheit und Geborgenheit – dort, wo er ihr ebenso sicher und aufrichtig auch würde antworten können.

Sie hatte ihm geschrieben... Glücklich verabschiedete er sich von Hoppe, glücklich verließ er das Gebäude...

\*

Als er zuhause war, empfand er eine fast heilige Stimmung. Er war unendlich dankbar, dass *sie* ihm geschrieben hatte. Das Mädchen, das er liebte. Jetzt hatte sie ihm geschrieben! Es war ihre erste Tat ihm gegenüber, ihr erster Schritt von sich aus. Heilig war ihm dies, und seine Sehnsucht nach ihr wurde übergroß. Und dennoch hatte er auch Angst, denn er wusste nicht, was sie schreiben würde. Dass sie aber überhaupt geschrieben hatte, erfüllte ihn mit unendlicher Hoffnung – denn sie hätte nicht schreiben müssen.

Welchen Grund konnte es für sie geben, ihm zu schreiben, wenn nicht eine Verwandlung ihrer Ablehnung...

Als er mit tiefer Andacht – in Gedanken voller Liebe an sie – seinen Computer angemacht hatte und das E-Mail-Programm geöffnet hatte, schaute er wieder auf die ungeöffnete E-Mail von ihr, die ihren Namen trug... Man konnte das Empfinden einfach nicht beschreiben. Es war einfach nur tiefstes Glück –

das Sehen dieser ungeöffneten E-Mail, die von ihr geschickt worden war. Unendliche Dankbarkeit, hervorgehend aus tiefster Liebe zu ihr. Und dies gab dieses heilige Empfinden, von ihr eine E-Mail zu bekommen...

Es kam ihm fast zu gewöhnlich vor, einfach nur mit dem Mauszeiger auf die Zeile zu gehen, um die E-Mail zu öffnen. Allein schon, dass *ihre* E-Mail nur eine Zeile in der Ansicht war, schien ihm fast wie ein Vergehen des Programms. Und dennoch lag die ganze Heiligkeit darin, dass sie ihren Namen trug, dass sie noch als ungeöffnet erschien... Es war wie ein Geschenk, ein noch ungeöffnetes Geschenk; ein Heiligtum, in das man hineingehen konnte, aber das auch genau diese Empfindung brauchte. Am liebsten hätte er den Bildschirm ausgeschaltet, wenn man die E-Mail auch ohne Bildschirm hätte lesen können – auf einmal als Brief, handgeschrieben... Und doch waren es Worte von ihr, ihre eigene, lebendige Hand hatte sie ja mit Hilfe der Tastatur geschrieben...

Mit tiefsten, reinsten Empfindungen öffnete er ihre E-Mail...

*Lieber Herr Schäfer,*
*ich möchte mich für Ihren Brief bedanken. Trotzdem, bitte verstehen Sie, dass ich Sie nicht kennenlernen möchte.*
*Es tut mir leid. Bitte schreiben Sie mir nicht mehr.*
*Viele Grüße,*
*Sylvia*

Wieder und wieder las er ihre wenigen Zeilen... Er konnte nicht begreifen, was er las. Er begriff es, aber sein Herz weigerte sich... Er verstand es nicht. Sein Herz verstand es nicht. Er wünschte sich, weinen zu können, aber es kamen keine Tränen. Dann erinnerte er sich daran, dass er ja eigentlich schon tot gewesen war. Lag es daran...? Er war schon tot gewesen – er hatte für eine Woche noch einmal unter den

Lebenden weilen dürfen, aber nun war er endgültig tot. Und Tote hatten keine Tränen mehr. Und sein Herz – sein Herz war ja schon längst nicht mehr bei ihm, es war ja bei ihr. Sein Herz musste nicht weinen, denn es war bei ihr – aber er, *er* war nicht bei ihr. Und doch konnte er ohne Herz nicht mehr weinen. Kein Herz mehr, keine Seele mehr. Sein Herz bei ihr, seine Seele tot...
Er konnte nicht mehr. Er wusste nicht mehr, was er fühlen sollte. Selbst jetzt – jetzt, wo er ihre E-Mail bekommen hatte, die all seine Hoffnungen völlig vernichtete, konnte er nicht anders, als jedes einzelne ihrer Worte zu lieben. Die Worte töteten ihn und seine letzte Hoffnung – und doch liebte er sie. Denn sie waren geschrieben von ihr, trotz allem *fühlte* er sie in ihren Worten. Ja, sie war es, die sie geschrieben hatte, er fühlte es, in jedem einzelnen Wort. Und weil er sie liebte, liebte er auch ihre Worte, Worte, die so weh taten – und dennoch nicht, weil sie von ihr kamen.
Sie hatte ihn sterben lassen, sie hatte ihm ihren Dolch ins Herz gestoßen, und er liebte selbst noch ihre Hand, die dies getan hatte, ihren Dolch, den sie führte, ihren Stich. Er konnte nicht anders, als sie lieben. Er würde jetzt für immer gestorben sein – und sich dennoch immer an ihre letzte Tat erinnern, jedes einzelne Wort in Liebe umfassen. Noch immer war jedes einzelne ihrer Worte ein Geschenk. Alles, was von ihr kam, war *sie*, und sie bedeutete ihm unendlich viel, egal, was sie tat, absolut egal...

\*

Er bat Sandra darum, sie auch heute noch einmal treffen zu können – und sie machte es möglich.
Wieder trafen sie sich in dem Café in der Nähe ihrer Wohnung, und wieder erzählte er ihr bis ins Einzelne alles, woran er sich erinnern konnte. Wieder vertraute er sich ihrem Trost, ihrer Freundschaft an...

Einige lange Momente lang sah sie ihn voller Anteilnahme an, dann sagte sie leise:
„Es tut mir so leid, Sebastian..."
Er hatte nur noch eine einzige Frage.
„Sandra, bitte sag es mir ... habe ich etwas falsch gemacht?"
„Nein..."
Schweigend saßen sie einander gegenüber.
Schließlich sagte sie:
„Wahrscheinlich hatte sie trotz allem Angst vor deiner Liebe..."
„Angst...?", fragte er gestorben.
„Ja, deine Liebe war so groß ... zu groß für sie..."
„Hätte ich sie kleiner machen sollen?"
„Du hättest es nicht gekonnt, Sebastian."
„Nein..."
„Ein junges Mädchen kann mit so viel Liebe noch nicht zurechtkommen – nicht, wenn der Mann so viel älter ist..."
„Wäre es dir genauso gegangen?"
„Vielleicht, ja..."
„Warum hast du mich dann nicht gewarnt...?"
„Ich habe es vielleicht doch falsch eingeschätzt ... und könnte dennoch nicht sagen, wie es anders hätte möglich sein sollen. Wie soll man ein Herz berühren und ihm dennoch keine Angst machen? Wie hättest du ihre Angst vermeiden können? Ich weiß es auch nicht, Sebastian... Es ging wahrscheinlich überhaupt nicht. Du hast nichts falsch gemacht. Und du konntest deine Liebe doch auch nicht verbergen..."

Wieder schwiegen sie eine Weile.
„Es tut so weh...", sagte er schließlich.
Allein ihre Anwesenheit war dennoch schon tröstlich.
Nach einigen Momenten fragte sie:
„Kannst du noch einmal sagen, was sie dir geschrieben hat?"
Er wiederholte ihre Worte.

„Viele Grüße", sagte er dann mit tiefstem Leid. „Wieso schreibt sie ‚viele Grüße'? Es tut so unendlich weh, ihre lieben Grüße, wenn man gleichzeitig weiß, dass sie nie wieder grüßen wird – und dass man auch selbst nie wieder zu ihr sprechen darf... Wie kann man *ein einziges* Mal solche lieben Grüße schenken?"

„Ja", sagte sie nachdenklich. „Ich verstehe auch manches nicht. Nicht ganz. Es tut ihr leid, Sebastian. Sie bedankt sich für deinen Brief. Sie hat schon gespürt, wieviel darin liegt. Und es tut ihr leid. Vielleicht *hat* sie Angst. Vielleicht kannst, vielleicht darfst du sie noch einmal fragen, was es wirklich ist. Verstehst du?"

„Aber sie schreibt doch, dass ich ihr bitte nicht mehr schreiben soll..."

„Ja, aber sie schreibt nicht, ‚ich möchte nicht, dass Sie mir noch einmal schreiben', sondern sie schreibt ‚*bitte*'... Sogar zweimal bittet sie dich... Vielleicht ist es einfach nur höflich, lieb. Aber dann ... dann dankt sie dir sogar für deinen Brief! Warum tut sie das? Das muss sie doch gar nicht –"

„Sie tut es", sagte er, „weil sie so ist, wie sie ist. Gerade deswegen liebe ich sie ja so sehr!"

„Hast du das an ihr gesehen?"

„Ich weiß es doch einfach nicht. Ich habe so viel gesehen. Und doch hat sie mich so vernichtet, meine Worte so wenig zugelassen, meine Bitten so sehr zurückgewiesen... Ich weiß nicht, was ich gesehen habe. Ich *denke*, dass sie ein wunderschönes Herz hat – und ich denke, dass ich das auch gesehen habe. Aber das sagt sie nicht. Das schreibt sie nicht. Ihre Worte sind anders."

Er sah sie hilflos an. Dann fügte er leise hinzu:

„Ich weiß nicht, was ich gesehen habe, Sandra. Ich habe mehr gesehen als das – und doch ist sie das auch... Aber warum?"

„Aber sie bedankt sich doch eben auch für deinen Brief. Das ist ein Rätsel. Für mich ist das ein Rätsel. Ich kann es mir nur

so erklären, dass sie etwas empfindet – und dennoch Angst hat. Oder es nicht zulässt, bei sich nicht. Sie empfindet etwas, und wehrt dich dann doch ab. Es kann nur Angst sein. Und vielleicht kannst du sie ihr doch noch irgendwie nehmen.
Sebastian, dein Brief hat sie wirklich berührt. Sonst hätte sie sich nicht bedankt. Sie musste das nicht. Oder es war nur höflich. War es nur eine Floskel? Oder war es wirklich so gemeint? Was liegt in diesem ‚möchte'? ‚Ich möchte mich...' Möchte sie das wirklich? Wenn sie es wirklich wollte, sich bei dir bedanken, dann hast du sie berührt. Dann kannst du es wagen, genau da noch einmal anzusetzen..."
„Aber sie schreibt doch, dass ich es nicht mehr soll..."
„Nein, sie *bittet* dich, Sebastian."
Er spürte die ganze Sanftheit, die in diesem einen Wort lag. Sie bat ihn – und es war ihre Sanftheit, die ihn erst recht dazu brachte, ihre Bitte unbedingt erfüllen zu wollen. Es war für ihn selbstverständlich, ihre Bitte zu erfüllen. Er wollte nichts anderes tun als das, was sie wollte – so sanft wollte...
„Ja, gerade deshalb..."

„Nein, Sebastian. Manchmal bedeutet eine Bitte gerade das Gegenteil, verstehst du? Ich glaube nicht, dass es hier das Gegenteil bedeutet, aber dass sie dich bittet, heißt, dass es noch eine Chance gibt, eine Hoffnung. Eine Bitte bedeutet immer, dass man etwas nicht fordert und auch nicht fordern kann und auch nicht fordern will. Eine Bitte bedeutet, dass der Andere sie nicht erfüllen muss – und man darf dann nicht böse sein... Sie *bittet* dich zwar, aber wenn du ihre Bitte enttäuschst, kannst du gerade dadurch vielleicht noch etwas sagen, was ihre Bitte überflüssig macht ... was sie vielleicht dazu bringen könnte, ihre eigene Bitte zu bereuen. Was sie *nicht* mehr bitten lässt, ihr nicht mehr zu schreiben. Was es doch möglich macht, dass sie dich kennenlernen will."
„Aber sie schreibt doch, ich soll es endlich verstehen, dass sie es nicht will..."

„Nein, sie bittet dich, es zu verstehen. Aber genauso gut könnte sie verstehen, dass du sie kennenlernen *musst* – und dass es für sie nicht schlimm ist, sondern schön sein wird, auch dich kennenzulernen. ‚Bitte versteh doch, dass du es zwar noch nicht möchtest, aber dass du es wollen wirst, *wenn* wir uns ein wenig kennenlernen durften'. Verstehst du?"
„*Das* kann ich ihr doch nicht antworten!"
„Nein, aber so, dass sie genau dies fühlen kann – und dass es sie so berührt, dass sie ihre eigene Bitte zurücknehmen kann, ja, möchte..."

\*

Mit tiefer Dankbarkeit war er wieder nach Hause gefahren. Wie unendlich wertvoll war eine Freundschaft... Sie konnte ein Leben retten, sie konnte einem die Liebe eines Lebens retten – vielleicht... Und sie konnte trösten, Anteil nehmen, innig begleiten, wie wunderbar war Freundschaft...
Und genau dies wollte er für sie sein, wollte er ihr schenken, nichts anderes... Nichts anderes wollte er diesem Mädchen schenken, tiefste Freundschaft, und doch nur so, wie sie sie wollte, wollen können würde...

Er setzte sich an den Computer und schrieb eine Antwort an sie:

*Liebe Sylvia,*
*ich möchte Dir so sehr für Deine E-Mail danken. Und ich möchte Dich unendlich um Verzeihung bitten, wenn ich Dir trotzdem noch einmal schreibe – und vielleicht nicht nur einmal, aber das liegt dann bei Dir. Bitte lass es zu, dass ich Dir noch einmal schreibe. Du hast mich gebeten, es nicht zu tun, und ich hätte Dir diese Bitte so gern erfüllt – und es tut mir zugleich unendlich weh, ihr entgegenzuhandeln, verstehst*

*Du? Bitte sei mir deswegen nicht böse ... sondern lies diesen Brief erst, bevor Du mir deswegen vielleicht böse wirst...*
*Ich weiß nicht, ob Du böse wirst – ich kann es einfach nicht glauben. Dass Deine kurze Antwort einen Dank und zwei Bitten enthielt, lässt mich wieder ganz und gar an Dein gutes Herz glauben – das ich wirklich auch schon im allerersten Moment gesehen zu haben glaube.*
*Ich weiß nicht, was ich alles gesehen habe, aber es war unendlich viel. Ich habe* Dich *gesehen. Und ich erkenne Dich auch in jedem einzelnen Deiner Worte wieder. Selbst wenn ich nur diese Worte hätte, würde ich Dich unendlich gerne kennenlernen wollen, Sylvia. Es ist unverwechselbar – und ich kann einfach nicht anders, als diese Sehnsucht zu haben, Dich kennenzulernen.*
*Sylvia, man kann es nicht erklären, warum man diese Sehnsucht hat. Ein ganz bestimmter Mensch, nur dieser... Und ich weiß nicht, wie ich Dir die Angst davor nehmen kann. Oder hast Du keinerlei Angst? Ist es einfach nur Desinteresse? Einfach nur Nicht-Wollen? Weder Sympathie noch Interesse, bloße Ablehnung und Zurückweisung? Und doch hast Du mir für meinen Brief gedankt – warum... Was bedeutete er Dir? Hast Du ihn aufgehoben? Hast Du ihn weggeworfen? Was ist es, was Du in unseren kurzen Begegnungen erlebt hast, Sylvia? Reines Desinteresse und Abwehr? Oder noch etwas anderes? Ist Dein Herz irgendwie berührt worden? Bitte, sag es mir... Wenn es nicht nur reine Abwehr ist ... wie kann ich dann an dem anknüpfen, was* nicht *Abwehr ist? Ich möchte es so gerne, Sylvia! An welchem Punkt kannst Du mir Deine Hand reichen? Wo ist der Ort in Deinem Herzen, wo keine Abwehr lebt? Was kann ich tun, damit ich Dir schreiben darf? Damit ich Dir begegnen darf? Dich kennenlernen darf? Was kann ich tun, was darf ich tun, was darf ich nicht tun? Bitte sag mir all dies, Sylvia – und ich werde es so und nicht anders wirklich auch tun...*

*Ich möchte Dir noch einmal sagen, dass Du derjenige Mensch bist, der mir am meisten bedeutet. Vielleicht glaubst Du es nicht. Vielleicht hast Du auch Angst davor. Vielleicht wehrst Du mich gerade deshalb ab. Aber bitte bedenke, dass Deine Zurückweisung für mich ein unendlicher Schmerz ist – und dass Du gleichzeitig von mir nichts und wirklich überhaupt nichts befürchten musst. Selbst wenn Du mir unendlich viel bedeutest, werde ich Dir nie mehr schenken, als Du es wollen würdest. Ich werde es Dich nicht einmal fühlen lassen, wieviel Du mir bedeutest. Ich sage es Dir jetzt nur aufrichtig, weil ich Dich auch nie belügen werde.*
*Nur, bitte hilf mir, Dich kennenzulernen, Sylvia! Bitte sage mir, worin Deine Abwehr liegt... Und wenn es nicht nur völliges Desinteresse ist, dann hilf mir, die Hindernisse zu überwinden. Jeder Mensch, Sylvia, hat eine Chance verdient. Und wieviel ein Mensch auch einem selbst bedeuten kann, nach und nach, das kann man nur erfahren, wenn man ihm diese Chance schenkt. Bitte schenke sie mir, Sylvia...*
*Wenn Dir meine Zuneigung nichts bedeutet, dann sag mir, dass meine Briefe Dich in keinster Weise berührt haben. Dann ist es wirklich völliges Desinteresse. Aber das liegt gar nicht in Deinen Worten, trotz all ihrer Abwehr... Wenn aber etwas in meinen Briefen Dir doch etwas bedeutet hat, dann gib bitte diesem Etwas eine Chance. Nur um dieses Etwas geht es. Darin liegt die Freundschaft, die ich meine. Wirf das, was Dich berührt hat, nicht weg. Habe den Mut, es aufrichtig zuzulassen. Und habe keine Angst, vor nichts. Sage mir, wovor Du Angst hast – und sage mir, was Dich berührt hat.*
*Das Leben ist zu kurz, um nicht ganz und gar aufrichtig miteinander zu sein. Wenn Du Fragen an mich hast, frage. Und sage mir bitte, was wirklich in Deinem Inneren lebt...*
*In tiefer Hoffnung auf Deine mutige Ehrlichkeit und Dein gutes Herz...*
*Sebastian Schäfer*

Als er die E-Mail absandte, war er in tiefster Liebe bei ihr. Und er empfand eine unendliche Sehnsucht – und eine ebenso tiefe Hoffnung... Jedes Mal wieder hoffte er. Jedes Mal wieder war er sicher, ihr Herz zu berühren...

O, er hoffte es so sehr, dass ihr Herz berührt werden würde. Er stellte es sich vor. Wie sie seine E-Mail lesen würde. Wie nun ihr Herz seine Liebe empfinden würde ... nicht mehr davor weglaufen würde. Sie zulassen könnte... Auch dann, wenn sie sie nicht voll erwidern können würde. Einfach nur die seine zulassen.
Er stellte sich vor, wie sie seine E-Mail las; wie ihr Herz die Berührung empfand; wie es auftaute; wie es seine Abwehr aufgab; wie *sie* ihre Abwehr aufgab; wie ihr Herz sich ihm zuwandte ... immer mehr zuwandte, mit jedem Wort mehr...
Er stellte sich vor, wie sie ihm antwortete. Wie nun auch in ihren Worten ihr ganzes Herz lag. Wie nun auch sie ihm Brücken baute; wie sie ihn kennenlernen wollte; wie sie längst begann, eine Freundschaft zu empfinden; wie sie sich ihm anvertraute; wie er ihre Seele kennenlernen durfte – die Seele jenes wunderschönen Mädchens, das er so unendlich liebte; jene Seele, die er schon im ersten Augenblick gesehen und erkannt hatte.
Und am Ende seiner Vorstellungen lag sie in seinem Arm, und er küsste sie, und sie küsste ihn...

Wieder bekam er am nächsten Tag etwa um die gleiche Zeit ihre Antwort. Und wieder hatte er die gleichen Empfindungen wie beim letzten Mal. In fast der gleichen Tiefe durchströmte ihn der glückliche Schock, als er sie sah – mit der gleichen geradezu heiligen Stimmung öffnete er ihre Antwort, als er zuhause war. Seine Hoffnung war noch größer, wenn dies überhaupt möglich war. Die Unendlichkeit erweiterte sich noch einmal unendlich – von dieser Antwort hing nun wirklich sein Leben ab, das durch sie noch einmal auferstanden war. Nun wollte es leben bleiben ... es wollte mit *ihr* leben, mit ihr, die er so unendlich liebte...

*Lieber Herr Schäfer,*
*vielen Dank für Ihren lieben Brief. Warum schreiben Sie mir so lieb? Sie kennen mich doch gar nicht. Und man kann doch nicht jeden Menschen kennenlernen. Was ist mit meiner Bitte? Sie sollen mich bitte nicht kennenlernen wollen. Ich meine es ernst. Bitte...*
*Ich wünsche Ihnen auch alles Gute!*
*Sylvia Wolf*

Wieder las er ihre E-Mail wieder und wieder. Und diesmal stand auch er vor einem völligen Rätsel. Wie konnte man seine Ablehnung so unendlich sanft ausdrücken? Es war, wie wenn selbst ihre Ablehnung ihn unendlich anzog... Nein, sie tat es. Unendlich zog sie ihn an. Es war, wie wenn sich seine unbeschreibliche Liebe noch vervielfachte. Er wusste nicht mehr, wohin mit seiner Liebe. Wer war dieses Mädchen? Warum liebte er sie so? Ach, er wusste es ... er hatte es doch vom ersten Moment an gesehen. Genau *dies* hatte er gesehen! Diese Art von Ablehnung, diese unendliche Sanftheit. Jetzt zeigte sie auf einmal ihre ganze Sanftheit...
Unendlich war seine Liebe zu ihr – zu ihrem Wesen, ihrer Sanftheit. Diese Sanftheit konnte doch unmöglich das letzte

Wort sein? Ein Wesen, das so sanft war; ein Mädchen, das so viel Liebe in sich trug – konnte diese Ablehnung doch unmöglich aufrecht erhalten? Es konnte sie doch unmöglich bis ins Innerste seines Herzens ernst meinen?
Aber warum schrieb sie es trotzdem? Warum bat sie ihn immer inniger, sie nicht kennenlernen zu wollen? Sie schrieb ihm doch, wie sehr sein Brief sie berührt hatte! Wieso sagte sie dann trotzdem ‚nicht jeden Menschen'? Wieso erinnerte sie ihn an ihre Bitte, wenn doch sein letzter Brief sie mehr berührt hatte als die anderen zuvor? Und bat dann noch inniger? Wovor lief sie weg? Und warum? Warum schrieb sie, sie meine es ernst – und bat noch einmal?
Wieso wollte sie ihn nicht kennenlernen, obwohl seine Briefe sie inzwischen so berührten? Ihre Liebe, ihr sanftes Wesen... Warum hatten diese nicht das letzte Wort? Was fühlte sie, warum blieb sie nur bei ihrer Abwehr? War es letztlich doch Desinteresse? Aber warum ein solches Desinteresse, wenn ihr Herz zugleich tief berührt war...?

Er konnte nicht anders, er musste ihr sofort antworten...

*Liebe Sylvia,*
*und Du... Warum schreibst auch Du mir immer lieber, warum schreibst auch Du mir so lieb... Bitte sag es mir doch... Du hast auf all meine Fragen noch gar nicht geantwortet. Ja, liebe Sylvia, ich würde auf Deine Bitte so gerne eingehen, wenn ich sie verstehen würde. Ich würde selbst unendliches Leid auf mich nehmen, wenn ich sie verstehen würde, Deine liebe Bitte... Aber warum willst Du mich in den Abgrund stoßen – nur weil man nicht jeden Menschen kennenlernen kann? Es gibt nur einen Menschen, der Dir diese Briefe schreibt. Und wenn sie Dir wirklich etwas bedeutet haben oder bedeuten – warum sagst Du, dieser eine Mensch ist jeder Mensch? Wenn Du mich nicht kennenlernen willst, dann lass mich bitte verstehen, warum ich es bin, den Du*

*nicht kennenlernen willst. In der Begegnung gibt es immer nur einzelne Menschen, Sylvia. Und ich sage Dir: Für mich bist Du der wichtigste einzelne Mensch auf der Welt – und wirst dies immer sein. Ich weiß nicht, wer ich für Dich bin. Aber wenn meine Worte Dich berühren, bin ich für Dich jemand – jemand, Sylvia. Nicht jeder, sondern dieser... Und Du kannst und brauchst nicht jeden Menschen kennenlernen – aber Du kannst, wenn Du es willst, mich kennenlernen, und Du würdest einen Freund finden, wie Du ihn Dir nicht lieber vorstellen kannst. Vielleicht weißt Du noch nicht, was wirkliche Freundschaft ist, Sylvia. Aber wenn Du mich kennenlernen würdest – wenn Du es zulassen würdest, dass ich Dich kennenlernen darf, würdest Du erfahren, was wirkliche Freundschaft ist. Aber ... jeder Mensch weiß tief innerlich, was wirkliche Freundschaft ist, und er sehnt sich doch auch danach. Diese Freundschaft ist es, die ich Dir schenken würde, Sylvia. Nur die, die Du Dir wünschst und wünschen würdest. Es liegt alles in Deiner lieben Hand, nur in ihr, Sylvia. Bitte strecke sie doch aus ... bitte baue mir doch eine Brücke... Wie kann ich zu Dir kommen, ohne dass Du mich zurückweisen musst? Warum weist Du mich mit so lieben Worten zurück...?*

*Kannst Du mir mit denselben lieben Worten nicht sagen, was Du Dir wünschen würdest, wenn ich Dich kennenlernen dürfte? Ja, man kann nicht jeden Menschen kennenlernen. Aber ist in Deinem Herzen kein Platz mehr für einen einzigen? Oder nur für mich nicht? Bitte, Sylvia, sag es mir – warum wehrst Du mich so lieb ab... Bitte sei ehrlich, sage es mir ohne Angst...*

*Ich kenne Dich. Wenn man einen Menschen sieht, kennt man ihn viel, viel mehr, als man glaubt. Und ein Mensch kann einem nichts bedeuten, wenn man ihn nicht kennt. Wenn Du mir aber so viel bedeutest, kenne ich Dich auch so sehr ... vielleicht noch viel mehr, als ich selbst es weiß. Und in jedem Deiner Worte und Zeilen erkenne ich Dich wieder. Immer*

*wieder weiß ich: Ja, das bist Du – und mein Wunsch, Dich kennenzulernen, wird nur größer, wenn das überhaupt möglich ist. Ich weiß es einfach, dass Du es bist, die ich kennenlernen möchte – es ist eine unendliche Sicherheit... Und doch möchte ich Dich nie verunsichern, Dir nie Angst machen, Dir nie zu nahe treten. Dieselbe Sanftheit, mit der Du Deine Briefe schreibst, möchte ich auch Dir schenken. Bitte sage mir doch, was Dich hindert, es zuzulassen... Kannst Du nicht mit derselben Sanftheit, mit der Du mich jetzt abwehrst, eine zarte Brücke bauen?*
*In tiefem Vertrauen auf Dein so liebes Herz...*

Er sandte ihr seine E-Mail. Ach, seine Hoffnung war so groß... Wie konnten Hoffnung und Liebe nur immer noch weiter wachsen? Ein Herz reichte gar nicht mehr, sie zu fassen... Wie konnte es ein Mädchen geben, dass man *so* lieben konnte? Vielleicht wohnte sie ganz in seiner Nähe ... aber seine Liebe schien einmal um den ganzen Erdball zu reichen, um sie dann nur ganz sanft zu berühren...
Ach, liebes Mädchen, bitte zeige doch nur dein wahres Wesen! Ich weiß, dass du mich lieben kannst – dass ich dein Freund sein kann, in welcher Form auch immer. Ich kenne dich doch so gut, jedes Wort von dir bist du, sogar noch jeder Zwischenraum...
So dachte er – so wartete er – so hoffte er.

**A**m nächsten Tag war er so guter Hoffnung, dass er den Wunsch hatte, auch mit seinem Kollegen Hoppe wieder einen Weg der Verständigung zu suchen. Er war so glücklich, so sicher, dass jetzt endlich eine Beziehung zu diesem wunderschönen Mädchen möglich werden würde, dass ihm jede andere Unvollkommenheit als Irrtum erschien – als etwas, was es auf der Welt gar nicht geben durfte, ja, konnte... Die Liebe seines Lebens war nun durch seine Briefe wirklich berührt worden ... und alles andere, was nicht Liebe war, konnte er nicht mehr ertragen, nicht zulassen, es musste *auch* verwandelt werden...

Hoppe verbreitete nicht mehr eine völlig eisige Stimmung, keine aggressiv-vernichtende eisige Stimmung mehr, aber er arbeitete grußlos vor sich hin, und das war immer noch eisig. Er hatte die Brücken abgebrochen. Das Eis hatte sie machtvoll zerschlagen, und nun floss ein breiter kühler Strom zwischen ihnen und trennte sie völlig.
Er hängte seinen Mantel an den Garderobenhaken neben der Tür, setzte sich und fuhr seinen Computer hoch. Während der Computer beschäftigt war, sah er seinen Schreibtisch an, blickte ein paar Mal zu Hoppe hinüber und dachte nach, versuchte, seine Gedanken zu sammeln und einen Ansatzpunkt zu finden.
Er hatte noch keinen gefunden, als der Computer die Eingabemaske für das Passwort zeigte. Er gab es ein, öffnete die notwendigen Programme und begann halbherzig, an seine gestrige Arbeit anzuknüpfen.
Schließlich fasste er den Impuls, es zu versuchen. Er wusste nicht, was ihn erwarten würde, aber er überwand seine Ängste, die Furcht vor einem neuen Konflikt, vor neuer Zurückweisung, atmete einmal tief durch und blickte zu Hoppe hinüber.

„Frank ... lass uns einfach aufhören, uns das Leben schwer zu machen."

Hoppe wandte ihm langsam den Kopf zu und musterte ihn. Er fühlte sich bei dieser Reaktion nicht wohl, es war kein gutes Zeichen...

„Aufhören?", erwiderte Hoppe langsam und betonte das Wort deutlich. „Es ist gut, dass du zumindest einsiehst, dass du *angefangen* hast..."

Er seufzte innerlich. Mit einer Antwort dieser Art war wahrscheinlich zu rechnen gewesen.

„Ich habe nicht angefangen, Frank. Bitte erinnere dich. Ich habe nur gesagt, wie es mir geht, als ich sah, wie du die Praktikantin ... Frau Fischer behandelt hast. Ich habe das nicht mehr ausgehalten."

„Du bist zum *Abteilungsleiter* gerannt – erinnerst du dich?", erwiderte Hoppe scharf.

„Frank – es ging mir nicht darum, dir in den Rücken zu fallen. Es ging mir darum, dass es Frau Fischer schlecht ging. *Sie* hat es nicht mehr ausgehalten."

„Aber ‚sie' ist nicht zum Abteilungsleiter gegangen. Du bist mit ihr hingegangen. Mit ihr. Du. Du bist zu Reiter gerannt."

Er atmete noch einmal tief durch.

„Du kannst mir deswegen meinetwegen für immer böse sein. Aber das Leben geht doch weiter. Ich nehme es dir doch auch nicht übel, wie du sie behandelt hast – ich wollte nur etwas *ändern*."

„Ja, und genauso habe ich jetzt etwas geändert, was unser Verhältnis angeht."

„Das ist doch nicht dasselbe, Frank! Ich wollte etwas zum Guten ändern."

„Hast du aber nicht."

„Doch, ich wollte Frau Fischer vor deiner Behandlung bewahren. Es wäre kein Weltuntergang gewesen, Frank. Du warst doch von ihr nicht abhängig oder so was. Und sie von

dir auch nicht. Es gibt in der Abteilung genügend Menschen, die eine Praktikantin betreuen können. Wenn es zwischen zwei Menschen nicht stimmt, muss man das ändern dürfen!"
„Wenn sich ein Dritter einfach einmischt, dann ist das ja wohl nicht der richtige Weg! Du hast deine Grenzen absolut überschritten."
Er brauchte seine ganze Kraft, um gegen Hoppes unsichtbare Angriffe bestehen zu können.
„Es gibt keine absoluten Grenzen", erwiderte er, „es ist *deine* Grenze. Wenn es wirklich eine absolute Grenze gewesen wäre, hätte mir der Abteilungsleiter gesagt, dass es eine ist. Er war aber einverstanden. Es war also in Ordnung. Es war aber *nicht* in Ordnung, wie du sie behandelt hast. Das war meine Grenze – und auch ihre Grenze. Niemand fand das gut oder richtig – nur du. Du hast dich aufgeführt wie ein Diktator."
Es war die Wahrheit. Dennoch tat ihm der letzte Satz leid, noch während er ihn zu Ende sprach. Fast furchtsam erwartete er dessen Wirkung...

Langsam und wieder sehr eisig, abschätzig, erwiderte Hoppe: „Du bist so ein elender ‚Frauenversteher', Sebastian, du merkst gar nicht, wie armselig das ist! Rennst zum Abteilungsleiter. Hechelst einer Praktikantin hinterher. Spielst für sie den Helden. Tust alles für sie, was sie selbst tun könnte, wenn es ihr wirklich schlecht ginge. Fällst mir in den Rücken. Und schlägst mit all dem eigentlich alles kurz und klein. Es ist so *armselig*!"
Er stand kurz davor, sich von neuem im Spinnennetz von Hoppes Worten zu verfangen. Einer seiner Flügel klebte bereits gleichsam an den Fäden ... doch mit aller Kraft riss er sich wieder davon los...
„Nein, Frank. Ich renne nicht, und ich hechle auch nicht. Ich tue einfach, was menschlich ist. Es ist menschlich, anderen Menschen zu helfen. Es ist unmenschlich, sie nicht als Gleiche zu behandeln, menschlich, freundlich, entgegenkom-

mend. Sie *sind* gleich, und wenn man sie nicht so behandelt, macht man sich selbst unmenschlich. Aber warum, Frank, warum macht man so was? Ich verstehe es nicht und kann es nicht ertragen. Ich bin auch ein Mensch. Mein eigenes Menschsein wehrt sich dagegen. Das musst du doch verstehen?"
„Verstehen, verstehen! Was verstehst *du* denn? Ich habe dir schon einmal deutlich zu machen versucht, dass die Welt nicht aus Kuschelpädagogik besteht! Ich glaube, du brauchst eine Selbsthilfegruppe. Da kann sich dann jeder ‚verstehen' – aber dann ist man auch krank! Vielleicht wärst du im Kommunismus besser aufgehoben – da *ist* jeder gleich, zumindest angeblich. Stimmt ja eben auch nicht. Also hör mir auf mit Gleichheit. Wenn einer dem anderen in den Rücken fällt, ist man auch nicht gleich. Man ist nie gleich. Und ich sage dir nochmal: Wie *ich* eine Praktikantin behandle, hast *du* nicht zu beurteilen!"

„Frank, es geht nicht um Kuschelpädagogik. Ich wollte dir auch nicht in den Rücken fallen. Aber du hast Frau Fischer einfach nicht wie einen gleichwertigen Menschen behandelt. Du hast sie wie eine Praktikantin behandelt, aber im negativen Sinne, und noch schlimmer. Man kann selbst eine Praktikantin wie einen Menschen behandeln – absolut freundlich. Das ist menschlich, Frank! Alles andere ist nicht menschlich, selbst wenn es heute üblich ist, noch; aber das, was du tust, ist selbst heute nicht mehr üblich. Und du warst zusätzlich einfach sauer, dass sie sich an jenem Mittag nicht zu uns an den Tisch gesetzt hat. *Das* hast du sie fühlen lassen. Und das ist absolut nicht menschlich. *Du* bist *ihr* in den Rücken gefallen – und zwar so, dass sie sich überhaupt nicht wehren konnte. Was hätte sie denn machen sollen? Sie *konnte* sich nicht wehren. Und das hast du ausgenutzt..."
„Weißt du, Sebastian, eine Praktikantin muss einfach ein paar Zugeständnisse machen. Und wenn sie das nicht tut –"

„Nein, Frank, bei der Diskussion waren wir schon mal. Eine Praktikantin ist ein Mensch, keine Abteilungssklavin und auch keine persönliche Sklavin. Man sollte das Wort einfach streichen, wenn man damit nicht umgehen kann. Eine Praktikantin *ist ein Mensch*!"
„Ich habe sie ja wohl auch nicht wie eine Ratte behandelt."
„Aber man behandelt einen Menschen auch nicht wie eine Schnecke. Süße Schnecke – erinnerst du dich? Und du hast sie zur Schnecke *gemacht*! Das tut man mit einem Menschen einfach nicht. Sonst verhält man sich selbst wie ein ... entsprechendes Tier."
„Was willst du damit sagen?", fragte Hoppe lauernd.
„Ich will das jetzt nicht ausweiten, Frank. Aber ich finde es einfach unappetitlich, weil es eben nicht menschlich ist. In gewisser Weise ist man ... nein, ich lasse das jetzt. Ich finde nur, man darf die Situation eines Menschen nie ausnutzen und ihn auch nie geringer behandeln als sich selbst. Immer wieder gibt es im Menschen die Tendenz, andere Menschen beherrschen zu wollen. Ja, Frank – vielleicht ist *das* die Ur-Lust des Menschen. Vielleicht denken manche Männer nicht so sehr an ‚das Eine', als noch viel mehr an dieses Andere: andere Menschen zu beherrschen. Und man denkt gar nicht bewusst daran, aber es wirkt einfach in einem. Der Trieb danach ist da... Aber menschlich ist nur, wenn dieser Trieb nicht mehr da ist. Wenn man ihn wirklich ganz besiegt und ausrottet. Erst dann kannst du dem anderen Menschen menschlich begegnen – weil du gar nichts anderes mehr *willst*."

Hoppe schwieg einen Moment. Dann erwiderte er:
„Es geht nicht um beherrschen. Ein Praktikant hat sich einfach einzuordnen."
„Das *ist* Beherrschen, Frank. Jeder Mensch hat seine Aufgaben zu erfüllen. Ein Praktikant bekommt untergeordnetere Aufgaben als wir anderen – und trotzdem ist er als Mensch

kein bisschen weniger wert. Trotzdem braucht er sich kein bisschen mehr an einen Tisch setzen, an den er sich nicht setzen will. Und man darf auch seine Laune an ihm nicht mehr auslassen als an anderen. Man muss das Aufgabenspektrum und alles, was damit zusammenhängt, unterscheiden von dem Menschlichen an sich. Dieses muss immer und überall voll da sein..."
„Du bist ein Weltverbesserer, Sebastian – aber die Welt läuft trotzdem anders. Sie richtet sich nicht nach deinen träumerischen Idealen."
„Die Welt ist was allgemeines, Frank. Jetzt sprechen doch *wir* miteinander. Du kannst nur sagen, wonach du dich richtest. Mir ist dieses Menschliche ein Bedürfnis, deswegen will ich gar nicht anders, das habe ich ja eben gesagt. Was du willst, das kannst nur du wissen. Wenn es dir ein Bedürfnis ist, Macht auszuüben und andere Menschen tendenziell wie Sklaven oder Sklavinnen zu behandeln, dann kann ich das nicht ändern. Aber ich werde mich trotzdem dagegen wehren – ich werde das tun *müssen*, weil sich in mir alles dagegen wehrt. Wenn du nicht anders kannst, dann kann ich ebensowenig anders wie du... Das soll keine Drohung sein, Frank, ich hoffe das verstehst du. Es ist einzig und allein die Tatsache, dass ich nicht mehr schweigen kann, wenn ich sehe, wie etwas geschieht, was wirklich unmenschlich ist."

„Du tust ja geradeso, als wäre ich ein Unmensch!"
„Es geht immer um jedes einzelne Verhalten. In jedem Moment, wo man sich unmenschlich verhält, ist man ein Unmensch. Und man kann es auch in jedem Moment ändern. Man kann in jedem Moment menschlich werden – menschlich sein und menschlich bleiben..."
„Mensch ist Mensch – man ist nicht in einem Moment mehr Mensch als in einem anderen."

„Natürlich ist man das. Du brauchst nur auf den Nationalsozialismus zu schauen. Und dann erzähle mir noch einmal, dass man immer Mensch ist!"
„Siehst du, jetzt ziehst du doch diesen Vergleich."
„Ja, da wurde das Unmenschentum ins absolute Extrem gehoben. Aber es droht doch fortwährend – und immer graduell. Man steht *immer* vor der Wahl: Tue ich das Menschliche – oder das Unmenschliche? Und bei letzterem gibt es dann noch alle möglichen Stufen. Man muss nicht gleich auf der untersten Stufe stehen, um doch etwas zu tun, was nicht wirklich menschlich ist."

„Weißt du, Sebastian, es sind nicht alle so lieb und auch zurückhaltend wie du – kannst du das akzeptieren oder nicht?"
„Auch darum geht's nicht, Frank. Man kann auch etwas grober sein und es dennoch herzlich meinen, menschlich eben. Man kann im Innersten den Menschen entweder tief anerkennen oder nicht. Man kann sich manchmal vergessen, aber dann weiß man auch, dass man einen Fehler gemacht hat. Man kann generell etwas grober sein – aber dann soll man auch bereit sein, dieselbe Grobheit zurückzubekommen. Immer geht es um die Frage der Gleichwertigkeit. Und eigentlich auch um die Frage, ob man ... na ja, ob man das wirklich *fühlt* oder nicht."
„Na gut", räumte Hoppe überraschend ein, „das Fräulein Fischer *hätte* ja etwas grober erwidern können ... dann wäre es vielleicht sogar ganz interessant geworden..."
„Nein, Frank – schon wieder denkst du vor allem an Machtspiele. Das malst du dir jetzt aus. Oder was auch immer. Aber immer hast du ein bestimmtes Bild von ihr. Du erlebst sie innerlich nicht gleichwertig. Für dich ist sie ‚das Fräulein Fischer', ‚die Praktikantin' – aber dass dahinter ein Mensch steht, ein Mensch, der dieses Abgewertete gerade nicht ist, das erlebst du nicht. *Das* müsstest du erleben. Du müsstest aufhören, ein Bedürfnis danach zu haben, sie ‚das Fräulein

Fischer' oder ‚die Praktikantin' zu nennen, oder zu erwarten, dass sie sich mittags an deinen Tisch setzt. Du müsstest aufhören, ein Bedürfnis danach zu haben, sie fühlen zu lassen, dass sie deinen unberechtigten Forderungen nicht entsprochen hat. Selbst wenn jemand seine regulären Aufgaben nicht gut gemacht hat, kann man ihm so begegnen, dass man ihn nicht heruntermacht. Aber es muss ein inneres Bedürfnis werden, Frank! Nicht das Heruntermachen, sondern das *Nicht*-Heruntermachen, das Gefühl des Gleichseins..."

„Du tust ja so, als ob ich niemanden gleich behandle!"
„Sie hast du nicht so behandelt."
„Mein Gott, müssen wir uns jetzt so lange an dieser Frau aufhalten? Ist sie nun genau das entscheidende Beispiel? Was soll dieses Darauf-Herumreiten? Hast du was mit ihr?"
„Frank, merkst du denn gar nichts? An ihrem Beispiel ist auch *unser* Verhältnis völlig ins Unmenschliche abgeglitten. Völlig eisig, grußlos, verbittert – von deiner Seite, nicht von meiner. Ich bin dir nicht in den Rücken gefallen, Frank. Weder, als ich mit ihr beim Abteilungsleiter nach einer Lösung suchte, noch, als ich ihr nach deinem Ausbruch hinterherging. Immer bin ich nur meinem Bedürfnis gefolgt, Menschen menschlich zu behandeln... Und das ist auch der Grund, warum ich heute, an diesem Morgen, mit dir das Gespräch suche. Verstehst du es denn nicht?"
„Meine Güte, ja, dann verstehe ich es eben...!"
Noch immer Abwertung, nur um keine Niederlage zu erleiden...
„Ja, aber du *musst* es nicht verstehen, Frank – nur, wenn du es willst. Es liegt wirklich bei uns, wie wir miteinander umgehen. Und wir müssen es wollen. Was nützt alles, wenn man es nicht will? Dann kann man es noch gar nicht wirklich. Man kann es erst wirklich, wenn man es auch will. Ein Bedürfnis muss es werden. Etwas Schönes. Schöner als das, was man vorher kannte. Das kann auch Zeit brauchen. So was

braucht immer Zeit. Du musst mir jetzt nicht zustimmen. Ich will auch nicht, dass du dich schlecht fühlen musst. Selbst da will ich Rücksicht nehmen. Es geht nicht um Macht, es geht nicht um Rechthaben, es geht um das Menschliche. Das kann man nur wirklich selbst fühlen – wie weit das gehen kann..."

Hoppe sagte nichts.
Schließlich fragte er scherzhaft:
„Sind dir die Worte ausgegangen?"
„Ich brauch' einfach mal ne Pause", brummte sein Kollege.

Er war dankbar. Ihr Verhältnis begann, wieder zu heilen – und irgendetwas hatte sein Kollege aufgenommen.

*

Als er kurz vor dem Feierabend das letzte Mail seine E-Mails nachsah, sah er von ihr keine Antwort. Er vermisste sie so sehr... Traurig fuhr er nach Hause – nur, um auch dort sofort wieder nachzusehen. Noch immer nichts.
Er setzte sich auf sein Sofa. An jedem dieser Momente wurde ihm klar, wie sehr er dieses Mädchen liebte, wie tief seine Sehnsucht nach ihr war. Wie konnte man tiefste Entbehrung empfinden, wenn eine E-Mail nicht ankam? Wie konnte wieder diese ganze, starke Sehnsucht da sein, dieses Ziehen im Bauch? Es war Unsicherheit, es war Angst, neben der Sehnsucht. Sehnsucht und Ungewissheit, beides vertiefte sich fortwährend gegenseitig. Und die Liebe...
Noch immer würde sich an ihrer E-Mail alles entscheiden. Er hatte so unendlich große Hoffnung – und doch wich die Furcht nicht von ihm. Dazu liebte er sie zu sehr. Noch immer war die Alternative der Tod, das Unvorstellbare, die Möglichkeit, sie niemals kennenlernen zu dürfen. Wie konnte man davor keine Angst haben? Es schien ausgeschlossen, er spürte doch ihre Zuneigung, ihre Sanftheit, die fast schon Zunei-

gung war ... aber würde es Zuneigung werden? Offene Zuneigung? Ach, wenn es nach seiner Sehnsucht ginge...!
Die offene Zuneigung dieses Mädchens konnte nur das größte Glück sein. Es wäre mehr, als man sich je wünschen durfte. Reines Glück, reines Geschenk, reine Erfüllung. Ihre Zuneigung... Ein Traum, etwas traumhaft Schönes, wie sie selbst... Ihre *Zuneigung*... Dass so etwas auf dieser Welt überhaupt existierte... Ein so schönes Wesen und dann noch dessen Zuneigung... Wer war der Gesegnete, der von ihr dieses Geschenk empfing? Die offene Zuneigung dieses Mädchens? Er müsste glücklicher sein als alle anderen Menschen...

Er litt unendlich, als ihre E-Mail auch in den nächsten Stunden nicht kam. Unerbittlich nahm seine Angst zu, dass dies nichts Gutes bedeuten konnte. Mochte ein Mädchen mit E-Mails unbedarfter umgehen als er, aber sie hatte doch gespürt, wieviel sie ihm bedeutete – und auch seine Briefe hatten ihr doch deutlich etwas bedeutet. Warum antwortete sie dann nicht? Warum kam sie ihm in seinem Leiden, seinem leidvollen Warten nicht entgegen? Warum spürte sie nicht, wie unendlich viel ihm ihre Antwort bedeuten würde...?
Oder war sie gerade dabei, sie zu schreiben? Musste sie viel überlegen? Schrieb sie ihm eine lange Antwort? Begann sie, von sich zu erzählen? War sie gerade dabei, ihm ihre offene Zuneigung zu zeigen? O, wie gern wollte er warten, wenn es so war! Wie sehr schämte er sich seiner übermäßigen Sehnsucht und Ungeduld, wenn es so war! Er bat sie innerlich um Verzeihung und versprach ihr, in stillster Hoffnung zu warten...
Aber ihre Antwort kam nicht...

Er wusste nicht, was er tun sollte, und räumte in seiner Küche etwas auf. Fortwährend dachte er an sie, Sehnsucht und Angst waren seine Begleiterinnen... Ach, wie sehr sehnte er sich nach ihrer Freundschaft, ihrem Vertrauen, ihrer offenen

Zuneigung. Dann würde seine Sehnsucht nicht mehr dieses Quälende haben, das reine Entbehrung war. Dann würde seine Liebe *frei* zu ihr fließen können, in welcher Form auch immer sie sie annehmen würde. Aber frei, nicht mehr quälend, bis in seinen Körper hinein... Wie groß die Liebe war! Sie war so groß, dass sie den Körper in Mitleidenschaft zog. Der Körper musste mit leiden. Die Liebe war zu groß, der Körper war zu klein, zu schwach... Unendliche Liebe ... man musste sich fragen, warum der Körper nicht sogar noch mehr litt...

Als er dann um elf Uhr abends wiederum nach seinen E-Mails sah, traf ihn wieder jener Schockmoment, als er ihre E-Mail erblickte. Sie hatte sie drei Minuten nach zehn Uhr abgeschickt, ganz kurz, nachdem er zum letzten Mal nachgesehen hatte.
Ach, es war wieder seltsam, sich vorzustellen, wie sie schon vor einer Stunde geschrieben hatte und er sich noch eine ganze Stunde lang zutiefst nach ihrer Antwort gesehnt hatte, während sie schon *dagewesen* war, angekommen, abgesandt, schon geschrieben, von ihrer Hand... Warum spürte man das nicht? Wenn man so sehr liebte, müsste man doch *alles* spüren... Man sehnte sich einfach nach einer Überbrückung aller Trennung... Warum wusste man nicht, was das geliebte Wesen gerade tat, wann es einem schrieb, wann es die E-Mail abschickte...? Und warum wusste man nicht, was es empfand? Warum musste man die E-Mail öffnen, bevor man es wusste? Warum litt man so sehr, so unwissend, so getrennt voneinander...

In tiefster Hoffnung öffnete er ihre E-Mail...

*Lieber Herr Schäfer,*
*Ich möchte Sie leider nicht kennenlernen.*
*Können Sie mich bitte nicht einfach vergessen?*

*Dies ist meine letzte E-Mail. Es tut mir leid.*
*Bitte kommen Sie auch nicht wieder zum Kino.*
*Bitte verstehen Sie mich!*
*Noch einmal viele Grüße,*
Sylvia

Wieder las er ihre Worte viele Male...
Es war als wenn er nun das Sterben erst wirklich kennenlernte. Als wenn nun erst wirklich jegliche Hoffnung erstarb. Oder die schon einmal gestorbene Hoffnung, die noch einmal für kurze Zeit hatte leben dürfen, endgültig starb. Das, was schon einmal gestorben war, wurde nun ganz begraben, von ihren eigenen Worten.
Er konnte es nicht verstehen. Sein Verstand, sein Herz, nichts konnte es fassen, dass es so war. Er wusste nicht, wie er es schaffen sollte, dies hinzunehmen: das Wissen, die Tatsache, sie niemals kennenlernen zu können. Sterben, Tod ... man wusste gar nicht, was das wirklich war. Es war *dies*. Es war die Trennung von etwas, von dem man gar nicht getrennt sein *konnte*. Man hielt es nicht aus, man vermochte es nicht, es ging einfach nicht. Die Sehnsucht schrie auf, sie litt unendliche Qualen, denn sie wurde getötet.
Litt dies nicht auch jede unschuldige Kreatur, die getötet wurde? Sie litt und wusste nicht, warum sie leiden musste. Sie verstand nicht, warum sie sterben musste. Er verstand es auch nicht. Er sah ihre sanfte Hand – und sah, wie diese sanfte Hand ihn tötete. Es war nicht zu verstehen. Und sie *bat* ihn, es zu verstehen! Er konnte es nicht. Es ging über seine Kräfte, seine Liebe war zu groß...
Es war, wie wenn die Worte versuchten, seine Liebe zu töten; nicht sie versuchte es, auch nicht die Worte, wie sie sie geschrieben hatte – aber das, was die Worte jetzt waren, das versuchte, seine Liebe zu töten, zum Sterben zu bringen, und auch seine Liebe klagte laut vor Schmerzen, vor Verwundung, vor Qual, aber sie starb nicht. Sie bäumte sich auf unter

der Verwundung, die nie wieder aufhören würde, weil von nun an die Entbehrung für immer sein würde ... aber sterben würde seine Liebe zu ihr niemals. Er würde sie immer lieben.

Dennoch wusste er noch nicht einmal, wie er an diesem Abend einschlafen sollte. Wie konnte man einschlafen, wenn man wusste, dass alles vorbei war – jede Hoffnung, jede Möglichkeit? Wenn man nicht einmal mehr Angst haben durfte, weil selbst sie sinnlos geworden war...
Wie konnte man einschlafen, wenn man wusste, man würde nur zu einem neuen Tag aufwachen, an dem es ebenfalls keine Hoffnung mehr gab, von nun an für immer – keine Hoffnung...

Wieder war er so dankbar, als Sandra am Nachmittag Zeit für ihn haben würde. Er hatte sie gleich morgens angerufen und ihr kurz angedeutet, was geschehen war.
Aber warum musste man arbeiten? Wie war es möglich, zu arbeiten, wenn man schon tot war, wenn das Innere erstorben war, ohne Hoffnung, ohne Sinn. Wie konnte man etwas Sinnvolles tun, wenn man selbst ohne Sinn war, keinen Sinn mehr in sich trug? Man konnte es gar nicht. Man tat alles nur noch mechanisch. Man wusste, wie es getan werden musste – und so tat man es. Mehr nicht... Jetzt erst wurde ihm klar, was das andere Arbeiten eigentlich war – was Leben und was Tod war. Alles andere war eigentlich fortwährend unendlich lebendig, selbst wenn man die Arbeit nicht mochte, selbst wenn man sie anstrengend oder langweilig fand – sie war noch immer *lebendig*, so wie man selbst. Jetzt war er tot, und er tat nur noch tote Arbeit. Alles war tot. Wenn die Hoffnung gestorben war, war *alles* tot.

*

Eine leise Lebensregung empfand er nur dadurch, dass ein lebendes Wesen noch an ihm Anteil nahm – an seinem Leben, das keines mehr war. Mit müder Dankbarkeit, die fast nur wie eine Erinnerung an das einstige Gefühl da war, sah er sie an einem der Tische sitzen und auf ihn warten. Es tat ihm so leid, nicht mehr Freude zu empfinden oder überhaupt ein wenig echte Freude – aber er wusste nicht mehr, wie es ging... Und schockiert dachte er in diesem Moment an das Mädchen aus dem Film – auch sie konnte es nicht mehr. Sie konnte es erst wieder, als sie *Kummer* empfinden konnte. Aber er würde selbst dies nicht mehr können, denn er hatte niemanden mehr, zu dem er *zurückkehren* konnte. Nicht er war weggelaufen, das Ziel seiner Sehnsucht war selbst weggelaufen...

„Hallo, Sebastian..."
Sie umarmte ihn – zum ersten Mal. Es tat so gut, ein lebendes Wesen zu spüren. Auch er hatte noch schwache Erinnerungen an das, was Leben war...
„Hallo..."
„Bitte erzähle alles, Sebastian. Ich höre zu..."
Es tat so gut, dies zu hören. Zuhören war etwas Lebendiges. Er würde zu einem lebenden Wesen sprechen. Aber Tote konnten nicht sprechen. Er wusste fast nicht mehr, wie das ging. Er fühlte keinen Impuls in sich, zu sprechen; nicht mehr, immer weniger... Er hatte fast nicht einmal mehr die Kraft, sie anzusehen. Nicht einmal mehr das Bedürfnis nach Mitleid, nach Anteilnahme. Alles, alles verlor seinen Sinn, stürzte in dunkle Abgründe, genau wie in dem Film, die Inseln, die für das Mädchen so wichtig gewesen waren.
Für ihn war nur eine einzige Insel wichtig. Und sie trug *ihren* Namen. Und diese Insel stürzte bereits in den Abgrund. Seit gestern Abend schon – er hatte diese einzige Insel längst verloren... Heute Vormittag hätte er noch erzählen können. Aber jetzt – wie machte man das? Es ging nicht mehr. Es hatte keinen Sinn mehr...
„Sebastian?"
„Ja..."
„Bitte erzähl' doch..."
„Ich weiß nicht mehr, warum, Sandra. Es hat keinen Sinn. Ich habe keine Kraft..."
„Doch, das hast du, Sebastian, ich weiß es."
„Nein, Sandra, du weißt es nicht. Ich habe sie nicht mehr..."
„Bitte erzähl trotzdem. Hast du nur diese kleine E-Mail von ihr bekommen? Was hat sie genau geschrieben?"
„Ach, Sandra, nein... Vorgestern noch, vorgestern hat sie mir noch ganz anders geschrieben ... und ich habe ihr noch einmal eine lange Antwort geschickt und war so hoffnungsvoll, so unendlich hoffnungsvoll. Ich dachte, ich hätte nun wirklich ihr Herz gerührt..."

„Wirklich? So erzähl' doch Sebastian – bitte!"

Und er erzählte. Von ihrer vorletzten Antwort, die, obwohl es noch immer eine Ablehnung schien, so unendlich sanft war, so liebevoll, so bedauernd, so lieb... Von seiner Antwort auf diese Worte von ihr, von seinen eigenen Worten, in denen er noch einmal versucht hatte, all seine Liebe auszudrücken, aber so, dass sie keine Angst haben musste, sondern verstehen würde, dass er ihr genau jene Freundschaft schenken wollte, die ihr eigenes Ideal, ihr Wunsch, ihr Traum von Freundschaft war...
Und dann von ihrer Antwort, die für alles das Ende brachte, das unfassbare, das nie zu ertragende, das alle Hoffnung vernichtende Ende.

„Was hat sie genau geschrieben, Sebastian? Kannst du es noch einmal sagen?"
Und er wiederholte die Worte.
Schließlich sagte er:
„Und dieses: ‚Können Sie mich bitte nicht einfach vergessen?' Hast du eine Ahnung, wie unendlich weh dies tut, Sandra? Wiederum diese sanfte Bitte – eine Bitte, und dann noch so sanft... Aber vor allem, wenn man es nur anders betont, dann sagt sie mit denselben Worten: ‚Können Sie mich *bitte nicht* einfach vergessen?' – Ich soll sie nicht einfach vergessen, verstehst du? Es tut so weh... Ich kann sie doch überhaupt nie vergessen! Und ohne es zu wissen, bittet sie mich sogar noch darum... Hast du eine Ahnung, wie sehr mich *diese* Bitte berührt hat? Aber das hat sie gar nicht gemeint... Sondern ich *soll* sie gerade vergessen... Und trotzdem schreibt sie es so, dass man beides darin lesen kann. Es ist so furchtbar..."
„Ach, Sebastian, du Armer ... wenn ich nur irgendetwas tun könnte... Was ist es nur für ein Mädchen... Es tut ihr leid, und

trotzdem kann sie es nicht wollen – gerade das tut ihr leid. Es ist so lieb ... aber warum kann sie es dann nicht?"
„Ich weiß es nicht...", sagte er unendlich müde.

„Sebastian..."
Er sah sie an, seine gute Freundin.
„Ich kann nachfühlen, was du durchmachst... Und doch muss doch das Leben weitergehen, Sebastian. Auch für dich... Du bist doch nicht ganz allein... Es ist doch ... es geht doch weiter... Vielleicht wirst du eines Tages doch..."
Sie ließ den Satz unvollendet.
„Doch was?", fragte er.
„Doch noch eine andere große Liebe kennenlernen."
„Nein, Sandra."
„Oder vielleicht wird *sie* eines Tages doch noch..."
„Noch was?"
„Etwas anderes fühlen..."
Er schwieg. Was sollte er auch anderes hoffen... Aber diese Hoffnung gab es eigentlich gar nicht. Sie war wirklich Illusion. Wenn nicht jetzt, dann nie...
„Und du bist nicht allein, Sebastian."
„Ja, ich weiß... Danke..."
„Und das Leben geht weiter."
„Das weiß ich nicht..."
„Sebastian?"
„Was?"
„Du machst doch keinen ... Unsinn?"
„Nein – ich werde mich nicht umbringen. Der Sinn ist schon verlorengegangen. Es spielt keine Rolle, ob ich mich umbringe oder nicht. Aber das würde ich nie tun. Selbst eine gestorbene Hoffnung ist noch etwas. Ich habe keine Hoffnung mehr, aber selbst die völlig vernichtete Hoffnung ist noch nicht ganz tot. Sie hofft immer noch. Es gibt keine Liebe *ohne* Hoffnung. Deswegen könnte ich mich niemals umbringen. Wenn ich wüsste, dass *sie* gestorben wäre, *würde* ich

mich wahrscheinlich umbringen, um ihr nahe zu sein. Aber solange sie lebt, lebt auch meine Hoffnung, wie gequält auch immer, wie oft auch immer getötet... Und mein Herz ist bei ihr, und auch deswegen lebe ich weiter, obwohl ich nicht bei ihr bin. Aber mein Herz, meine Gedanken, meine Gefühle. Ich habe sie ja noch immer, ich meine Sylvia. Zumindest so darf ich sie für immer sanft haben, in meiner Seele... Nein, ich würde mich niemals umbringen..."

Sie sah ihn eine Weile schweigend an.
„Mein Gott, Sebastian, ich habe noch nie jemanden so lieben sehen..."
Er schämte sich. Er wollte nicht wie eine Sensation angesehen werden – auch wenn sie es anders meinte.
„Es tut mir leid, dass ich an nichts anderes denken kann, Sandra."
„Nein, ist schon gut."
„Danke, dass du immer für mich da warst..."
„Warst?"
„Wahrscheinlich brauche ich jetzt erst einmal viel Ruhe, viel Einsamkeit..."
„Ich denke", sagte sie zögernd, „du brauchst mindestens beides, nicht *nur* das..."
„Ja, vielen Dank, Sandra, ich bin dir wirklich so dankbar... Ich werde mich nicht ganz abschotten. Ich werde dich wieder anrufen. Du bist mir auch wichtig... Und ich bin dir so dankbar, dass ich dir ... auch wichtig bin..."
„Okay", sagte sie, „dann ist es gut..."

*

Als er wieder zuhause war, konnte er den Tod seiner Hoffnung nicht mehr ertragen – und auch seine Liebe war so groß, so lebendig, dass er es nicht mehr ertragen konnte. Zu einer lebendigen, unendlichen Liebe gehörte auch eine Hoffnung,

wie klein auch immer sie war – aber *lebendig* musste sie sein dürfen... Er konnte nicht anders, er musste ihr schreiben, noch einmal, wieder... Auch wenn es ihre letzte E-Mail war, auch wenn sie dies geschrieben hatte, es musste zuvor nicht *seine* letzte E-Mail gewesen sein.
Sie hatte ihn gebeten, sie zu vergessen. Aber wenn er es nun einfach nicht konnte? Sie hatte geschrieben ‚bitte nicht'... Nur diese Bitte konnte er ihr erfüllen, alle anderen konnte er ihr nicht erfüllen. Ja, verstehen konnte er sie – aber nicht vergessen.
Er setzte sich an den Computer, um ihr zu schreiben...

*Liebe Sylvia,*
*ich fürchte Deinen Zorn, Deinen Ärger, Dein Desinteresse, Deine Ablehnung – egal, ob Du mir noch einmal antwortest oder schweigst. Ich weiß nicht mehr, was ich fühlen soll. Ob ich diese unendliche Zuneigung zu Dir haben darf oder nicht. Du weist sie zurück, also darf ich sie eigentlich gar nicht haben. Aber ich kann sie ja nicht aus mir herausreißen – denn sie lebt in meinem Herzen, und das hast Du ja schon längst. Es ist bereits alles herausgerissen, und nun hast Du mir auch alle Hoffnung noch genommen, entrissen, vernichtet. Es tut Dir leid, und auch das berührt mich so, aber es rettet mich nicht.*
*Du weißt nicht, wie ich seitdem leide – und vielleicht bist Du noch viel, viel zu jung dafür. Du weißt nicht, wie sehr man jemanden lieben kann. Und jetzt, wo es ohnehin keine Hoffnung mehr gibt, kann ich es Dir doch schreiben, Du brauchst ja vor dem Wort keine Angst mehr zu haben – wenn ich Dir ohnehin doch nichts Tieferes bedeute oder bedeutet habe. Aber Du, Du hast mir alles bedeutet – und Du weißt, dass es immer so bleiben wird.*
*Ich verstehe nicht, warum das so ist: Dass ein Mensch einen anderen so unendlich lieben kann – und dass er so leiden*

*muss, weil er dem Anderen überhaupt nichts bedeutet. Es tut so unendlich weh, dass Du es Dir niemals vorstellen kannst.
Und ich verstehe auch nicht, wie es möglich war, dass Du trotz Deiner Ablehnung all diese lieben Worte schreiben konntest, an denen ich doch fühlte, dass ich Dir nicht nichts bedeutete – oder zumindest meine Worte Dich berührt haben. Du hast so lieb, so sanft geschrieben! Warum nur, Sylvia? Warum warst Du nicht von Anfang an hart und herzlos und hast mir von Anfang an alle Hoffnung herausgerissen – warum nicht sofort und ohne Gefühl? Es wäre für mich so unendlich viel leichter gewesen als dies ... immer wieder auf Deine Zuneigung zu hoffen, wirklich so voller Hoffnung, trotz Deiner Ablehnung, aber die Sanftheit Deiner Worte war doch da...
Vielleicht war es mein Fehler, darauf zu hoffen. Ganz gewiss war es alles nur mein Fehler. Dein liebes Wesen zu spüren – und zu hoffen, dass ich daran irgendeinen Anteil haben dürfte, dass es in Deinem Herzen irgendeinen Platz geben würde, der bereit dafür wäre, dass eine Freundschaft entsteht. Ja, ich habe dieses unendlich liebe Wesen von Dir gespürt, habe es gesucht, habe mich danach gesehnt und hatte, weil es in all Deinen Worten lag, immer wieder diese unerschütterliche Hoffnung – die Hoffnung auf dieses Liebe in Deiner eigenen Seele. Bis Du mir diese Hoffnung gestern völlig genommen hast. Vielleicht hätte ich sie nie haben dürfen und Du hast sie mir gestern mit Recht genommen – weil ich sie gar nicht haben durfte.
Und doch ... warum warst Du vorher so lieb, und bis zuletzt... Es tut so weh, Sylvia! Wärst Du doch nur unendlich grausam gewesen! Aber das kannst Du ja jetzt sein. Wenn Du nicht mehr antworten wirst, werde ich unendlich leiden – ein ganzes Leben lang. Aber zumindest werde ich keine Hoffnung mehr haben. Besser dies als eine Hoffnung, die man nie haben darf, die sogar auch Dich nur quält...*

*Ich weiß nicht, wie ich leben kann ohne Deine Bekanntschaft, ohne Deine Freundschaft. Ich weiß nicht, wie ich leben kann, ohne Dich wiederzusehen. Aber ich weiß, dass ich Deine völlige Ablehnung, Deine Abneigung, Deinen Hass erst recht nicht ertragen könnte. Ich werde also nicht mehr zum Kino kommen. Um Deine Bitte zu erfüllen – aber mehr noch aus Angst vor Deiner immer weiter wachsenden Ablehnung. Diese will ich niemals auf mich laden. Lieber sterbe ich an der Einsamkeit und Trauer – mit der Erinnerung an Dein liebes Wesen, das ich so unendlich geliebt habe und immer lieben werde...*
*Hoffentlich wirst Du eines Tages verstehen, wie sehr ich um Deinetwillen gelitten habe – und noch immer leiden werde, wenn Du es vielleicht einst verstehen wirst...*
*Die Begegnung mit Dir wird für mich immer das größte Rätsel meines Lebens sein – das größte Rätsel und der größte Schmerz. Tiefste Sehnsucht nach Freundschaft, die nicht erwidert werden kann... Es tut mir leid, Sylvia, dass ich Dein Leben berührt habe, ohne dass Du es wolltest...*
*Ich wünsche Dir für Dein eigenes Leben aus tiefstem Herzen alles Gute.*
*Sebastian*

Er würde ein unendlich einsames Wochenende und ein unendlich einsames Leben vor sich haben. Er würde morgen zuhause oder wo auch immer sein – und würde wissen, dass sie am Nachmittag wieder im Kino stehen würde. Und alle, alle Menschen würden sie sehen dürfen, nur er nicht... Alle würden ihr gegenübertreten dürfen, ihr ihre Eintrittskarten geben dürfen, fast sogar ihre Hand berühren dürfen ... aber er nicht. Er nicht, der sie am meisten von allen liebte, der sie unendlich liebte... Warum war die Welt so grausam?

**D**er Samstag brach an. Es war ein wunderschöner Novembertag. Die Sonne schien durch die Fenster herein – aber er blieb einfach im Bett liegen.
Wie konnte die Sonne noch scheinen, wenn die Hoffnung nicht mehr scheinen durfte? Er war nur dankbar, dass er ihr noch einmal hatte schreiben dürfen, dass sie es vielleicht doch zugelassen hatte, ohne ihm auch ihre letzten Gefühle noch zu entziehen. Er hoffte es so sehr. Und er hoffte noch immer ... auf ihre Erwiderung.
Er dachte daran, dass gestern Freitag der Dreizehnte gewesen war, aber er glaubte nicht an so etwas. Der Unglückstag seines Lebens war der Donnerstag gewesen. Schon da hatte ihn ihr Todesurteil getroffen. Für ihn wäre für immer Donnerstag der Zwölfte der Tag tiefsten Unglücks...
Und doch würde sie nicht mehr antworten. ‚Ich möchte Sie leider nicht kennenlernen', ‚Dies ist meine letzte E-Mail', ‚Bitte verstehen Sie mich!' Ihre Worte... Er wollte ihre Worte ernst nehmen. Sie wollte es nicht...
Und dann kamen ihm wieder ihre anderen Worte in den Sinn: ‚Können Sie mich bitte nicht einfach vergessen?' Ach, wieso war sie so sanft! Und wieso konnte man gerade diesen Satz auch so anders lesen? Wieso tat sie ihm dies an... Ach, es war nicht einmal eine Bitte, es war sogar eine bittende Frage! Warum nur, warum? Warum musste er diesem wunderbaren Mädchen begegnet sein, dessen Sanftheit und Schönheit ihn nun so quälte? Und wurde sie von seinen Briefen auch gequält? Aber sie hatte doch noch kurz zuvor gefragt, warum er ihr so lieb schreibe...
Seine Seele war vollkommen hilflos, und seine unendliche Liebe rief ein verzweifeltes ‚Warum' zu ihr hin. Sie würde an diesem Tag wieder im Kino stehen. Und er durfte nicht zu ihr. Sie existierte, sie war da, sie lebte, sogar ganz in der Nähe, aber ihr Wort schuf einen Abgrund zwischen sich und ihm. Warum nur, was hatte er ihr getan...

Warum konnte sie ihr sanftes Wort nur so grausam einsetzen? Nicht ein gefühlloser Befehl, nicht eine bloße Aufforderung, nicht einmal nur eine gedankenlose Bitte, sondern eine bittende Frage! Mit unendlicher Sanftheit führte sie das tötende und trennende Schwert – und überließ es *ihm*, sich an den von ihr erbetenen Tod zu halten... Ein wunderschöner Engel, der seine eigene Grausamkeit nicht einmal kannte... Und man selbst konnte nicht anders, als sogar diese Grausamkeit noch zu lieben – und freiwillig zu sterben, nur um seinetwillen...

Die Hoffnungslosigkeit und die schönen Erinnerungen, das noch im Tod schöne Leiden, wenn man zumindest im Klang und im Gefühl ihrer Worte leben konnte, all dies nahm dem Aufstehen jeden Sinn. Im Bett war er zumindest noch geborgen, mit allem, was ihn noch mit ihr verband – die kalte, wahrhaft grausame Brutalität des gewöhnlichen Tages konnte ihn hier noch nicht erreichen. Hier, im Schutz der umhüllenden Wärme, gab es noch jenes Paradies, in dem er von ihr noch nicht vollkommen getrennt war...
Ach, wie groß musste die Liebe sein, wenn man schon die *Erinnerung* an ein Mädchen als Paradies empfand...!

Es war der Hunger, der ihn schließlich aus dem Bett trieb. Er wollte nicht sterben, auch dies aus reiner Liebe zu ihr, und so musste er etwas essen. Er machte sich ein trostloses Frühstück aus zwei belegten Brotscheiben und aß diese, während er nicht weiter darauf achtete, sondern an *sie* dachte, immer nur an sie...
Dann schaltete er seinen Computer ein, um wenigstens einmal kurz das E-Mail-Programm zu öffnen. Er hatte keine Hoffnung mehr – es war das völlige Gegenteil zu allem, was er in den Tagen zuvor empfunden hatte. Größte Sehnsucht, größte Hoffnung. Er wusste nicht mehr, wie man dies empfinden sollte, es ging nicht mehr... Und doch öffnete man ein Programm nie ohne alle Hoffnung. Man würde es nicht tun,

wenn man keinerlei Hoffnung hätte, wirklich keinerlei. Er hatte also noch einen Funken Hoffnung, natürlich hatte er ihn. Und doch, was war ein Funke im Vergleich zu einem Feuer, einem unauslöschlichen Feuer. War auch der Funke noch unauslöschlich – oder konnte er nun durch jeden Hauch völlig ausgelöscht werden? Würde ein Wort von ihr reichen, um auch ihn noch völlig auszulöschen? Ja, ein Wort würde reichen. Ein Wort des Hasses, des wirklichen Widerwillens... Aber selbst dann hätte er noch die Erinnerung an das, was davor war – und die Hoffnung auf die Rückkehr ihres wahren Wesens...
Der Funke war unauslöschlich. Und doch nannte er sich gleichsam Hoffnungslosigkeit. Es war fast schon der kleinstmögliche Funke... Nie würde er ganz aufhören, auf ein Zeichen von ihr zu warten.

*

Der Schock traf ihn unerwarteter als je zuvor. Ihr Name, ihre E-Mail, ungelesen. Es war von neuem einen Schock, der seinen Herzschlag die ganze Brust erfüllen ließ. Und doch hatte er kaum noch die Kraft, etwas Positives damit zu verbinden. Der Funke hatte die reinste, tiefste Hoffnung. Doch alles, was ihn bereits so sehr ausgelöscht hatte, hatte nur noch Angst – Angst vor der endgültigen Vernichtung. Das Verhältnis war völlig umgekehrt. Angst war es, die seine Seele erfüllte. Angst vor ihren Worten, die nicht mehr lieb sein würden, die keine Bitte mehr sein würden, keine bittende Frage mehr, keine sanfte Wärme mehr – sondern erbitterte Kälte, Forderung ohne Liebe. Er sollte sie in Ruhe lassen. Das würde sie jetzt geschrieben haben... Verzweiflung stieg in ihm auf. Das hatte er nie gewollt...
Erschüttert bemerkte er nun die Uhrzeit. Sie hatte ihm noch gestern Abend geschrieben! Wieder kurz nach zehn Uhr – und er hatte nicht mehr geschaut.

In seinem Kopf jagten sich die Gedanken. Was bedeutete das? Sie hatte innerhalb weniger Stunden auf seine E-Mail reagiert. Es konnte nur ein schlechtes Zeichen sein. Sie wollte ihm deutlich machen, dass wirklich Schluss war. Zuvor hatte sie ihm geschrieben, es sei ihre letzte E-Mail gewesen. Und dann hatte sie nun unmittelbar doch noch einmal geantwortet – es konnte nur aus wirklichem Ärger geschehen sein...
Sie hatte ihn doch gebeten, sie zu verstehen – sie musste das Gefühl haben, dass er sie nicht verstand, und dies raubte ihr ihre ganze Sanftheit, es machte sie mit Recht ärgerlich... Ach, er war verurteilt! Nun nicht nur zum Tod, sondern zu dem schlimmsten Leiden *im* Tod. Zu jenem Leiden, das nicht nur in der Entbehrung jeder Erwiderung bestand, sondern sogar in dem Gegenteil von Zuneigung, in echter Ablehnung...

Ach, er liebte schon die Anzeige ihres Namens in der Absenderzeile so sehr! Wenn es hoffentlich nur nicht so wäre, dass sie nichts mehr empfinden würde. Voller Furcht und inmitten dessen mit jenem reinen Funken der Hoffnung öffnete er ihre E-Mail.

*Lieber Herr Schäfer,*
*wenn Sie es wollen, dann kommen Sie um 19.10 Uhr ins Kino. Da habe ich eine Pause.*
*Sylvia.*

Er las auch diese Worte viele Male – vor Glück, vor unbeschreiblichem Glück, das der Verstand fast nicht erfassen wollte... Wie war dies möglich? Fast wagte er es nicht, zu fragen, aus Furcht, es allein schon durch die Frage wieder unmöglich werden zu lassen.
Er wusste noch überhaupt nicht, was sie ihm sagen wollte – aber es konnte nichts Schlimmes sein, denn er spürte doch, dass diese Worte nichts Schlimmes mehr enthalten konnten; dass sie aus Zuneigung bestanden, aus dem Beginn wirklicher

Zuneigung. Es war nur ein Satz – aber ein einziger Satz mit ihrer Zuneigung war mehr wert als Millionen anderer Sätze. Er wusste nicht, was sie sagen wollte; er wusste nicht, ob sie etwas sagen wollte. Vielleicht, wahrscheinlich, wollte sie ihm nur Gelegenheit geben, sie zu sehen, weil er es sich so unendlich gewünscht hatte. Gelegenheit, sie kennenzulernen, eine Freundschaft entstehen zu lassen. Aber ob sie entstand, das läge vor allem bei ihm, denn sie hatte ihn bis jetzt gerade nicht kennenlernen wollen. Und doch dachte er nicht daran, was er ihr sagen würde – er empfand nur das unsägliche Glück, das es war, sie überhaupt wiederzusehen...
Und es war unbeschreiblich, was er darin empfand, dass sie ihm ihre Pause schenkte. Sie hatte an dem ganzen langen Abend vermutlich nur diese eine Pause – auch wenn es genügend Freiräume geben mochte –, und diese Pause ... schenkte sie ihm. Und auch, was er an ihrer Art zu schreiben empfand, war unbeschreiblich. Man konnte es nicht einmal genau sagen. Es waren doch schon nur so wenig Worte – und dennoch erlebte er in allem *sie*. Er war sicher, dass niemand anders so schreiben würde, nicht genau so... Selbst in diesen wenigen Worten spürte er noch ihr sanftes Wesen...

Er rief Sandra an, um es ihr zu erzählen. Er tat es, weil sie seine Freundin war und ihm so sehr beigestanden hatte. Er hätte selbst das am liebsten nicht getan, weil diese E-Mail des Mädchens ihm zutiefst heilig war. Er wollte niemanden nur wegen der großartigen Nachricht daran teilhaben lassen, er wollte dieses Mädchen niemals und in keinster Weise zu irgendeiner Sensation oder auch nur Mitteilung machen. Und doch war Sandra seine Freundin, und sie hatte es verdient, zu wissen, was geschehen war...
Sie wünschte ihm unendlich viel Glück und freute sich mit ihm. Auch an ihren Worten spürte er überall, wie sehr sie eine wirkliche Freundin war. Er war zweifach gesegnet – durch diese Freundschaft und nun durch diese kleine E-Mail

dieses Mädchens ... eine E-Mail, die sein Leben wiederum vollkommen änderte.

Er überlegte, ob er ihr schnell noch antworten sollte, damit sie eine Antwort bekam. Er überlegte, ob er schon um vier Uhr ins Kino kommen sollte, um es ihr zu sagen, dass er da sein würde. Und doch entschied er sich dagegen, beide Male. Er wollte ihre Begegnung nicht durch eine profane Ankündigung vermindern. Diese Begegnung um zehn nach sieben, wenn ihre Pause begann, war ihm so zutiefst heilig, dass er vorher nichts, überhaupt nichts tun konnte und wollte... Er würde genau dieses Geschenk von ihr entgegennehmen, nichts anderes. Er würde nicht sagen, dass er es nehmen würde, er würde einfach da sein, unendlich dankbar und glücklich... Sie wusste doch, wieviel sie ihm schenkte. Sie musste es inzwischen so sehr wissen...

*

Er wusste nicht, wie er die rund sechs Stunden überbrückte, die noch zwischen jenem Moment und der von ihr genannten halben Stunde lagen. Es war eine unendlich lange Zeit.
Und in dieser unendlich langen Zeit konnte es wiederum geschehen, dass die Furcht in seiner Seele aufstieg, je weniger Zeit noch verblieb. Wieder wuchs in ihm die Furcht, dass etwas Furchtbares geschehen könnte, dass ihm doch auch diesmal wiederum das Leben genommen werden könnte. Wiederum, wie schon so oft... Dass er mehr Hoffnung haben durfte als je zuvor, änderte nichts an der aufsteigenden Furcht, denn seine Liebe war nun einmal unendlich, und die Unsicherheit blieb. Egal, wie oft der Tod kam, er würde ihn nie ertragen können.
Ihre Zuneigung ... er brauchte so sehr ihre Zuneigung... Er musste fühlen, ob sie da war, ob sie trug, ob er sich auf sie verlassen konnte, unendlich dankbar, endlich darauf verlas-

sen... Und selbst wenn sie nicht sicher war, ihre Zuneigung und sie selbst, er musste ihre Bereitschaft fühlen, er musste fühlen, dass sie ihm wirklich eine Chance gab, offenen Herzens, dann, ja, dann würde seine Furcht vergehen können. Dann würde er voller Vertrauen seine eigene Zuneigung zeigen können – so, wie sie es wollte und zuließ...
Er hätte dieses Vertrauen so gerne schon jetzt gehabt. Es kam ihm nach ihrer letzten E-Mail wie ein Vergehen, wie ein völlig unberechtigtes Misstrauen vor, diese Angst zu haben. Und doch konnte er nicht anders. Er bat sie innerlich zutiefst um ihr Verständnis. Er bat sie, ihm seine Angst zu verzeihen. Es lag nur an seinem unendlichen Leiden an ihrer bisherigen Abwehr...

Und dann kam der Moment, wo er auf das Kino zugehen musste, wenn er nicht zu spät kommen wollte. Seine Nerven waren kurz vor dem Zerreißen, sein Herz zitterte, seine ganze Seele erzitterte – und wieder legte er sein Schicksal vollkommen in ihre Hände... Als er das Foyer betrat, war es ihm, als betrat er den Himmel, nicht wegen der völligen Sicherheit, sondern weil er fast nichts mehr um sich herum wahrnahm. Nur noch den Weg zwischen sich und dem Ort, wo sie stehen würde. Als er an dem Kassenhäuschen in der Mitte vorbeiging, sah er, dass sie tatsächlich da stand. Fast nur sie nahm er wahr, sah, wie ihre wunderschönen Augen ihn schließlich erblickten...
Als er sie erreicht hatte, fanden seine Sinne die Realität wieder. Wenn man wirklich vor jemandem stand, konnte man sich nur ganz auf ihn einlassen, egal, wie groß die Angst war... Aber er sah auch, dass er nicht sofort Angst haben musste...
„Hallo", sagte sie befangen, bevor er es tun konnte.
„Hallo, Sylvia. Ich möchte dir so sehr danken... Wieso tust du das...?", fragte er wie in einem bangen Traum.

„Kommen Sie, wir gehen in den ersten Stock, da sind Stehtische, und da ist sonst keiner. Meine Pause ist ja nicht lang. Aber ich hoffe, das ist für Sie in Ordnung..."
Fast brachte er nicht einmal ein ‚Ja' heraus, so überwältigt war er von dem, was sie ihm auf einmal schenkte, die Art, wie sie sprach. Von ihrem Vertrauen. Was tat sie hier? Was hatte sie vor? Wollte sie ihm nur ihre ganze Pause schenken, in aller Ruhe?
„Sylvia", sagte er, noch immer mit starkem Herzklopfen, „tust du das alles nur, weil ich..."
„Warten Sie doch kurz ... wir können ja gleich reden..."
Er fügte sich ihren Worten.

Als sie den ersten Stock erreichten, sah er die Stehtische, die vor den Kinos standen, in denen jetzt die Vorstellungen liefen. Sie gingen gemeinsam auf dem gemusterten Teppich, der die Schritte dämpfte, und erreichten schließlich die Stehtische. Sie stellte sich an den ersten Tisch und sah ihn an.
„Tut mir leid", sagte sie verlegen. „So toll ist es auch nicht..."
Er war so berührt, dass er gar nichts erwidern konnte. Und doch stieg bereits wieder die Angst auf, dass gerade durch sein Schweigen der magische Moment wieder vergehen könnte. Er suchte nach Worten.
„Sylvia ... ich weiß nicht, was ich sagen soll. Ich weiß nicht, warum du dies tust. Ich weiß nur, was es für mich bedeutet, und du weißt es auch. Aber das willst du sicher nicht hören, nicht wahr? Aber warum tust du dies..."
Verlegen sagte sie:
„Ich weiß es auch nicht. Sie taten mir leid. Eigentlich unglaublich leid. Sie hatten meine Antworten wirklich nicht verdient..."
„Aber", sagte er zögernd, „aber du hast sie doch ernst gemeint, nicht wahr? Und ich habe mich immer wieder darüber hinweggesetzt. Mir tut es leid..."

„Nein, sehen Sie? Gerade das war es, was mir so leid tat. Dass Sie die Schuld immer bei sich gesucht haben. Oder ... dass Sie mir immer so sehr vertraut haben..."
„Ja, das habe ich...", sagte er langsam.
„Und Sie waren mir nie böse?"
„Nein!"
„Und Ihr Wunsch, mich kennenzulernen, ist nie kleiner geworden?"
„Nein – höchstens noch größer..."

„Aber ich kann es trotzdem nicht...", sagte sie und sah ihn wiederum mit Augen an, die zu sagen schienen: ‚Bitte verstehen Sie mich!'
Er sah in ihre wunderschönen Augen, sah ihr ganzes, unendlich schönes Gesicht, wusste, dass er sie unendlich liebte, nur sie – und verstand nicht, was sie sagte; was sie sagen wollte.
„Ich verstehe nicht, Sylvia ... warum nicht? Was meinst du? Du *willst* nicht?"
„Ich kann nicht."
Wieder derselbe Ausdruck ihrer Augen. Was wollte sie ihm zu verstehen geben? Worum bat sie ihn?
Er erwiderte hilflos ihren Blick, er konnte vor tiefster Frage nicht einmal ein Wort formulieren.
„Ich kann nicht", wiederholte sie, und sah ihn noch immer so an.
Dann fügte sie leise hinzu:
„Obwohl ich es inzwischen eigentlich gerne würde..."
Die Tatsache, dass sie irgendeine Hilfe zu brauchen schien, ließ ihn seine Sprache wiederfinden.
„Was meinst du, Sylvia?", wiederholte er bittend, „Warum kannst du nicht, obwohl du gerne würdest? Ich verstehe es nicht..."
Auch sie sah ihn fast bittend an.
„Es tut mir leid – natürlich verstehen Sie es nicht. Ich ... ich schäme mich eigentlich auch..."

Er fühlte so sehr mit ihr – wofür schämte sie sich?
„Es ist...", sagte sie, „mein Freund ist einfach sehr eifersüchtig..."
„Auf mich?", fragte er bestürzt.
„Ja ... generell."

Langsam fügten sich in seinen Gedanken die Einzelteile zusammen. Langsam ergab sich ein Bild ... ein Bild für das, was vorher ein Rätsel gewesen war. Ihre Sanftheit ... ihre Ablehnung... Das scheinbar Widersprüchliche...
„Heißt das...", fragte er erschüttert, „heißt das, dass du mich *deshalb* so sehr zurückgewiesen hast...?"
„Ja...", gestand sie verlegen, „auch..."
„Auch...?"
„Zuerst wollte ich sie wirklich nicht kennenlernen. Ich wusste schon da, dass mein Freund eifersüchtig ist. Aber ich wollte Sie am Anfang auch selbst nicht kennenlernen."
„Und jetzt willst du es?"
„Jetzt würde ich es gerne, schon, ja..."
„Und du hättest keine Angst?"
„Wovor?"
„Du weißt schon, Sylvia...", er zögerte, „weil ich dich so sehr liebe?"
„Sie haben geschrieben, Sie tun nichts, was ich nicht will", sagte sie leise.
Ihre Sanftheit...
„Ja, das stimmt. Ich danke dir so sehr..."
„Wofür?"
„Dass du dies spürst. Und dass ... meine Liebe ... für dich nicht *schlimm* ist..."
„Schlimm?"
„Zu viel, zu stark..."
„Was Sie über Freundschaft geschrieben haben, war sehr, sehr schön...", sagte sie wieder leise.

Er war zutiefst berührt. Nichts war so schön wie *sie* – und sie wusste es nicht.
„Aber...", sie sah ihn an. „Aber ich kann es nun eben nicht..."

Erschüttert stand er vor ihr, sah ihr in dieses wunderschöne Gesicht – und fragte sich, wie ein Freund dieses unendlich schöne Mädchen unter Druck setzen konnte.
„Was tut dein Freund?", fragte er zögernd und voller Sehnsucht nach ihrer Freundschaft.
„Er ist eifersüchtig."
„Was heißt das, Sylvia?"
„Er mag es nicht, wenn ich mit anderen zusammen bin."
„Und findest du das richtig?"
„Nein..."
„Aber warum lässt du es dann zu?"
„Er ist doch mein Freund."
„Was heißt das?"
„Dass ich es doch nicht ändern kann..."
„Was passiert denn, wenn du es ändern würdest?"
„Was meinen Sie?"
„Wenn du mit anderen zusammen bist."
„Das habe ich doch schon gesagt..."
„Ja, aber wie äußert sich diese Eifersucht? Was tut dein Freund dann? Was sagt er zu dir, was macht er?"
„Er wird ... weniger freundlich."
„Das heißt, du merkst es sehr genau, wie er es dir übel nimmt?"
„Ja."
Er musste an Hoppe und Sandra denken.
„Aber du bist damit doch bestimmt nicht glücklich, oder?"
„Nein."
„Warum lässt du es dann zu? Warum bist du mit ihm zusammen?"
„Ich liebe ihn ja."

Er sah in ihre schönen Augen und beneidete unendlich jenen einen Jungen, der ihre Liebe empfangen durfte. Und er spürte seinen Ärger über ihn, der ihr nicht dieselbe Liebe schenken konnte, wie er bekam... Der ihr Gift für Gold zurückgab...
Wie in einem Traum fragte er:
„Warum liebst du ihn, der dir deine Liebe so schlimm zurückgibt..."
„Man kann doch nichts dafür, wen man liebt", sagte sie wie entschuldigend.
„Nein, das kann man nicht", erwiderte er leise.
Wieder sah sie ihn mit ihren lieben, um Verständnis bittenden Augen an.

„Wie lange wirst du ihn lieben", fragte er, „der dich so wenig liebt?"
„Er liebt mich doch gerade sehr."
„Ja, aber in sehr falscher Weise. Was ist das für eine Liebe, die *weniger* wird, wenn der geliebte Andere sich nicht einem selbst zuwendet?"
Sie sah ihn an und schwieg betroffen.
„Es tut so weh, Sylvia", sagte er. „Ich liebte dich, als du mich abwehrtest, nicht weniger, ich liebte dich höchstens noch mehr, unendlich – und *immer* unendlich, egal, was du tatest... Ich verlange deine Liebe gar nicht. Aber zu sehen, dass du jemanden liebst und jemandem gehorchst, der dich so liebt, dass seine Liebe *weniger* wird, wenn du ... frei deinen Weg gehen willst, wenn du ... die Freundschaft eines anderen Menschen suchst oder ... auch nur zulassen willst ... das tut so unendlich weh zu sehen..."
Sie schwieg noch immer.
„Warum liebst du ihn, Sylvia. Wie liebst du ihn?"
„Darüber will ich nicht sprechen."
„Verzeih mir", bat er beschämt, „ich bin dir damit zu nahe getreten. Das wollte ich nicht, Sylvia..."
Berührt sah er, wie sie ihm sofort verzieh.

„Was wirst du dann tun, Sylvia?", fragte er betroffen. „Hast du mir diese Pause geschenkt, damit du mir sagen kannst, dass wir uns nicht wiedersehen können?"
Er spürte, wie ihn eine Woge der Empfindungen zu erfassen begann.
„Vielleicht, ja...", gestand nun sie beschämt.

Er erkannte, was dies bedeuten würde: Dass dies wiederum ihre letzte Begegnung wäre – ohne Aussicht auf ein neues Leben, wiederum wartete der Tod, und seine Sanduhr lief...
Er sah in dieses schöne Gesicht, er fühlte die verfließende Zeit, er verstand die Perspektive, die ihre Worte hatten, und die Woge der Empfindungen kam heran...
„Sylvia...", sagte er mit belegter Stimme. „Ich muss es dir jetzt von Angesicht zu Angesicht sagen, während ich in deine Augen schaue: Ich *kann* ohne dich nicht leben. Du weißt noch nicht, was diese Liebe ist. Ohne jemanden nicht leben zu können. Jemanden so sehr zu lieben, dass es der größte Schmerz ist, nicht in seiner Nähe zu sein, nie, nie wieder in seiner Nähe sein zu können. Dass ein Mensch einem *so viel* bedeutet, dass das ganze Leben, wirklich alles, alles sinnlos wird, wenn man nicht bei ihm sein kann, zumindest in Freundschaft verbunden.
Auch du wirst irgendwann unglücklich werden, denn man kann in Unfreiheit nicht dauerhaft glücklich sein. Man wird irgendwann wissen, dass eine solche Liebe keine wahre Liebe ist. Aber ich brauche deine Freundschaft *jetzt*, Sylvia. Wenn *du* sie mir nicht schenken wollen würdest, würde ich freiwillig unendlich leiden – deinem Wort hätte ich mich wirklich gebeugt, ich wäre freiwillig in den Tod gegangen, seelisch. Aber dass du es *willst* und nur nicht *darfst* – das kann ich nicht ertragen. Ich ... ich könnte die Sehnsucht nicht ertragen. Zu wissen, dass du es sogar wollen würdest..."
Er konnte nicht mehr sprechen ... und musste eine Hand vor sein Gesicht legen...

Er wischte sich verstohlen die Augen, dann sah er sie beschämt wieder an.
Berührt sah er in *ihre* berührten Augen, deren unendliche Schönheit sich dadurch noch unsäglich vertiefte...
Bittend sah sie ihn wieder an.
„Ich weiß nicht, was ich machen soll..."
Voller Liebe erwiderte er ihren Blick – und konnte es ihr auch nicht sagen...

Schließlich fragte er scheu:
„Kannst du nicht tun, was dein Herz dir sagt?"
Leise schüttelte sie den Kopf...
Verzweifelt sagte er:
„Sylvia, deine Pause geht zu Ende. Es ist die Pause, die du mir geschenkt hast... Wenn dein Freund eifersüchtig ist, wirst du mir keine Pausen mehr schenken können. Ich würde jeden Samstag hierher fahren, um wie ein unendliches Geschenk diese halbe Stunde an diesem Stehtisch von deiner Hand und deinem Herzen zu empfangen – aber selbst das wirst du ja nicht mehr dürfen. Aber wenn dies unsere letzten Minuten sind ... verstehst du, Sylvia, ich *kann* das einfach nicht... Ich kann es nicht ertragen, ich kann dich nicht verlieren. Ich kann es einfach nicht! Es ist so schrecklich..."
Wieder kämpfte er mit den Tränen und musste sich einmal über das Gesicht wischen, sah sie dann mit feuchten Augen wieder an...
„Aber was soll ich denn machen?", fragte sie verzweifelt.
Es war eine wirkliche Frage, sie bat ihn regelrecht...
„Ich weiß es nicht, Sylvia...", sagte er leise, und seine Seele stand gleichsam traurig auf, um zu beginnen, freiwillig in den Tod zu gehen. „Wenn du es auch nicht weißt, dann verstehe ich dich. Diesmal verstehe ich dich wirklich..."
Er musste innehalten, um wieder mit seinen Tränen zu kämpfen, die aber dennoch leise fließen wollten, sanft seine Kehle zuschnürten... Tapfer brachte er stockend weiter hervor:

„Wenn es so ist – dass du – nichts tun kannst, dann – werde ich – werde ich dich also – nicht wiedersehen. Ich werde..."
Er konnte nicht mehr. Er musste sich auf dem Tisch aufstützen, und hilflos rannen seine Tränen seine Wangen hinunter, er musste aufschluchzen...
Schließlich hörte er ihre betroffene Stimme:
„Bitte weinen Sie doch nicht..."
Ihre Sanftheit ... die letzten Minuten ihrer Sanftheit ... o, wie wenig konnte er diese vermissen! Er würde zugrunde gehen ohne sie...
„Bitte ... hören Sie bitte auf..."

Mit aller Macht bekämpfte er seine Tränen ... um ihretwillen. *Alles* tat er um ihretwillen. Er würde immer alles tun... Fortwährend würde er seiner Seele Gewalt antun, nur für sie...
Mit tränennassen Augen sah er sie an. Auch sie sah ihn erschüttert an, keiner von ihnen konnte etwas sagen...
Schließlich musste auch sie fast weinen. Mühsam brachte sie hervor:
„Sie tun mir so leid! Und ich weiß nicht, was ich machen soll. Ich würde sie doch auch so gerne kennenlernen. Aber ... ich habe noch nie gesehen, dass jemand ... wegen mir so leidet... Es tut mir so leid..."
Sie musste ihren Kopf abwenden.
Er strich ihr einmal unendlich vorsichtig über ihre zarte Wange...
Sie ließ es geschehen und wandte ihm wieder ihr Gesicht zu.
„Können Sie mir verzeihen?", fragte sie, bat sie.
Er sah sie in tiefster Zuneigung an.
„Die Liebe braucht überhaupt nie zu verzeihen, Sylvia. Alles, was die Liebe tut, ist lieben – und die Seele empfindet eine unendliche Sehnsucht, wenn das Geliebte nicht da ist. Ich brauche dir nicht zu verzeihen. Aber ich werde unendlich leiden ... bis du die Möglichkeit haben wirst, meine Freund-

schaft wieder zu suchen... Solange werde ich hoffen, dass dieser Tag kommen wird, diese Stunde, diese Minute..."

„Können wir uns denn E-Mails schreiben?", fragte sie.
„Wir können alles, Sylvia. Aber ich werde unendliche Angst haben, dass dir dies dann für immer reichen wird – und wir uns gerade dann nie wieder begegnen werden, weil deine Sehnsucht vielleicht ganz erfüllt sein wird, während ich noch immer unendlich leiden werde, weil mir deine Begegnung so unendlich fehlen wird... Und willst du mir denn diese E-Mails heimlich schreiben, oder..."
„Ja...", gestand sie, „ich dachte, das ist nicht so schlimm..."
„Ist dein Freund nicht auf die Freundschaft *an sich* eifersüchtig? Es geht doch um die Realität, wieviel ein anderer Mensch einem bedeutet. Letztlich wird er, wenn er dies entdeckt, doch auch..."
„Aber ich muss doch E-Mails schreiben können..."
„Du musst dich auch mit einem Freund treffen können", antwortete er traurig.
„Ich werde Ihnen aber schreiben."
„Ich werde dich vermissen, du weißt nicht, wie sehr."
„Doch, ich habe es gesehen..."
„Vergiss es nicht, Sylvia, ich bitte dich so sehr..."
„Nein..."
„Ich danke dir so unendlich für alles, was du tust..."
„Ich schäme mich, ich tue doch viel zu wenig."
„Du weißt nicht, wie sehr ich jedes einzelne deiner Worte geliebt habe, schon, als du diese abwehrenden E-Mails an mich schriebst..."
„Meinen Sie das ernst?"
„Ja, ich könnte dir nie die kleinste Unwahrheit sagen. Ich meine es ernst. In jedem Wort habe ich dein Wesen empfunden. Und ich liebe dieses so sehr..."
„Ich kann mich nur schämen. Es tut mir so leid..."

„Befrage immer wieder dein Herz, Sylvia. Irgendwann wirst du nach deinem Herzen handeln können. Ich habe es durch dich auch gelernt."
„Wie meinen Sie das?"
„Durch meine Liebe zu dir habe ich es gelernt, auch auf meiner Arbeit meine Angst zu überwinden und für das Menschliche einzutreten, nicht mehr zuzulassen, dass manche Menschen schlecht behandelt werden, weil man Macht über sie hat. Das verdanke ich dir. Ich habe gefühlt, dass ich deine ... Zuneigung nur verdiene, wenn ... dies geschieht. Wenn ich wirklich nichts mehr in mir zulasse, was *nicht* schön ist. Denn du selbst bist so unendlich schön. Ich hätte deine Zuneigung gar nicht verdient, wenn ich nicht mit aller Kraft danach streben würde, zumindest in meinem Handeln so schön zu werden, wie du es in allem bist..."
„Aber mein Handeln ist doch gar nicht so schön wie ihres..."
„Doch, Sylvia, du weißt es nur nicht... Jedes Handeln von dir ist unendlich schön, weil etwas, was *an sich* schon unendlich schön ist, gar nicht anders kann, als auch in seinem Handeln so schön zu sein. Und ich verstehe dich doch so gut... Nur vergiss dein Herz bitte niemals. Befrage es immer wieder und höre auf es, wenn es dir etwas sagt..."
„Ich danke Ihnen so sehr..."
„Wofür?"
„Für alles. Für Ihre ... Liebe und für alles, was das bedeutet..."
„Und ich dir auch, Sylvia – unendlich."

Befangen sah sie ihn an.
„Du musst wieder weiterarbeiten, nicht wahr?"
„Ja ... nicht gleich. In ein paar Minuten..."
„Ich gehe jetzt, Sylvia. Dies ist unser Abschied..."
Sie sah ihn an, konnte nicht sprechen.
„Darf ich ... dich zum Abschied einmal umarmen?"
„Ja..."

Er umarmte sie sanft und spürte, wie sie diese Geste erwiderte. Dieses einzige Mal durfte er die Liebe seines Lebens im Arm halten. Was für ein unendliches Geschenk gab sie ihm damit zum Abschied!
Als er sich wieder von ihr löste, musste er sich verstohlen von neuem die Augen wischen.
„Auf Wiedersehen!", sagte sie, und er hörte die Sehnsucht in ihrer Stimme. Auch sie sehnte sich nach seiner Freundschaft. Und dies war ihr allergrößtes Geschenk...
„Auf Wiedersehen, Sylvia."
„Ich komme noch mit Ihnen, ja?"
„Ja, das ist wunderschön."
Verlegen ging sie neben ihm wieder zur Treppe, auf dem gemusterten Teppich, der die Schritte verschluckte, dann die Treppe hinunter, an dem Durchlass vorbei, durch das Foyer hindurch, bis zum Ausgang.

Als er durch die Glastüren ging und sie mit ihm draußen stand, ohne Mantel, in der Kälte des Novemberabends, sagte er:
„Ich liebe dich, Sylvia – und ich bin dir so unendlich dankbar, dass ich dies darf, ohne dass du es schlimm findest... Du bist das wunderbarste Mädchen, das existiert..."
Sie schwieg.
„Sehen Sie?", sagte sie schließlich leise. „Ich weiß nicht einmal, was ich Ihnen dafür sagen kann..."
„Es ist mir alles so unendlich wertvoll, Sylvia. Selbst diese Antwort wieder... Ich sage doch, du *kannst* überhaupt nichts falsch machen. Und gerade das liebe ich – ich habe dich schon im allerersten Augenblick erkannt und geliebt. Verzeih mir, dass ich das immer wieder sage..."
„Alles Gute für Sie", sagte sie leise.
„Für dich auch, Sylvia. Leb wohl... Und wenn du mir schreiben wirst, werde ich auch jedes Mal wieder unendlich glücklich sein..."

„Danke, dass Sie das sagen... Bis bald..."
„Ja..."

Er wusste nicht, wie oft er sich umdrehte, bis er die Hauptstraße erreichte, an der er sie aus dem Blick verlor. Er war fast nur mit dem Blick zu ihr bis dorthin gegangen, und auch sie hatte immer wieder gewunken...

*

Er wusste, dass sie bis um zehn Uhr arbeitete, vielleicht auch länger. Aber er wollte für den Fall, dass sie noch eine E-Mail schreiben würde, noch bis Mitternacht aufbleiben.
Und tatsächlich sah er um elf Uhr ihre Nachricht. Nun war es kein Schockerlebnis mehr, nun war es nur noch Glück, tiefes Glück...

*Lieber Herr Schäfer,*
*das war für mich die besonderste halbe Stunde, die ich je erlebt habe. Sie wissen jetzt, dass ich mit Ihnen befreundet sein möchte, nicht wahr? Ich werde das nicht vergessen.*
*Ich hoffe, Sie können gut schlafen. Bitte leiden Sie nicht.*
*Ihre Sylvia*

Er antwortete ihr sofort:

*Liebe Sylvia,*
*und ich erinnere mich noch an Deine früheren Worte. ‚Warum schreiben Sie mir so lieb?' Dabei waren auch Deine Worte immer, immer lieb gewesen. Und nun sind sie noch lieber. Ach, Sylvia, was bist Du nur für ein wunderbarer Mensch – und was für ein wunderschönes Mädchen, auch in Deinem Herzen... Ich danke Dir so sehr für Deine Freundschaft, die ja doch längst schon begonnen hat. Diese Freundschaft zwischen zwei Menschen, die so sehr wissen und*

*fühlen, was das ist, ist etwas unendlich Besonderes. Ja, auch für mich war das die besonderste halbe Stunde meines ganzen bisherigen Lebens. Diese halbe Stunde mit Dir... Wie sehr habe ich mich danach gesehnt, Dir auf diese Weise begegnen zu dürfen... Nein, ich leide nicht. Was Du mir schenkst, macht mich glücklich. Und ich werde voller Hoffnung auf die Zukunft sein – darauf, dass unsere Wege wirklich verbunden bleiben dürfen.*
*Das einzig Schwere ist für mich der Abschied, auch jetzt. Ich weiß nicht, wie Du selbst mich nennen möchtest. Jetzt, wo wir uns kennen, fällt es mir schwer, irgendeinen Namen zum Abschied zu schreiben. Ich fühle, dass Du mich gerne beim Nachnamen nennst. Ich kann mich mit beidem so schwer verabschieden, sowohl mit dem Vornamen, der Dir noch fremd ist, noch mit beidem, wenn ich doch Dich selbst mit Deinem wunderschönen Vornamen anrede. Am liebsten hätte ich es so wunderbar einfach wie Du – wie wunderschön waren Deine letzten beiden Worte!*
*Vielleicht sollte ich einfach schreiben ‚Dein lieber Freund'? Dann kannst Du immer selbst entscheiden, wie Du mich ansprechen willst. Mir ist alles recht, was aus Deinem tiefen Herzen kommt... Also gut, ich tue es, im Vertrauen darauf, dass Du es schön finden wirst. Wenn nicht, sag es mir bitte immer...*
*Dein lieber Freund*

Nach zwanzig Minuten erhielt er noch einmal ihre Antwort:

*Lieber Herr Schäfer,*
*Ihre letzten drei Worte sind auch so schön!*
*Gute Nacht!*
*Ihre Sylvia*

**A**m Sonntag schrieb er ihr eine neue E-Mail. Er hatte so sehr den Wunsch, sie kennenzulernen – und als erstes fragte er noch einmal, ob er dies durfte...

*Liebe Sylvia,*
*darf ich Dir also auch schreiben? Und darf ich Dich auch auf diesem Wege weiter kennenlernen?*
*Ich würde gerne so viel von Dir wissen! Und wie gerne würde ich es von Dir hören, in wirklicher Begegnung. Vielleicht können wir ja doch manchmal eine Pause zusammen haben. Vielleicht ist dieses Geschenk nicht zu viel...*
*Aber was bist Du für ein Mensch, Sylvia? Wie war Deine Schulzeit? Was hast Du gemocht, was nicht? Und studierst Du jetzt schon? Was magst Du? Was interessiert Dich? Was ist Dir wichtig? Ja, was ist Dir wichtig...*
*Sicher darf ich nicht zu viele Fragen auf einmal stellen...*
*Hast Du auch Fragen? Du musst nicht. Aber wenn Du Fragen hast, stelle sie immer und jederzeit.*

*

Dann rief er Sandra an. Als er ihr erzählte, was geschehen war, sagte sie begeistert:
„Aber das ist ja großartig, Sebastian, das müssen wir feiern!"
„Nein, bitte nicht, Sandra", erwiderte er, „mir ist das ... zu heilig... Ich möchte es lieber ganz in der Stille bewahren... Verstehst du?"
Ihre Stimme am anderen Ende wurde wieder ernst.
„Ja – das verstehe ich, Sebastian. Tut mir leid."
„Nein, das braucht es nicht."
Womit hatte er eine solche Freundin verdient – einen Menschen, der so viel Verständnis hatte?
„Können wir uns nicht trotzdem treffen?", schlug sie vor.
„Weil es trotzdem ein besonderer Moment ist?"

„Ja, sehr gerne!"

Sie trafen sich um ein Uhr in ihrem Stammcafé.
Sie umarmten einander herzlich. Und als sie schließlich ihren Milchkaffee tranken und er noch einmal genauer erzählt hatte, was er erlebt hatte, sagte Sandra:
„Das hätte ich nie gedacht. Dass es *so* ausgeht... Und dass dies der Hauptgrund für ihre erste Abwehr war..."
„Ich auch nicht...", erwiderte er. „Es tut mir so leid, dass sie einen solchen Freund hat..."
„Du Glücklicher...", sagte sie.
„Warum?"
„Du hast deine große Liebe getroffen..."
„Und du, Sandra? Du nicht?"
„Doch. Marc und ich sind auch glücklich. Aber *so* eine Liebe habe ich noch nicht gesehen..."
„Sie ist trotzdem einseitig..."
„Ja, aber dennoch – dennoch bist du schon unendlich glücklich."
„Ja, das bin ich."
„Und einseitig ist sie doch nicht. Du siehst doch, wie sehr auch sie mit dir befreundet sein möchte."
„Ja, das sehe ich. Ihre Freundschaft ist bereits viel wunderbarer als die Liebe vieler anderer Menschen..."
„Eben. Du Glücklicher..."
Er lächelte.
„Und wie geht es auf der Arbeit?"
„O – Frank, also Herr Hoppe, ist wieder sehr viel normaler geworden, im positiven Sinne. Wir hatten am Donnerstag, als ich meine letzte, unendlich hoffnungsvolle E-Mail an sie geschickt hatte, ein sehr schönes Gespräch. Ich war so voller Zuversicht, dass ich es nicht aushielt, dass irgendetwas in der Welt nicht in Harmonie sein sollte. Und dieses Gespräch hat wirklich viel verwandelt. Ich glaube, Frank hat sogar sehr weitgehend begriffen, was ich mit ‚menschlich' immer ge-

meint habe. Ob er sich dadurch ändert, weiß ich nicht. Aber selbst das Begreifen ist schon eine unendliche Veränderung. Es ist also auch da etwas Wunderbares geschehen."
„Das ist sehr schön", antwortete sie. „Dann wird die nächste Praktikantin hoffentlich von den Früchten zehren können."
Sie lachte.
„Ja! Wahrscheinlich...", lachte auch er nun.

Sie schwiegen eine Weile.
Dann sagte er:
„Eifersucht... Sandra – warum gibt es Eifersucht?"
Sie sah ihn an und überlegte längere Zeit.
„Ich glaube", sagte sie schließlich, „Eifersucht ist immer der verzweifelte Versuch, jemanden zu halten, den man nicht halten kann. Nie so..."
Er nickte.
„Ja – es ist offenbar ein hilfloser Versuch, wenn die Liebe nicht so viel schenken kann, dass man gar keine Eifersucht haben muss."
Er schüttelte traurig den Kopf und fügte hinzu:
„Wenn man den Anderen nicht durch seine Liebe glücklich machen kann – und vor allem sein Glück bei Anderen nicht erträgt –, arbeitet man damit, ihm die Liebe zu entziehen..."
„Ja", sagte sie, „es ist traurig."
„Eifersucht vertraut nicht, sie beschränkt und verdächtigt. Sie lässt nicht frei, sondern nimmt gefangen. Sie liebt nicht, sondern rechnet auf. Es ist keine Liebe, es ist *Mangel* an Liebe."
Sandra nickte bestätigend.
„Sie tut mir so leid", sagte er. „Sie liebt jemanden, dessen Liebe viel zu schwach ist und der sie dadurch gefangen nimmt..."
„Ja – aber vielleicht kann einem der Junge auch leid tun. Er liebt sie ja dennoch, und für seine Schwäche kann er einerseits wahrscheinlich gar nichts. Er liebt sie, und sie liebt ihn, und doch spürt er, dass seine Liebe nicht ausreicht..."

„Ja, aber wenn man das spürt – wie kann man dann jemanden gefangen nehmen wollen? Auch das ist wieder nur Macht, ob es einem bewusst ist oder nicht. Ich würde, wenn ich spüren würde, dass ich dieses geliebte Mädchen nicht halten kann, mich *selbst* in meinem eigenen Schmerz gefangen nehmen. Ich würde versuchen, ihr Herz zu rühren, aber ich würde ihr doch niemals meine Liebe entziehen und versuchen, sie daran zu hindern, anderen Menschen zu begegnen!"

Sie überlegte.
„Ich frage mich gerade: Arbeitet man dann nicht auch ein wenig mit Druck, wenn man den Anderen seinen Schmerz spüren lässt und ihm so ein schlechtes Gewissen macht? Entzieht man ihm dann nicht auch ein wenig die Liebe, wenn man ihn vor allem den eigenen Schmerz spüren lässt?"
Nun dachte auch er nach.
„Es ist", sagte er dann, „ein feiner Grat zwischen dem Zeigen des eigenen Schmerzes als Druckmittel einerseits und als aufrichtige Empfindung andererseits. Man darf es auch hier nicht als Druckmittel benutzen *wollen*. Man darf nicht ein schlechtes Gewissen machen wollen, sondern muss seinen Schmerz zeigen wollen, seine Liebe, seine Sehnsucht. Man muss hoffen, dass dies den Anderen rühren kann – aber man darf nicht darauf kalkulieren und spekulieren. Es muss die unmittelbarste, direkteste Herzensregung bleiben... Bitte, Hoffnung, Frage – nicht Berechnung, Taktik, Methode. Äußerlich besteht kein Unterschied, es ist ganz und gar innerlich, was den Unterschied ausmacht. Es ist die Reinheit des Herzens..."
„Ja, du hast Recht", sagte sie. „Wie kannst du das alles so gut erklären?"
„Ich weiß es selbst nicht", antwortete er. „Ich fühle es in mir so."

„Sebastian?"

„Ja?"
„Was ist dir das Wichtigste an einer Freundschaft? Drei Dinge ... kannst du mir drei Dinge nennen?"
Er überlegte.
„Das ist gar nicht so einfach. Das Wichtigste... Sobald man Worte hat, klingt es immer gleich so festgeklopft. Aber gut, ich versuche es. ... Also, ich würde sagen Vertrauen ... Tiefe ... und ... na ja, Zuneigung natürlich, Liebe – oder ist das selbstverständlich?"
„Nein, vielleicht nicht", lachte sie.
„Aber", fragte sie dann, „gibt es denn überhaupt Vertrauen ohne Zuneigung?"
„Ja, man kann auch einem Beamten vertrauen, wenn man seine Arbeitsweise kennt."
Sie brach in ein Lachen aus.
„Na ja! Ich glaube, das Vertrauen hast du doch auch gar nicht gemeint..."
„Na gut, dann reichen mir zwei Dinge – Vertrauen, schon mit Liebe verbunden, und Tiefe."
„Was meinst du mit Tiefe?"
„Das Gegenteil von Oberflächlichkeit. Alles, was das mit berührt, was wesentlich ist."
„Nämlich?"
„Auch wieder Liebe. Nicht nur oberflächliche Liebe, sondern tiefe Liebe. Tiefes Interesse. Ein tiefes Gefühl für das, was menschlich ist. Sehnsucht danach – sowohl miteinander als auch mit allen anderen Menschen, und in der Welt. Was ist überhaupt der Mensch? Neulich hielt ich ein altes Buch in der Hand, ‚Biologie des Begehrens'. Ich habe es dann doch nicht einmal aufgeschlagen. Der Mensch ist mehr als Biologie. Das kann man an jedem Menschen erleben. Aber an *ihr* erlebe ich es erschütternd deutlich. Auch an meiner Liebe zu ihr. Das ist keine Biologie, Sandra. Vielleicht auch, aber zugleich unendlich viel mehr! Und das überhaupt zu bemerken – und dass einem das alles wichtig wird; dass man nichts einfach so

selbstverständlich nimmt. Nichts vom anderen Menschen, nichts von der Welt. Das meine ich mit Tiefe..."
„Das ist auch wieder schön gesagt, Sebastian."
„Und du – was ist dir wichtig?"
„Ich glaube, genau das Gleiche."
„Ich glaube, das haben wir gegenseitig auch voneinander gemerkt, oder?"
„Ja – es ist seltsam, wieviel man merkt, ohne es zu merken."
„Ja", lächelte er. „Unendlich viel..."

\*

Am Abend fand er ihre E-Mail. Voller Glück und Dankbarkeit öffnete er sie...

*Lieber Herr Schäfer,*
*ja, Sie dürfen mir schreiben. Und ich würde auch gerne meine Pausen mit Ihnen verbringen, aber Sie wissen ja, was mein Problem ist... Es tut mir leid, und vielleicht wird sich daran einmal etwas ändern. Bis dahin tut es Ihnen hoffentlich nicht zu sehr weh!*
*Nun haben Sie mir tatsächlich ganz schön viele Fragen gestellt. Ich will gern versuchen, sie zu beantworten. Was ich für ein Mensch bin, war vielleicht nur Ihre Eingangsfrage, oder? Wie soll man so etwas erklären... Sie haben ja mal geschrieben, Sie kennen mich. Ich will einfach versuchen, Ihre anderen Fragen zu beantworten.*
*Meine Schulzeit war, na ja, wie Schule so ist. Eigentlich ganz schön, aber manchmal auch ganz schön stressig. Insgesamt hat es mir doch Spaß gemacht. Ich hatte gute Freundinnen und habe sie immer noch, vor allem zwei. Gemocht habe ich vor allem Deutsch und Englisch, auch Geografie, komisch, oder?*
*Jetzt studiere ich tatsächlich, seit Oktober, aber etwas sehr anderes, nämlich Soziale Arbeit. Das ist jetzt erst die vierte*

*Woche gewesen! Es ist alles ganz schön neu, und ich weiß noch nicht einmal, ob es wirklich das Richtige für mich ist, denn es scheint vieles auch zu theoretisch zu sein, zu kopfig, wenn Sie wissen, was ich meine. Aber ich hoffe, es wird noch besser.*
*Ich mag es, mit Menschen zu tun zu haben. Ich mag es, in der Natur zu sein. Ich mag es, gemütlich auf dem Sofa ein Buch zu lesen. Ich mag auch gute Filme ☺. Ich mag es natürlich, mit meinem Freund zusammen zu sein, und mit meinen Freundinnen. Ich habe es gemocht, mit Ihnen zusammen zu sein.*
*Und was mir wichtig ist... Freundschaft ist mir glaube ich sehr wichtig. Jemandem vertrauen zu können, ist mir wichtig. Jemand zu haben, der einen versteht. Was Sie über Freundschaft geschrieben haben, war sehr schön.*
*So viele Fragen wie Sie habe ich jetzt nicht... Aber was sind Sie denn für ein Mensch? Wollen Sie von sich auch was erzählen?*
*Viele Grüße,*
*Ihre Sylvia*

Er war so glücklich mit ihrer langen E-Mail. Was war dies für ein Wunder, dass man einen Menschen langsam kennenlernen durfte!
Tief berührt stellte er fest, was für eine zarte Bewegung es war, wenn sich zwei Menschen aufeinander zu bewegten – und wenn einem der andere Mensch so unendlich viel bedeutete. Aber es war kein allgemeines Erleben, es war ein besonderes Erleben – denn es ging um die Begegnung mit *ihr*. Wieder war *sie* es, deren sanfte Bewegung er spürte. Ihre Seele war es, die sich so sanft ihm zuwandte. Nun erlebte er auch diese Bedeutung des wunderschönen Wortes Zuneigung. Es war wirklich eine *Bewegung*...!
Vielleicht bemerkte sie dies selber gar nicht so tief wie er, vielleicht empfand sie es auch gar nicht so tief. Für ihn war es

so berührend, dass er es nicht beschreiben konnte. Und er hoffte, dass das, was er fühlte, doch auch in ihr lebte.
Es war genau jenes Spannungsfeld, über das Sandra und er gesprochen hatten: das Feld zwischen Oberfläche und Tiefe. Natürlich schrieb sie, wie ein Mädchen in diesem Alter schreiben konnte – aber was genau fühlte sie dabei, was lebte in *ihrer* Seele, wenn sie schrieb? Man konnte es nicht genau sagen. Man konnte ihren Brief auch anders lesen. Dann hätte es fast jedes Mädchen in ihrem Alter so schreiben können. Was der Andere *wirklich* fühlte, konnte man nicht sicher lesen – man konnte es sich auch hineinträumen. Und doch hatte er sie ja erlebt, hatte doch auch in jener halben Stunde ihr Wesen immer mehr kennengelernt. Sie *musste* eine ganze Menge fühlen. Und dies war ihm gerade so wichtig, dies gerade *liebte* er! Tiefe...

Er beherrschte sich, um ihr nicht wieder sofort zu antworten. Er wollte ihr auch in dieser Weise nicht zu nahe treten. Sein Bedürfnis war zweifellos größer als ihres. Aber eine Begegnung brauchte auch Luft zum Atmen. Er brauchte dies nicht, seine Sehnsucht war zu groß ... aber sie brauchte es. Für ihn brauchte es nur Kraft, ihr *nicht* sofort zu antworten...

Es entstand zwischen ihnen ein sehr schöner Austausch. Auch er erzählte von sich, und er erlebte, wie sie sich auch dafür interessierte, wie sie es nicht völlig überging, nachdem er etwas erzählt hatte. Sie tauschten sich aus über das, was ihnen wichtig war, und dieser Austausch hatte allein schon durch seinen Inhalt wirkliche Tiefe – und mehr noch durch die Art, wie sie schrieb, wie er schrieb.
Und doch fehlte ihm etwas, und er hatte es ihr an jenem Stehtisch während ihrer Pause, die sie ihm geschenkt hatte, gesagt... Er hatte gewusst, dass dies eintreten würde, und er hatte gewusst, dass er darunter leiden würde.
Etwas mehr als drei Wochen waren inzwischen vergangen, der zweite Advent war bereits vorüber, und er musste ihr einfach davon schreiben. Er hatte lange Abende darüber nachgedacht, innerlich nachgeforscht, was er empfand und erlebte, und immer deutlicher war ihm geworden, worum es ging.

Es war, als wenn die Bekanntschaft mit ihr, die Begegnung mit ihr, die Sehnsucht nach ihr, ihm ein völlig neues Reich eröffnet hatte – das Reich der Seele... Nun schrieb er ihr aus der Seele heraus, was er immer deutlicher empfand.

*Liebe Sylvia,*

*heute möchte ich Dir einen langen Brief schreiben, weil mich etwas sehr beschäftigt – und ich vertraue darauf, dass Du es aufrichtig lesen wirst.*
*Es ist meine Sehnsucht nach einer Freundschaft mit Dir – und es ist so schwer, es in Worte zu fassen, aber ich will es versuchen...*
*Wenn ein Mensch einem so viel bedeutet, dann ist die Sehnsucht einfach unbeschreiblich groß, und sie wird auch nicht weniger, Sylvia. Ich sehne mich so sehr nach einer* tiefen *Freundschaft mit Dir. Ich sehne mich danach, dass auch ich*

*Dir viel bedeute, wirklich viel. Und das geschieht, wenn eine Freundschaft wächst und wachsen darf. Ich sehe, wie viel wir uns bedeuten können, wenn unsere Freundschaft weiter wachsen darf, so, wie sie es die ganze Zeit tut.*
*Und doch können Freundschaften auch stehenbleiben – und dann nicht weiter wachsen. Vielleicht bleiben sie an einem Punkt stehen, der schon sehr tief ist, und dann brauchen sie auch nicht weiter wachsen, weil sie schon tief, tief in der Erde und im Herzen wurzeln. Vielleicht ist das bei Deinen Freundinnen so – das hoffe ich sehr.*
*Aber unsere Freundschaft ist noch sehr jung, Sylvia. Sie hat schnell auch tiefe Wurzeln gefasst, das spürst Du doch, aber diese Schnelligkeit kann auch darüber hinwegtäuschen, dass sie noch viel tiefer reichen können. Was ich sagen will, ist: Die jetzige Tiefe ist wirklich ganz ungewöhnlich für eine Freundschaft nach so kurzer Zeit. Sie ist nur möglich geworden, weil Du mir so unendlich viel bedeutest und weil auch Du mir so sehr entgegengekommen bist.*
*Aber wovor ich Angst habe, ist, dass wir ... dass Du nicht den Mut hast zu noch mehr Tiefe. Wir haben schon jetzt eine Freundschaft, die viele Menschen gar nicht erreichen. Weil man das fühlt, braucht es ohnehin Mut, hier nicht stehenzubleiben. Denn jede Zunahme an Tiefe bedeutet oder braucht eine Zunahme an Vertrauen – und das geschieht ab einem bestimmten Punkt nie mehr von selbst, immer nur noch durch Mut oder wirklichen Willen.*

*Meine Sorge ist, was ich Dir auch in jener wunderschönen Pause, in der wir uns trafen, sagte: Dass Dein Bedürfnis nach Freundschaft durch eine Begegnung in E-Mails völlig oder fast völlig erfüllt sein könnte.*
*Verstehst Du, was ich meine? Das muss man innerlich fühlen. Dass es so ist. Dass es aber auch anders sein könnte. Und das ist der entscheidende Punkt – der so schwer zu erklären ist.*

*Ich habe mich fast mein ganzes Leben lang nicht mit der Frage beschäftigt, ob es so etwas wie eine Seele gibt. Seit ich Dir begegnet bin, weiß ich, dass es sie gibt. Es ist die Seele, die diese Dinge spürt und erlebt. Aber, ach, wie kann ich es erklären?*
*Ich will Dich ja nicht zu etwas bringen, Sylvia. Und doch sind für eine Freundschaft immer mehrere Wege möglich – und eben auch mehrere Haltepunkte, das spüre ich jetzt so sehr. Wenn eine Freundschaft irgendwo stehenbleibt, hört sie auf, weiter zu wachsen – und auch, sich weiter zu vertiefen. Sie hört einfach auf, verstehst Du? Sie bleibt da, wo sie steht, und da bleibt sie... Dann ist sie eigentlich alt geworden, nicht mehr ganz lebendig, nur noch so, wie sie eben bis dahin geworden ist – und dann immer gleich. Es wird eine Art Gewohnheit. Das kann immer noch sehr schön sein, denn es gibt ja auch schöne Gewohnheiten. Aber es ist nicht mehr lebendig, nicht mehr wachsend. Und ich sehne mich so sehr nach diesem Wachstum!*
*Bisher ist unsere Freundschaft auch fortwährend gewachsen, aber ich merke, dass sie es nicht mehr tun kann in E-Mails. Wir sind schon jetzt an dem Punkt, wo wir vor der Frage stehen, ob wir es wirklich wollen, Sylvia: ein weiteres Wachsen der Freundschaft oder nicht...*

*Die Fragen, über die wir uns schreiben, sind bereits so tief, dass sie auch ein wirklich tiefes Sprechen darüber brauchen. Ich merke, wie unendlich schwer das über E-Mail ist – und ich merke, dass wir stehenbleiben, wenn wir es so tun. Es wird dann ein ‚Sprechen über', und es ist dann schon nicht mehr das Wirkliche. Vielleicht merkst Du auch das gerade an der Uni. Man kann über die tiefsten Dinge nur so sprechen, dass sie einem unendlich wichtig sind* und *dass man einander in die Augen schauen kann. Die direkte Begegnung ist so unendlich wichtig – weil es sonst aufhört, zu wachsen und sich zu vertiefen.*

*Ich weiß nicht, warum mir immer wieder das Wort ‚heilig' einfällt. Aber die Fragen, über die wir sprechen, sind eigentlich genau dies – aber in einer E-Mail kann man diese Ebene nie wirklich erreichen. Man kann es versuchen, aber auch das nur, wenn man sich dessen voll bewusst ist. Und doch ist es so ein unendlicher Unterschied, ob man sich nur ‚mailt' oder ob man sich begegnet. Begegnet – Sylvia, das ist auch so ein heiliges Wort, weil die Sache selbst heilig ist.*
*Es gibt nichts, was so wichtig ist wie, sich zu begegnen. Nur da findet die Seele ihre wirkliche Erfüllung, Sylvia! Meine Seele tut es nur da... Wie es bei Dir ist, musst Du selbst fühlen. E-Mails sind auch Begegnung, wir senden uns unsere Gedanken, wir sprechen darüber, was uns wichtig ist. Das ist auch unsere Seele. Aber dennoch muss es durch so viel Trennendes! Es sind nur die Worte – sie können so viel enthalten, aber die wirkliche, direkte menschliche Begegnung können sie niemals ganz ersetzen. Diese enthält noch so unendlich, unendlich viel mehr...*

*Die Begegnung ist ein Wunder, Sylvia. Für mich ist sie das. Die Begegnung mit Dir sowieso – aber auch überhaupt. Aber das muss man fühlen lernen. Wie groß der Unterschied ist. Das Wunder der Begegnung ... man braucht auch Mut, das überhaupt zu erkennen.*
*Begegnung ist heute gerade deshalb so schwierig geworden, scheint mir, weil in jeder Begegnung so unendlich viel enthalten ist. Dadurch entstehen auch so viele Möglichkeiten der Verletzung, der Enttäuschung und so weiter – aber eben auch das Gegenteil: der tiefsten Berührung, Freude, eines tiefsten Vertrauens... Die meisten Menschen laufen davor ja weg, und deswegen halten sie die Begegnungen immer sehr oberflächlich.*
*Meine Sehnsucht ist gerade die Tiefe – und wie könnte ich mich nicht gerade da nach wachsender Tiefe und Vertrautheit sehnen, wo mir ein Mensch so unbeschreiblich viel be-*

*deutet? Es ist doch ein und dasselbe. Je mehr ein Mensch einem bedeutet, desto mehr sehnt man sich nach dieser Tiefe und Vertrautheit in der wirklichen Begegnung.*
*Lebt nicht auch Soziale Arbeit ganz von diesem Aspekt? Soziale Arbeit ist doch ganz und gar Begegnung, immer. Es ist so schön, dass Du das studierst. Auch Du scheinst wirklich eine Sehnsucht danach zu haben – und kannst so hoffentlich sehr viel von dem verstehen und fühlen, was ich meine.*
*Die Frage ist also: Nach was für einer Freundschaft sehnst Du Dich, Sylvia? Spürst Du die Tiefe, die unsere Freundschaft gewinnt – und ist dies eine Sehnsucht von Dir? Tiefe...? Findest Du es schön, diese Entwicklung und die Richtung, die sie nimmt? Oder ist es Dir so schon genug? Ist nicht nur die Richtung schön, sondern auch die erreichte Tiefe, willst Du gar nicht weiter? Keine Richtung also, sondern stehenbleiben, wo wir jetzt stehen. Weiter E-Mails schreiben, was aber die Entwicklung aufhören lässt, weil wir an einem Punkt sind, der nicht mehr wirklich weitere Tiefe gewinnen kann, wenn wir nur weiter E-Mails schreiben.*

*Man kann sich zwar immer wünschen, dass die Tiefe erhalten bleibt oder sogar weiter zunimmt, aber eine Begegnung verhält sich nicht immer so, wie man es sich wünscht. Ich merke, dass sich unsere Begegnung nicht so verhalten wird, wie wir es vielleicht wünschen – wenn wir jetzt weitermachen, nur E-Mails zu schreiben, wird unsere Begegnung stehenbleiben. Zwar auf dem Punkt, den wir jetzt erreicht haben, aber selbst dieser wird sich verwandeln. Was vorher eine schöne, lebendige Entwicklung war, wird ein Zustand werden, und wir werden uns daran gewöhnen. Gewöhnung ist aber der Tod von Entwicklung. Es wird nicht so schön bleiben wie jetzt. Es wird gewohnt und gewöhnlich werden – das Leben darin können wir nur erhalten, wenn wir selbst in Bewegung bleiben, und dafür müssen wir weitergehen, aber das müssen wir wollen, Sylvia...*

*Es gibt einen schönen Spruch, ich weiß nicht, wer das mal gesagt hat, aber er lautet: ‚Wenn wir wollen, dass alles so bleibt, wie es ist, dann ist es nötig, alles zu ändern.' Oder so ähnlich. Oder: ‚Man muss das Unmögliche versuchen, um das Mögliche zu erreichen.' Darum geht es eigentlich. Es geht immer darum, dass ein wunderbarer Zustand nur dann erreicht werden kann, wenn man dafür viel mehr tut, als es zunächst notwendig scheint. Und dass, wenn man nur das tut, dieser Zustand gar nicht erhalten bleibt oder erreicht wird.*
*Wenn eine Freundschaft also alles braucht, um wirklich lebendig zu sein und sich immer mehr vertiefen zu können, darf man nicht mit ‚weniger' zufrieden sein.*
*Aber was man braucht, ist die lebendige Sehnsucht nach einer solchen sich vertiefenden Freundschaft. Eigentlich braucht man nur sie. Dann findet man auch für alles andere den Mut und die Aufrichtigkeit. In der Sehnsucht liegt das, was man wirklich will. Und wenn man es wirklich will – dann erreicht man es auch, dann bleibt wirklich alles lebendig. Aber auch nur dann...*

*Was ist also Deine Sehnsucht, Sylvia? Meine Sehnsucht kennst Du ja. Du selbst bist es. Und wenn ich es nicht so stark sagen darf: Eine tiefe Freundschaft mit Dir, die nie stehenbleibt... Meine Sehnsucht danach ist selbst unendlich tief. Und die Begegnung mit Dir gehört so sehr dazu – ich sehne mich danach, Dir zu begegnen. Deine Augen sehen zu dürfen. Mit Dir selbst über all diese Dinge sprechen zu können, nicht über das E-Mail-Programm, sondern Dir begegnend. Das Wunder, Sylvia – das Wunder der Begegnung...*
*Ach, wie sehr hoffe ich, Dir damit nicht zu nahe zu treten! Vielleicht kannst Du das alles noch gar nicht empfinden, oder Du hast auch keine wirkliche, besondere Sehnsucht danach. Dann ist meine eigene Sehnsucht hoffnungslos.*
*Vielleicht bezieht sich Deine Sehnsucht nach Freundschaft gar nicht auf meine Person, nur auf meine Gedanken, und*

*dann reichen E-Mails ja im Grunde doch, sind vielleicht sogar noch schöner, ich weiß es nicht ... für mich ist dieser Gedanke unendlich schmerzlich. Denn meine Sehnsucht bezieht sich nicht nur auf Deine Gedanken oder Gefühle, sondern auf alles von Dir, auf Dich selbst. Du als die, die Du bist, bist meine Sehnsucht. Ich muss es so aufrichtig gestehen. Und wenn Du es zulässt, dann bin ich zutiefst dankbar, wenn nicht, muss ich ja Deine Abwehr ertragen – und könnte sie auch verstehen, das weißt Du ja... Aber man kann etwas verstehen und dennoch zutiefst darunter leiden.*
*Vielleicht sind Dir also meine Gedanken genug, Sylvia. Ich sehne mich zutiefst nach Dir selbst, also auch nach der Begegnung mit Dir. Und ich weiß, dass selbst die Gedanken nur dann eine immer lebendigere Tiefe erreichen können, wenn man sich begegnen darf.*
*Meine Freundschaft basiert auf meiner Liebe zu Dir, auf allertiefster Zuneigung. Du brauchst diese gar nicht zu wollen, ich werde sie Dir auch nicht aufdrängen, aber wenn Du meine Freundschaft haben willst, dann ist dies trotzdem ihre Quelle. Und wenn Du sie zulässt, diese unendliche Zuneigung, die ich Dir nur in Form meiner Freundschaft zeige, dann bin ich glücklich.*

*Und doch werde ich leiden, wenn wir bei E-Mails bleiben müssen, denn ich werde fühlen, dass unsere Freundschaft an einem Punkt stehenbleibt, an dem sie nicht stehenbleiben müsste. Und ich werde mich immer fragen: Was ist ihre Sehnsucht? Ist es das, was sie will? Oder würde auch sie sich nach mehr sehnen und hat nur nicht den Mut dazu? Was will sie in ihrem Innersten? Wonach sehnt sie sich? – Und meine Sehnsucht wird immer sein, nicht an einem Punkt davor stehenzubleiben, sondern wirklich jenen Punkt erreichen zu können, der auch Deine tiefe Sehnsucht ist.*
*Sehnsucht, Mut und volle Aufrichtigkeit gegenüber seiner eigenen Sehnsucht, die in der Seele lebt – das braucht eine*

*Freundschaft, die sich bis zu ihrer wirklichen Tiefe entwickeln dürfen soll. Dafür muss man auch seine Sehnsucht überhaupt erst einmal kennenlernen – auch das ist eine Begegnung, ganz im eigenen Inneren. Und auch das ist nicht etwas einmaliges, denn auch die Sehnsucht entwickelt sich ja! Auch sie kann wachsen, abnehmen oder stehenbleiben. Aber auch das kann man innerlich wollen oder nicht. Man kann auch selbst seine Sehnsucht hüten, man kann sie sogar selbst verstärken, oder man kann sie selbst abtöten oder sterben lassen. Die Sehnsucht ist die Grundlage der Freundschaft. Wie man sie hütet und gedeihen lässt, davon hängt die ganze Freundschaft vollkommen ab.*

*Meine tiefe Bitte ist also: Befrage Deine eigene Seele nach ihrer wahren Sehnsucht. Und welche Sehnsucht Du auch immer entdeckst, hüte sie und lasse sie wachsen, wenn Du kannst. Meine eigene Sehnsucht braucht nicht mehr wachsen, ich muss eher aufpassen, dass sie nicht noch größer wird, denn sie muss mit der Deinen zusammenleben können. Aber ich möchte mit Dir eine Freundschaft, die erst da aufhört, zu wachsen, wo Du es willst. Aber Du da, wo Du Deiner eigenen Sehnsucht mit allem Mut und allem guten Willen Deines wunderschönen Herzens wahrhaft begegnest... Welche Gestalt hat Deine Sehnsucht dann, Sylvia?*

*Dein lieber Freund.*

\*

Als er die E-Mail abgeschickt hatte, bekam er im Laufe des Abends doch zum ersten Mal wieder zunehmende Befürchtungen. Er hatte ihr in tiefster Aufrichtigkeit geschrieben – aber er hatte ihr auch seine Liebe wieder ganz und gar deutlich zum Ausdruck gebracht. Vielleicht war dies etwas, was sie einfach zu sehr überforderte; was sie unglücklich machte,

weil sie nicht dasselbe empfand; etwas, womit sie nicht umgehen konnte; etwas, was sie abweisen *musste*...
Seine Befürchtungen gingen so weit, dass er daran dachte, eine weitere E-Mail hinterherzuschicken, in der er sie um Verzeihung bat, seine Empfindungen abschwächen wollte, ihr noch mehr erklären wollte, wie frei er sie lassen wollte... Aber es nützte ja alles nichts: Dass er sie liebte, *wusste* sie ja schon. Er konnte sie so frei lassen, wie er wollte, die Frage war, ob dieses *Wissen* sie auch frei ließ... Dieses konnte er mit allen Worten nicht rückgängig machen, er konnte es durch weitere Worte im Grunde nur schlimmer machen.

Als dann kurz vor zehn Uhr ihre Antwort kam, hatte er zum ersten Mal wieder auch Angst davor, sie zu öffnen. Wieder würde sein Leben sich an ihr entscheiden. Immer wieder waren ihre Antworten Punkte tiefster Entscheidung ... weil *sie* für ihn alles entscheidend war...

*Lieber Sebastian,*

*vielen Dank für Deine lange E-Mail.* Sehr *lang war sie! Wie kann man so viel schreiben? Und vor allem: Woher weißt Du das alles? Oder wie kann man das alles so genau ausdrücken? Es erstaunt mich unglaublich.*
*Ich habe mir über das alles vorher noch gar keine Gedanken gemacht. Doch schon ein wenig, weil Du in dieser einen Pause eben auch davon gesprochen hattest, und ich hatte schon verstanden, was Du meinst.*
*Aber ich möchte kurz eine erste Antwort geben auf das, was Du mich gefragt hast. Ich habe meine E-Mail heute mit Deinem Vornamen angefangen und hoffe, dass ich das durfte. Meine Sehnsucht war auf einmal, dies zu tun. Und dann auch Du sagen zu dürfen. Es ist schön ... auf einmal. Und ich glaube, es kommt durch Deine lange E-Mail. Unsere Freund-*

*schaft ist also doch weiter gewachsen – und trotzdem verstehe ich, was Du meinst.*
*Du hast mit Deiner E-Mail etwas schreiben können, was man fast nicht glauben kann, dass es mit E-Mail möglich ist – und auch sonst! Wie kann man das alles so ausdrücken? Ich finde es unglaublich. Vieles habe ich irgendwie auch gewusst, aber ich habe es mir nie klar gemacht. Wirklich nicht! Irgendwie weiß man ja, dass man Freundschaften ‚hüten' muss – was für ein schönes Wort übrigens! –, aber irgendwie vergisst man es dann doch, dass es so ist. Man ist halt befreundet, und man pflegt die Freundschaft auch, denn darin besteht sie ja gerade – aber dass man sich darüber noch tiefere Gedanken machen kann, das vergisst man eigentlich, oder weiß es sogar gar nicht.*
*Ich bin sehr, sehr froh, dass Du gerade jetzt darüber geschrieben hast.*

*Aber was ist nun meine Sehnsucht? Ich habe eben eine ganze Stunde lang auf meinem Bett gelegen und darüber nachgedacht. Ja, Du hast Recht, es braucht Mut. Ich denke bei Freundschaft immer an Vertrauen und an Teilen, eben sein Leben teilen. Daran denke ich auch bei unserer Freundschaft. Und das Schöne ist, dass wir viel mehr Gedanken teilen können, als ich es mit meinen Freundinnen je getan habe bisher. Oder mit meinem Freund.*
*Das finde ich an unserer Freundschaft so besonders. Deswegen ist sie für mich so besonders. Und deswegen bedeutet sie auch mir sehr viel. Aber ich habe auch immer ein bisschen Angst, wenn Du schreibst, wieviel ich Dir bedeute.*
*Kannst Du das verstehen? Wenn ich daran denke, fehlt mir gerade der Mut, Deine Frage zu beantworten, also mir vorzustellen, wie weit meine Sehnsucht und die Freundschaft mit Dir reichen könnte. Irgendwie habe ich immer Angst, je weiter die Freundschaft reicht, desto größer könnte auch Deine Sehnsucht werden. Das sagst Du zwar nicht, aber viel-*

*leicht würde das doch passieren. Andererseits schreibst Du ja, dass sie schon unendlich groß ist. Auch das macht mir Angst. Denn, willst Du dann wirklich meine Freundschaft, oder willst Du dann nicht irgendwie immer doch noch etwas anderes ... verstehst Du?*
*Und dennoch möchte ich schon gerne unsere Freundschaft so tief werden lassen, wie sie werden kann – wenn ich Dir vertrauen kann, wenn ich mich ganz sicher fühlen kann, verstehst Du? Danach sehne ich mich wirklich!*

*Und ich sehe auch, dass Du Recht hast. Eine Freundschaft kann nicht lebendig bleiben, wenn man sich nicht sehen kann. Und deswegen habe ich beschlossen, mit meinem Freund zu reden, damit er verstehen kann, dass ich mit Dir eine Freundschaft habe und haben will. Meine Sehnsucht ist, dass ich das darf – ich muss es einfach dürfen. Vielleicht kann er ja dadurch seine Eifersucht endlich überwinden. Auch das wäre meine unendlich große Sehnsucht!*
*Also ich danke Dir sehr, dass Du von alledem geschrieben hast. Ich muss es jetzt wirklich versuchen. Auch dazu brauche ich Mut. Aber ich glaube, den habe ich jetzt.*
*Bitte schreibe mir noch wegen meiner Frage, wegen der ich Angst habe...*

*Liebe Grüße,*
*Deine Sylvia*

*

Ihre E-Mail berührte ihn zutiefst. Erschüttert stand er vor der Erkenntnis, wie *sehr* sie sich auf ihn zu bewegte. Ja, ihre Freundschaft würde wachsen und sich lebendig immer mehr vertiefen, wenn sie den Mut hatte, ihre Sehnsucht ernst zu nehmen – es *war* ihre Sehnsucht, dass sie sich vertiefte.

Und wie gerührt war er, dass sie nun auf einmal mit ihrem Freund sprechen wollte. Dies war der Punkt, an dem er sich am meisten Sorgen machte – um sie. Er fürchtete, dass ihre Hoffnung enttäuscht werden würde; dass es nicht gelänge, dass ihr Freund seine Eifersucht überwinden könnte. Leise lag hier verborgen in seiner Seele auch eine Hoffnung, aber wie könnte er diese Hoffnung je leugnen, wo doch *sie* seine ganze Sehnsucht war?
Dennoch hatte er in diesem Moment Angst um sie, und dies war der einzige Grund, warum er ihr unmittelbar antwortete – nur, um ihr davor noch irgendwie beistehen und sie zumindest warnen zu können...

*Liebe Sylvia,*

*vielen Dank für Deine liebe, lange E-Mail, die mich so unendlich glücklich gemacht hat! Du weißt gar nicht, was für ein wunderbarer Mensch Du bist – wieder in jedem einzelnen Wort... Am liebsten würde ich es beschreiben, aber Du musst es ganz gewiss sein, ohne genau zu wissen warum...*

*Ich antworte Dir nur deshalb so schnell, weil ich doch Sorge habe, wenn Du mit Deinem Freund sprichst. Es ist sicher richtig und notwendig, und ich wünsche Dir zutiefst den richtigen Mut und die richtigen Worte und den besten Erfolg, aber es kann natürlich auch sein, dass Dein Freund seine Eifersucht behalten wird. Sie ist einfach ein natürliches Gefühl, wenn der geliebte Mensch bei einem anderen etwas findet, was er bei einem selbst nicht findet. Eifersucht kann nur durch wirkliche Liebe überwunden werden. Dann wird sie zu aufrichtiger Traurigkeit, die sich nicht mehr gegen den Anderen richtet, sondern ihn trotz allem frei lassen kann. Aber für diese Liebe braucht man viel Kraft – und vielleicht auch viel mehr Lebensjahre. Ich hoffe so sehr, dass Du es innerlich auch aushalten wirst, wenn Deine Hoffnung sich nicht erfüllt.*

*Aber versuche zunächst Dein Bestes, damit sie sich erfüllt! Auch die Liebe des Anderen, also Deine, kann die Eifersucht heilen, wenn Dein Freund es zulässt.*
*Das alles wollte ich Dir sagen...*

*Und ich danke Dir zutiefst für Deine aufrichtigen, voller Vertrauen geschriebenen Worte über Deine Angst. Ich möchte Dir auch hier so gut wie möglich antworten! Ich verstehe Deine Angst unendlich gut. Und Du hast Recht. Meine Sehnsucht kann zwar nicht größer werden, als sie ist – aber meine Hoffnung. Man sagt ja ‚jemandem Hoffnung machen'. Je mehr Du zulässt, dass sich unsere Freundschaft wirklich vertieft, desto mehr Hoffnung machst Du mir tatsächlich. Und doch kenne ich ja Deine eigenen Gefühle – und ich weiß, dass sie nicht dieselben sind. Und ich kann meine eigene Hoffnung absolut im Zaum halten. Es ist genau wie mit der Sehnsucht: man kann sie hüten, man kann sie verstärken oder abtöten. Ich werde meine eigenen Hoffnungen immer nur so weit leben lassen, wie sie mit Deinen eigenen Empfindungen zusammenleben können. Diese Angst brauchst Du nicht zu haben: dass meine Hoffnung sich selbstständig macht und dadurch unsere Freundschaft zerstört. Das wird sie niemals tun. Du brauchst vor ihr nie, niemals Angst zu haben.*

*Auch Deine andere Frage muss ich aufrichtig beantworten, und Du kennst die Antwort ja: Ja, ich würde noch etwas anderes wollen – gerade darin liegt ja die leise Hoffnung, die ich nie ganz sterben lassen kann. Du weißt, dass Du mir mehr bedeutest, als es einer Freundschaft entspricht. Ich weiß nicht, ob man sich in einem Augenblick ‚befreunden' kann. Aber man kann sich in einem Augenblick verlieben – und das kann man auch nicht rückgängig machen. Aber dennoch ist Liebe nur eine unendlich vertiefte Freundschaft. Liebe umfasst Freundschaft immer. Wenn ich also meine Liebe zu Dir zügele, und das tue ich ja fortwährend und werde es auch im-*

*mer tun, dann werde ich immer Dein Freund sein können – egal, wie tief die Freundschaft reicht.*
*Und bitte glaube nie, dass ich die Freundschaft nur als Mittel zum Zweck sehe – Deine Freundschaft ist mir unendlich viel wert, jeder einzelne Augenblick mit Dir. Gerade weil ich Dich liebe, habe ich von Anfang an Deine Freundschaft gesucht. Mir war klar, dass ich etwas anderes nicht erwarten durfte, und das habe ich auch nicht. Deine Freundschaft suche ich, Sylvia, nichts anderes... Wenn Du mir darin vertrauen kannst, brauchst Du wirklich keine Angst zu haben. Wenn Du aber noch Fragen hast, stelle sie bitte. Ich bin so glücklich, dass wir so aufrichtig darüber sprechen können.*
*Ich kann es nicht verhindern, dass ich Dich liebe. Aber ich möchte nur, dass Du es weißt, damit Du nicht denkst, dass ich unwahrhaftig wäre. Weiter möchte ich es Dir gar nicht sagen, um Dich nicht zu belasten. Ich möchte, dass wir Freunde sein können, wirkliche, tiefe Freunde. Alles andere, was Du nicht erwidern kannst, sollst Du wirklich auch vergessen dürfen. Es soll nicht zwischen uns stehen. Das ist meine große Sehnsucht...*

*Liebe Grüße,*
*Dein lieber Freund Sebastian*

**A**m nächsten Tag, einem Donnerstag, wartete er vergeblich auf ihre Antwort. Voller Sorge um den Ausgang ihres Gesprächs mit ihrem Freund, dessen Zeitpunkt er nicht kannte, hatte er den ganzen Tag an sie gedacht und immer wieder nach seinen E-Mails geschaut. Aber bis zum Ende seines Arbeitstages war keine Nachricht von ihr gekommen.
Noch immer nur leise beunruhigt war er nach Hause gefahren und hatte sich gesagt, dass sie erst antworten würde, wenn sie mit ihrem Freund wirklich gesprochen hätte. Auch zuhause wartete er weiter und schaute einmal pro Stunde, ob sie geantwortet hätte.

Gegen Abend wurde er wirklich besorgt, aber auch jetzt wieder musste er sich sagen, dass sie oft erst gegen zehn Uhr geschrieben hatte, und dieses Wissen hätte normalerweise gereicht, ihn zu beruhigen. Doch nun kam es wiederum auf so vieles an... Wenn er sich seine Angst voll bewusst machte, bat er sie wieder innerlich um Verzeihung, weil er ihr so wenig vertraute... Und wenn er sich auch diesen Mangel an Vertrauen noch bewusst machte, so schämte er sich immer wieder tief.
Aber er konnte die Angst nicht besiegen. Sie bedeutete ihm zu viel – so viel, dass er nicht einmal Vertrauen haben konnte, obwohl er sie nun schon so sehr kannte. Und als er dann noch erkannte, dass dieser Mangel an Vertrauen doch der Eifersucht so sehr ähnlich war, hätte er seine Angst am liebsten mit Stumpf und Stiel aus seiner Seele gerissen...

Ach, es war furchtbar, zu erkennen, dass man einem Mädchen nicht vertraute, das man doch so unendlich liebte! Er vertraute ihr – aber er vertraute nicht den Kräften, die ihr Herz wieder abirren lassen konnten von dem, was es eigentlich wollte. Gerade weil er ihrem sanften Wesen so sehr vertraute, fühlte er all die Gefahren, die über ein so sanftes Wesen Macht hatten... Eifersucht – was war dies für eine Macht! Wie sehr konnte ein sanftes Herz dieser Macht gehorchen und unfähig sein, dann noch seiner eigenen, anderen Sehnsucht zu folgen...! Er hatte es doch selbst erfahren, er hatte doch schon so unendlich darunter gelitten. Er hatte doch nur jene Angst, die er schon so oft ausgestanden hatte...

Und als sie dann bis Mitternacht nicht geantwortet hatte, drohte seine Seele, wieder in einen dunklen Abgrund zu stürzen. Er empfand das große Bedürfnis, ihr zu schreiben, sie zu fragen, sie zu bitten, etwas zu schreiben – aber es hatte doch keinen Sinn. Es würde nichts beschleunigen, nichts ändern, es würde nur sein mangelndes Vertrauen zeigen... Vertrauen brauchte er! Sie würde Gründe haben, warum sie nicht schrieb. Konnte er sich keinen vorstellen? O, er konnte sich so viele Gründe vorstellen, die schlimm waren! Aber kaum einen, der aus dem Vertrauen kam...
Wusste sie nicht, was er durchmachte, wenn sie gerade jetzt einen Tag nichts schrieb? Wenn sie nun noch nicht mit ihrem Freund gesprochen hatte, konnte sie ihm nicht zumindest auf seine letzte E-Mail antworten? Diese musste für sie doch auch viel bedeutet haben ... oder hatte er darin wieder etwas falsch gemacht? War er in ihr vielleicht doch zu weit gegangen? Hätte er schon hier nicht mehr von seiner Liebe sprechen dürfen? Aber sie hatte doch danach gefragt, es war doch ihre Angst gewesen... Hatte seine Antwort ihr ihre Angst nicht genommen, sondern verstärkt? Wusste sie jetzt nicht mehr, was sie tun sollte? Oder hatte sie ihre Zuneigung verloren – weil es ihr zu intensiv wurde? Aber wie dann so plötzlich? Ach – sollte er ihr doch noch etwas schreiben, eine Erklärung, eine Bitte, eine Entschuldigung?
Ach, wie konnte man nur durch eine ausbleibende E-Mail in diese völlige Verwirrung geraten? Als man ihr schrieb, war noch alles so klar – so klar, dass sogar sie staunte. Und nun, nun war alles so unklar, so verborgen, so angstdurchdrungen,

dass man sich fragte, ob man überhaupt jemals irgendetwas gewusst hatte... Er konnte sie durch klare Gedanken zu tiefem Staunen bringen – sie konnte ihn durch eine ausbleibende E-Mail in tiefste Verzweiflung stürzen. Welch eine Freundschaft war das? Das war nur möglich, wenn man unendlich liebte...

*

Als sie auch im Laufe des Freitag noch nicht antwortete, brach seine Seele allmählich in Panik aus. Panik war gesteigerte Angst – war Todesangst, war Angst um den Verlust von etwas, was man einfach nicht zu verlieren vermochte...
Wieder musste er sich sagen, dass sie oft erst abends schrieb. Und wenn sie ihm gestern nicht geschrieben hatte, so würde sie ihm heute schreiben. Aber was nützten die Gedanken des Kopfes, wenn das Herz ganz andere Gefühle hatte! Er hatte so sehr das Bedürfnis, Sandra anzurufen, aber sein Kopf sagte ihm von neuem, dass sie diese Panik nicht wirklich verstehen würde – und er verstand Sandra dann ganz und gar. Aus ihren Augen war noch überhaupt kein Grund zur Sorge. Aber das half ihm auch nicht...

Nach zehn Uhr konnte er sie ohnehin nicht mehr anrufen, also rief er sie vor zehn Uhr an.
„Sebastian?"
„Ja, hallo, Sandra..."
„Was hast du auf dem Herzen? Geht es um deine Liebste?"
Sie sagte es zutiefst liebevoll. Sie begleitete ihre Freundschaft mit inniger Anteilnahme.
„Ja – und ich weiß nicht, was ich machen soll."
Ihre Stimme am anderen Ende wurde ernst.
„Was ist passiert?"
„Sie hat seit zwei Tagen nicht geschrieben..."
„Was ist vorher passiert? Gibt es einen Grund zur Sorge?"

Sie hatten sich letzte Woche gesehen. Was danach geschehen war, gab natürlich keinen Grund zur Sorge. Er begann seine Schilderung mit seiner langen E-Mail, die er ihr zwei Tage zuvor geschrieben hatte...
Als er ihr beschrieben hatte, was ihm nun solche Angst machte, sagte sie schließlich:
„Bestimmt nicht, Sebastian. Du brauchst bestimmt keine Angst zu haben, dass sie eure Freundschaft wieder rückgängig macht. Sie hat sich zu weit entwickelt."
Voller Sorge sagte er:
„Vielleicht hat sie sich auch *zu weit* entwickelt, Sandra!"
„Nein, Sebastian – wieso hast du nur immer solche Angst?"
„Du verstehst nicht, wie sehr ich sie liebe..."
„Doch, tut mir leid, ich kenne diesen Zustand nur nicht, zum Glück."
Er schwieg leidvoll.

„Warum habt ihr euch denn nie eure Telefonnummern gegeben?", fragte sie.
„Wir haben das bisher nicht gebraucht!", klagte er. „Wir haben uns jeden Tag geschrieben, und wir wussten, dass wir schreiben würden..."
„Vielleicht möchte sie dein Vertrauen prüfen...", neckte sie warmherzig.
„Sandra – bitte! Ich leide viel zu sehr!"
„Sebastian...", erklang wieder ihre ruhige, beruhigende Stimme am anderen Ende.
Er schwieg von neuem und wartete sehnsüchtig nach etwas, was die Stürme seiner Seele beruhigen könnte.
„Mach dir einfach keine Sorgen. Schick ihr noch eine kurze E-Mail, wenn du magst und warte dann in aller Ruhe auf morgen. Stell dir einfach *vor*, dass sie dein Vertrauen prüfen will. Dann wird es dir doch gewiss gelingen..."
Zutiefst dankbar nahm er ihren Rat an. Warum war er darauf nicht gekommen!

„Ja, Sandra, du hast Recht. Ich danke dir so sehr... Was würde ich ohne dich machen..."
„Du würdest vielleicht selbst drauf kommen", lächelte sie durch das Telefon.
„Nein – ich wäre es nicht. Dazu braucht man eine Freundin. Wirklich..."
„Na, gut – schlaf gut, Sebastian!"
„Danke, du auch. Bis bald!"
„Bis bald."

Er schrieb ihr tatsächlich eine kleine E-Mail, in der er ihr sagte, dass er hoffte, dass nichts Schlimmes passiert wäre. Auch diese E-Mail beendete er mit den Worten ‚bis bald'.
Die Vorstellung, dass sie sein Vertrauen prüfte, half ihm unendlich. Für sie würde er alles tun und alles können. Nur sie verlieren, das würde er nie können.

**D**er Samstagmorgen fand ihn von neuem hilflos. Es war der dritte Tag...

Schon direkt nach dem Aufwachen wanderten seine Gedanken in verschiedenste Richtungen.
Er verfluchte sich, dass er nie nach ihrer Telefonnummer gefragt hatte. Vielleicht brauchte sie ja auch Hilfe? Er stellte sich vor, dass ihr etwas passiert wäre, und er nie erfahren würde, was geschehen war. Er wusste nicht einmal, wo sie wohnte. Er würde es schlicht nicht erfahren... Eine Woge größter Liebe erfasste seine Seele; er würde sie unbedingt um ihre Telefonnummer bitten...
Er betete darum, dass sie keine Hilfe brauchte. Wenn sie aber aus anderem Grund nicht schrieb? Wenn sie mit ihm Schluss machte? Wenn etwas geschehen war, was sie dazu zwang? Etwas, was ihr alle Empfindungen ihm gegenüber nahm? Etwas, was doch mit seiner letzten E-Mail zu tun hatte? War es eine Grenzüberschreitung gewesen? Wollte sie seine Liebe nicht mehr – nicht einmal mehr seine Freundschaft?
Wie konnte er nicht tiefste Angst haben, wenn heute schon der dritte Tag war und sie sich bisher jeden Tag geschrieben hatten? Wenn sie noch nicht mit ihrem Freund gesprochen hatte, hätte sie schreiben können, ja, sie hätte geschrieben, er wusste es. *Wenn* sie aber mit ihm gesprochen hatte, und nicht mehr schrieb, dann...

Er konnte jetzt unmöglich schon wieder Sandra anrufen. Sie hatten gerade gestern Abend telefoniert. Er musste mindestens einen halben Tag abwarten, oder einen ganzen.
Aber heute war Samstag. Sie würde heute wieder im Kino arbeiten. Erleichtert dachte er daran. Er würde in jedem Fall zu ihr gehen – und dann würde er wissen, was geschehen war. Wenn sie *da* war! Erneut dachte er mit Schrecken an die Möglichkeit, dass sie nicht da wäre, dass ihr etwas geschehen

wäre. Wenn sie *heute* nicht da wäre – dann würde er wirklich verzweifeln. Er wagte nicht einmal, es sich vorzustellen. Nicht um seinetwillen, sondern weil er den Gedanken nicht ertragen würde, dass ihr etwas passiert war. Wenn er sich vorstellte, dass er sie nicht antreffen würde, wurde seine Liebe zu ihr so groß, dass ein Universum nicht reichte, sie zu fassen...

Aber wenn er sie antraf – was würde dann sein? Was würde sie ihm sagen? Was wäre der Grund, warum sie nicht geschrieben hatte? Er stellte sich vor, dass sie sagte, es gehe doch nicht und es tue ihr leid. Und er stellte sich vor, dass er vor ihr zusammenbrechen würde ... ihre Knie umfassen und bitterlich weinen, hoffend, ihr Herz doch noch einmal zu rühren...

Brauchte sie Hilfe? Litt sie unter der Eifersucht ihres Freundes? Unter einem Streit deswegen? Überlegte sie all diese Tage, Schluss zu machen, mit ihm, Sebastian? Schwand jetzt schon den dritten Tag lang ihre Zuneigung, die Grundlage für ihre Freundschaft; hatte diese schon längst keinen Boden mehr? Auch nach seiner kurzen E-Mail von gestern Abend schrieb sie nicht einmal ein Wort...

Seine Gedanken kreisten und kreisten in den nächsten Stunden, immer verzweifelter, längst hatte er den Rat seiner Freundin vergessen, sie vergessen, alles vergessen. Es gab nicht mehr eine Prüfung seines Vertrauens, es gab nicht mehr irgendein Vertrauen, es gab keine beruhigte Vorfreude auf das Wiedersehen in wenigen Stunden, es gab nur noch die quälende, grenzenlose Unsicherheit.

Und wieder drängte sich der quälende Vergleich mit der Eifersucht ihres Freundes auf. Vielleicht war auch dieser unendlich unsicher. Und doch war es nicht dasselbe. Er liebte sie unendlich. Aber er würde sie immer ganz frei lassen. Er war nicht eifersüchtig, weil sie jemand anderen kennenlernte oder kannte. Er war nur unsicher, ob sie wegen dieses Ande-

ren mit ihm Schluss machen würde, ihm ihre Zuneigung wieder entziehen würde. Dieser Andere *hatte* ihre Liebe doch schon. Und er war es, der sie einzig und allein dazu bringen konnte, *ihm* ihre Zuneigung wieder zu entziehen. Durch Eifersucht. Durch Macht.
Er würde dies nie tun. Und er würde unendlich sicher sein, wenn er wüsste, dass niemand Macht über sie hatte. Dann, dann würde er auf ihr Herz immer vollkommen vertrauen. Das war seine Liebe zu ihr...
Aber ihre Freundschaft war noch so jung, und er kannte ihren Freund nicht, er kannte dessen Eifersucht nicht, er kannte deren Wirkung auf ihr Herz nicht. Dies waren die Gründe seiner Unsicherheit, seines unendlichen Bangens um ihre Zuneigung...

Um ein Uhr war er so weit, dass er trotz aller Bedenken erneut Sandra anrufen musste. Er musste es einfach. Vorher sah er noch einmal auf sein E-Mail-Programm. Erneut war es ein Schock ... sie hatte tatsächlich geschrieben.
Vor zehn Minuten hatte sie geschrieben. Mit größtem Herzklopfen öffnete er ihre E-Mail...

*Lieber Sebastian,*
*kannst Du heute bitte in meine Pause kommen?*
*Sylvia*

Auch diese Worte las er viele Male. Er war zutiefst verwirrt. Was bedeuteten sie? Er fühlte den Impuls, sie sofort zu fragen. Aber was nützte das? Sie hätte es ihm gesagt, wenn sie es hätte sagen wollen oder können. Aber was würde sie ihm dann in ihrer Pause sagen?
Sie bat ihn ... aber ihre Worte klangen so kurz angebunden ... kürzer konnte man es gar nicht sagen. Es fehlte sogar jeder Gruß, sogar das ‚Dein', das ihn, als sie es das erste Mal geschrieben hatte, so zutiefst berührt hatte... Als ihm das

Fehlen ihres ‚Dein' voll bewusst wurde, war er fast sicher, dass sie ihm nur eröffnen wollen konnte, dass sie ihre Verbindung doch wieder auflösen musste. Ihr ‚bitte' war ihre letzte Höflichkeit, eigentlich eine Aufforderung... Keine Sanftheit mehr, sondern ... das Ende.

Mit zitterndem Herzen, mit bebender Seele schrieb er:

*Liebe Sylvia,*
*ja, ich werde da sein...*
*Dein Sebastian*

Selbst bei seinem ‚Dein' hatte er lange überlegt. Durfte er dies überhaupt noch? Er schrieb es letztlich doch, denn er liebte sie noch immer. Sie konnte ihm diesen zarten Rest aller Zeichen seiner Zuneigung doch nicht auch noch verweigern... Er hätte ihr so gerne geschrieben, er hoffe, dass alles in Ordnung sei, oder sie gefragt, ob es so sei – aber ihre Worte verhinderten all dies kategorisch. Er konnte sich nur in ihre Kürze fügen – und er tat es, wie er längst mehr als einmal selbst den Tod aus ihren Händen entgegengenommen hatte...

*

Er saß seiner Freundin wiederum in ihrem Lieblingscafé gegenüber. Sie hatte sofort wieder Zeit für ihn gehabt, als er ihr von seiner furchtbaren Sicherheit erzählt hatte.
Voller Mitleid sahen ihre Augen ihn an. Die direkte Begegnung... Es tat so gut, eine Freundin zu haben, nicht allein zu sein, wenn das Leid am größten war.
„Aber Sebastian", sagte sie langsam, „kann es nicht noch etwas ganz Anderes sein? Es könnte doch auch ein Hilferuf sein..."
„Nein, Sandra. Du kennst sie nicht. Sie hätte dann unbedingt etwas dazugeschrieben. Sie hätte keinesfalls ohne ‚Dein' un-

terschrieben. Es ist kein Hilferuf. Sie möchte Schluss machen..."

„Du kannst sie immer noch fragen, warum. Du kannst ihr immer noch sagen, dass es andere Wege gibt. Du kannst ... es sind noch alle Möglichkeiten *offen*, Sebastian!"

„Aber es wird nie wieder so sein wie vorher!", stieß er verzweifelt hervor. „Wenn sie *jetzt* noch einmal zu einer Abwehr kommt, dann ist es endgültig. Dann kann ich ihr Herz nicht mehr wiedergewinnen. Sie weiß, was sie mir bedeutet. Es war so eine tiefe Freundschaft schon entstanden. Und sie wollte es auch. Wir haben schon über so vieles gesprochen. Es war ein solches Vertrauen da – wenn sie jetzt ihre ganze Zuneigung zurückzieht, dann *ist* es das Ende, Sandra. Dann ist es wirklich das Ende..."

Er wunderte sich über seine eigene Ruhe, die fast schon einer Lähmung glich. Er hatte nicht einmal mehr Tränen. Lag es daran, dass er schon so viele Male gestorben war? Lag es daran, dass es jetzt wirklich nicht einmal mehr *Hoffnung* gab?

Nun schwieg selbst seine Freundin bedrückt.
Er erinnerte sich an Worte aus ihren früheren E-Mails.
‚Warum schreiben Sie mir so lieb?' ... , Sie sollen mich bitte nicht kennenlernen wollen' ... , Bitte verstehen Sie mich' ... ‚Da habe ich eine Pause'...

Als er bis hierhin gekommen war, als er sich an jene knapp dreißig Minuten erinnerte, in denen er ihr das erste und einzige Mal wirklich begegnet war, ihr gegenüberstand, in ihre Augen sehen durfte – in jene wunderschönen, himmelsschönen, einzigartigen Augen, die am Ende sogar feucht geglänzt hatten ... da war alles Leid wieder da. Die Erinnerung an diese einzigartige kleine Ewigkeit mit ihr ließ seine ganze Liebe und seine ganze Entbehrung wieder über seine Seele hereinbrechen.

Ohne Übergang brach er in Tränen aus.

In tiefstem Schmerz musste er seinen Kopf auf seine Hand stützen, und während die Tränen auf den kleinen Tisch tropften, brachte er mühsam die Worte seiner Liebe hervor:
„Sandra – ich kann es – einfach nicht! – Ich liebe sie – zu sehr! – Sie kann das – doch einfach nicht tun! – Doch nicht mehr jetzt – Warum nur? – – Ich *liebe* sie so..."
Er unterdrückte das Schluchzen, aber die Tränen rannen heiß und unaufhörlich hinunter...

Er spürte das vorsichtige Streicheln ihrer Hand auf seinem Arm. Er wünschte sich, es wäre *ihre* Hand...
Schließlich bezwang er sich wieder, tat seiner Seele wieder Gewalt an, wie oft schon... Er hob seinen Kopf und sah seine Freundin an.
„Du kannst ihre Liebe nicht verlieren, wenn sie *das* sieht...", versuchte sie, ihn zu trösten.
„Sie *hat* es schon gesehen, Sandra – sie weiß es doch...", sagte er in tiefstem Unglück.
„Aber manchmal muss das Herz erinnert werden..."
„Wie oft?", klagte seine Seele.
„So oft, bis es nie wieder sein muss..."
„Ach, Sandra..."

Wie konnte es noch einmal ein Zurück geben, wenn sie an diesem Punkt all ihre Zuneigung wieder zurückgezogen hätte? Würde er vor *ihr* die Kraft haben, um ihre Liebe zu flehen? Vor ihr wollte er doch ihren Willen tun... Wenn er selbst den Tod von ihr entgegennahm, wie konnte er sie bitten, ihn *nicht* zu töten...? Wenn es ihr Wille war...
Wenn es ihr Wille war, war alles hoffnungslos geworden. Er würde ihrem Willen folgen wollen... Sicher, seine Seele würde noch einmal den Versuch machen, ihr Herz zu rühren. Aber wenn es ihr Wille blieb, dann war ihr Wille das letzte, was es gab. Ihr Wille war sein Wille. Sein Wille war es immer gewesen, nichts zu tun, was nicht ihr Wille war. Wenn

aber ihr Wille ihre Freundschaft nicht mehr einschloss, sondern ausschloss, konnte sein Wille nichts mehr tun. Er konnte dann nur noch ergeben seinen eigenen Tod entgegennehmen und ihn befolgen... Es wäre seine Liebe, ihrem Willen zu folgen. Noch damit würde er sie ihr beweisen...

„Du weißt, Sebastian, dass du nie allein bist..."
„Ja, Sandra – vielen Dank. Und doch ... wenn man *einen* bestimmten Menschen verliert, ist man doch ganz allein, trotz allem..."
„Ja, ich verstehe dich, lieber Freund," – ihre lieben Worte taten so gut – „aber man ist nicht ohne Trost..."
„Ich hoffe so sehr, dass noch ein Wunder geschieht."
„Ja, das hoffe ich auch – und wünsche es dir von ganzem Herzen!"
Dankbar blickte er seine Freundin an.
„Danke! Ich werde dich wieder anrufen. Morgen – spätestens morgen. Bitte mach dir keine Sorgen, wenn ich es heute nicht tue. Entweder ich bin zutiefst glücklich – oder ich brauche zutiefst die Einsamkeit..."
„Ja, Sebastian, ich verstehe das. Ich werde warten, in vollem Vertrauen..."

*

Die fünf Stunden, die ihn dann noch von ihrer Pause trennten, waren vielleicht die längsten Stunden seines Lebens. Stunden der Hoffnungslosigkeit. Stunden der Trauer über den Verlust ihrer wunderschönen Liebe. Stunden der Dankbarkeit für die Zeit, die sie ihm geschenkt hatte – jede einzelne Minute ihrer Pause damals, jedes einzelne Wort all ihrer E-Mails ein allergrößtes Geschenk...
Bitterlich weinte er wiederum heiße Tränen um ihre Liebe, bat sie in innigstem Flehen um ihre Zuneigung, nur ihre Zuneigung, bat sie um Verzeihung für alle Fehler, die er je ge-

macht haben könnte, bat sie nochmals um eine Chance, nur eine einzige noch... Er bat sie darum, mit ihrem Freund reden zu dürfen, um auch ihn anzuflehen, ihn von seiner Eifersucht auszunehmen; ihm zu erlauben, sie nur manchmal sehen zu dürfen ... nur einmal im Monat, nur einmal im Jahr, nur jedes zweite Jahr...
Er weinte so lange, bis alle Tränen geweint waren – alle Tränen einer unendlich großen Liebe, die ein einziger Körper haben konnte.
Dann lag er hilflos auf seinem Bett und hoffte wiederum auf ein Wunder, betete um ein Wunder, flehte um ein Wunder. *Sie* hatte ihm die Seele gezeigt, jetzt zeigte sie ihm den Weg zu einer göttlichen Welt. Er bat sogar darum, dass es diese göttliche Welt geben möge, damit jemand da war, der sein Gebet erhören könnte... Konnte die Liebe denn nicht so groß werden, dass sie, selbst wenn es keine göttliche Welt gäbe, diese notwendigerweise ins Leben rufen müsste und sie dann auch noch rühren müsste, damit sie ihm beistand...?
Wenn er *ihr* Herz nicht mehr rühren könnte, so wollte er die ganze Welt rühren, damit sie ihm helfen möge...

\*

Er war schon lange vor sieben Uhr bei dem Kino, aber er wagte es nicht, ihr vorher unter die Augen zu treten. Nur ein einziges Mal betrat er kurz das Foyer – und sah sie von Ferne am Durchlass stehen, und wieder zog sich seine ganze Seele in tiefstem Schmerz zusammen, so sehr fühlte er seine Liebe zu ihr. Schnell eilte er wieder nach draußen, in die kalte Dezemberluft, als fürchte er, dass seine Liebe ihn verbrennen würde...

Dann hatten die Minuten unerbittlich den Beginn ihrer Pause erreicht. Nun würde sich sein Schicksal entscheiden und erfüllen. Aber was auch geschähe, ein letztes Mal würde er ihr noch in ihre wunderschönen Augen sehen dürfen – wie unendlich dankbar, war er selbst dafür! Wieder traten ihm Tränen in die Augen, er hatte neue, und auch sie wollten geweint werden...

Als er an dem Kassenhäuschen vorbeiging, sah er sie nicht mehr.
Sein Herz schlug bis zum Halse. Wo war sie? Hatte sie auf ihn gewartet – und war dann gegangen? Hatte sie es sich anders überlegt und wollte ihn gar nicht mehr sehen? Er beschleunigte seine Schritte. Er ging durch den Durchlass, keiner hielt ihn zurück, er lief, ja, er rannte die Treppe hinauf, der weiche Teppichbelag weckte traumhaft Erinnerungen an die schönsten Momente seines Lebens.
Da stand sie.
Sie stand an demselben Stehtisch, an dem sie ihm ihre erste und einzige Pause geschenkt hatte. Traumhaft fragte sich etwas in ihm, warum sie da stand. So einsam, so allein. Er ging auf sie zu. Ihr Anblick war für ihn diesmal ebenso ein Schock gewesen wie bisher der Anblick ihrer E-Mails. Freude, Liebe, Angst, Trauer...
Er konnte nicht mehr denken. Er ging auf sie zu. Alle Gefühle vereinten sich, aber sie alle waren durchdrungen von einer allergrößten Liebe, die er für dieses Mädchen immer empfunden hatte, jetzt empfand und immer empfinden würde...

Als er sie erreichte, erkannte er, dass sie weinte...
Er konnte ihr Leid nicht ertragen, es war zu viel für ihn.
„Sylvia...", sagte seine Seele bestürzt.
Sie wandte ihm ihre tränenglänzenden Augen zu.
„Danke, dass du gekommen bist", sagte sie. „Ich habe Schluss gemacht... Ich musste es... Kannst du mich bitte kurz halten...?"
Erschüttert erkannte er, dass sie nicht ihn meinte...